THEA FISCHER

Bürgermeister Hirsch geht baden

atb aufbau taschenbuch

Thea Fischer wurde in Augsburg geboren und ist in Oberbayern aufgewachsen. Sie arbeitet als Journalistin in einigen Lokalredaktionen. Heute lebt sie mit ihrer Familie am Ammersee.

Sommerloch in der Redaktion vom *Seekurier* – da kommt es der Journalistin Petra Rosenberger gerade recht, dass ein alter Vermisstenfall wieder ausgegraben wird. Worüber haben sich die drei Jugendfreunde, von denen einer spurlos verschwunden ist, damals zerstritten? Die zwei besten Freunde vom vermissten Adi Schmidt wollen seitdem nichts mehr miteinander zu tun haben. Der Vater vom Adi versteht nicht, warum sein Sohn nicht wieder nach Hause kommt. Da macht Petra sich selbst an die Recherche und begibt sich auf Spurensuche. Hilfe bekommt sie von ihrer Mutter Gertraud und deren Verehrer aus der Seniorenresidenz.

Thea Fischer

BÜRGERMEISTER HIRSCH GEHT BADEN

KRIMINALROMAN

atb aufbau taschenbuch

MIX
Papier aus verantwortungsvollen Quellen
FSC® C083411

ISBN 978-3-7466-3390-9

Aufbau Taschenbuch ist eine Marke
der Aufbau Verlag GmbH & Co. KG

1. Auflage 2018

Umschlaggestaltung www.buerosued.de, München
unter Verwendung eines Bildes von © Getty Images,
Florian Werner / LOOK-foto
Gesetzt in der Minion Pro durch Greiner & Reichel, Köln
Druck und Binden CPI books GmbH, Leck, Germany
Printed in Germany

www.aufbau-verlag.de

Kapitel 1

Friedhof Otterschwing

Das Leichenhaus g'hört auch mal wieder g'weißelt! Theo Hirsch blickt sich in dem kleinen Raum um. Allerdings ist seine Perspektive diesmal nicht die des Bürgermeisters, der das Sach von der Gemeinde begutachtet. Er, Theobald Hirsch, der Bürgermeister von Otterschwing, ist tot. Er liegt in einem mit burgunderrotem Samt ausgepolsterten Eichensarg und schaut durch den geschlossenen Deckel nach oben. So kann er in aller Ruhe die Decke begutachten. Sie weist deutliche Schimmelflecken auf. *Da hat der Hiasl wieder g'schlampt*, schimpft Theo in sich hinein und nimmt sich vor, dem Hiasl die Leviten zu lesen. Wer tot ist, sollte immerhin in einem schönen Leichenhaus liegen dürfen.

Mit Grausen denkt Theo daran, dass seine behaarte Brust jetzt von einer Y-förmigen Narbe entstellt ist. Die hat er in der Pathologie des Münchener Uniklinikums bekommen, wo es eisigkalt und dunkel war. Theo kann kein Blut sehen, deshalb hat er sich bei der Obduktion aus seinem Körper zurückgezogen. Wie seine Seele durch den Kellergang streifte, sah er einen Staatssekretär, der durch die Flure eilte. Wenn die rechte Hand vom Wirtschaftsminister hier auftauchte, war sein Plan wohl aufgegangen. Theo seufzte zufrieden. Seine Freunde vom exklusiven Libellenclub, einer losen Vereinigung geschätzter Persönlichkeiten, konservativer Politiker und verdienter Unternehmer, hatten wie immer ganze Arbeit geleistet. *Die Libellen halten zusammen!* Die Narbe ist fürchterlich, mit einem ganz dicken Zwirn hat ihn der Herr Pathologe wieder zusammengeflickt. Aber ansonsten ist er mit seiner Erscheinung zufrieden. Trotz seiner sechsundfünfzig Jahre ist sein Haarschopf noch voll, die grauen Strähnen im braunen Haar lassen ihn seriös wirken. Gut, in den letzten Jahren hat er dank der zahlreichen Hirschgulaschessen bei der Vroni sein Idealgewicht nicht mehr halten können. Mit gut einem Meter achtzig Körperlänge ist er ein stattlicher Mann. Gott sei Dank hat seine Marlene ihm seinen besten dunkelblauen Anzug angezogen, dazu sein blau-weiß gestreiftes Lieblingshemd mit dem weißen Kragen und eine dezent gehaltene Krawatte. Nur die italienischen Schuhe fehlen, er hat Socken an. *Ja, soll ich denn strumpfsockert vor den Herrgott treten?* Theo regt sich so sehr auf, dass er meint, der Deckel vom Eichensarg hätte sich glatt ein wenig angehoben.

Um die Schuhe hat Marlene verzweifelt mit dem Bestatter gerungen. »Der Theo kann doch nicht ohne seine Schuhe in den Himmel!«, hat sie den Mann angefleht. »Er legt doch so großen Wert auf korrekte Kleidung. Du kennst ihn doch auch!« Der Bestatter nickte und dachte, dass der Theo wohl eher hitzebeständige Sicherheitsschuhe bräuchte und keine handgenähten Slipper. Laut sagte er: »Die Friedhofsordnung in Otterschwing besagt nach Paragraph 13b Absatz 2, dass dem Leichnam keine Ledererzeugnisse beizugeben sind. Das haben dein Theo und die Herren Gemeinderäte selber so beschlossen. Da kann ich auch für deinen Theo keine Extrawurst machen.«

Marlene seufzte. Wohl war ihr nicht dabei. Der Theo konnte ziemlich aufbrausend werden, wenn sein Auftreten nicht perfekt war. Marlene seufzte wieder. Der Theo wird sie aus dem Sarg heraus schon nicht anspringen, beruhigte sie sich.

Theo wird in seinem Sarg langsam langweilig. Die Form der Schimmelflecken hat er jetzt lange genug begutachtet. Jetzt kommt ein erster Sonnenstrahl ins Leichenhaus. *Aha, es geht auf zehn Uhr zu*, vermutet Theo. Es wird ein schöner Sommertag werden. In einer halben Stunde wird hier der Rummel losgehen. Mit Schrecken sieht er, dass die drei Gebetsschwestern, die drei alten Krähen, sich vor dem Gitter des Leichenhauses aufbauen. Alle drei tragen ihre übliche Trauerkleidung, und offenbar waren alle drei extra beim Friseur. Theo nennt sie die drei Maries. Marie zwei zupft unauffällig an ihrem Kragen. Sie schauen auf den Sarg. Das Sargbukett besteht aus weißen Lilien und blauem Enzian.

»Was ist denn das wieder für eine neumodische Kreation von der Blumen-Elfie? Keine Rosen?«, meint die jüngste Marie.

Die Älteste kommentiert: »Für Rosen hat die Liebe wohl nicht mehr gereicht. Kein Wunder, was man da so alles g'hört hat. Und neulich hab ich den Theo ganz verschwitzt bei der Büchselmadam Tina rauskommen sehen. Ich hab ihn ja noch nie g'mocht, aber der Bledschneider Sepp hätte ihn auch nicht so fest anpacken müssen. Und jetzt liegt der flotte Theo hier im Leichenhaus. Die arme Marlene und die armen Madln!«

»Ja, der Sepp, der ist schon im Gefängnis. Wahrscheinlich in Stadelheim«, sagt die Mittlere. »Abgeführt haben sie ihn, und mit Blaulicht sind sie davon. Und geschrien hat er immer wieder: ›Ich war's nicht! Es war der Deifi!‹ Wahrscheinlich kommt er in die Geschlossene nach Haar oder ins Allgäu. Das hat der eine Polizist erzählt, als er sich eine Leberkässemmel geholt hat.«

Die Jüngste meldet sich wieder. »Es könnt sein, dass die Blumen-Elfie gemeint hat, dass weiße Lilien und blauer Enzian staatstreu wirken – so bayerisch weiß-blau.« Die Älteste zupft an ihren Locken, da sieht sie den Herrn Pfarrer um die Ecke biegen. »Wir müssen jetzt in die Kirche«, scheucht sie die anderen auf. Die zwei Jüngeren grinsen sich vielsagend an. »Ja, der fesche Herr Pfarrer!« – Dass die Älteste sehr für den Pfarrer schwärmt, ist in Otterschwing nicht verborgen geblieben. Die drei Maries eilen davon und setzen sich auf ihre angestammten Plätze in der Otterschwinger Pfarrkirche.

Theo grinst in seinem Sarg. *Der Bledschneider im Gefängnis oder noch besser in der Geschlossenen! Das geschieht dem alten Bettsoacher recht.* Er triumphiert. Wenn die drei alten Krähen schon beim Friseur waren, kann er auf ein stattliches Begräbnis hoffen. Vielleicht kommt sogar der Bischof selbst? Obwohl, der ist auch nicht mehr so gut gelitten in Otterschwing, seitdem die katholische Kirche so unter Beobachtung steht. Theo ist der Meinung, so eine Watschen hat noch keinem geschadet. Und dass man ein bisschen strenger sein muss mit den Ministranten – eh klar. Schließlich sollen die Buben dem Bischof nicht den Auftritt versauen. Dass der Bischof gern den Hintern versohlt haben soll, hält Theo für eine bloße Übertreibung hysterischer Mütter. Die wollen doch bloß aus dem Sonderfonds kassieren. Das steht für Theo zweifelsfrei fest, trotzdem hat schon eine Andeutung dieser Beschwerden ausgereicht, um den Bischof für Theos Absichten gefügig zu machen. So wurde die Otterschwinger Pfarrkirche fast zur Gänze mit dem Geld aus der bischöflichen Finanzkammer renoviert. Die Bettelbriefe seiner Kirchengemeinde hat Theo immer an den Bischof geschickt. Er war zwar ein aufrechter Katholik, wie es sich gehört, aber beim Geld hört bekanntlich die Freundschaft auf. Für Theo steht es vierzig zu sechzig, dass der Bischof selbst zur Beerdigung kommt.

Ganz sicher aber würden alle seine Mädels kommen. Um nicht immer mit den Namen durcheinanderzukommen, hat Theo seine kleinen Arrangements immer nur mit »Schatz« angesprochen. Selbstverständlich gilt das auch für seine Ehefrau Marlene. Ist breit geworden, die Gute, aber sie kann bügeln wie keine Zweite, und ihr Zwetschgendatschi ist legendär. Theo hat sich Marlene seinerzeit mit Bedacht als Ehefrau ausgesucht. Sie war nicht die Hübscheste, dafür duldsam und aus gutem Hause. Und sie hatte zwei Pluspunkte verbuchen können: Ihre Familie hatte eine Menge Grundbesitz, und ihr Vater stammte aus einer alteingesessenen Otterschwinger Bauernfamilie. Ihre Mutter Charlotte war eine Flüchtlingsfrau, eine langbeinige Schönheit aus Ostpreußen mit Flausen im Kopf. Sein Schwiegervater, der alte Hölzle, hatte sich auf den ersten Blick in die Noteinquartierung verliebt und sie vom Fleck weg geheiratet. Das hatte böses Blut gegeben in Otterschwing, und Charlotte hatte im

Dorf einen schweren Stand gehabt. Marlene war die Alleinerbin, was sich bereits vor Jahren positiv auf die Finanzen von Theo ausgewirkt hatte. Die Schwiegermutter hatte er mit seinem Charme eingewickelt, und Marlene erhielt mehr oder weniger die Anweisung ihrer Mutter, den flotten Theo zu heiraten. Obwohl er ein Schürzenjäger war und obwohl er mit leeren Händen dastand. Mit der Einheirat beim Hölzle-Hof hatte er einen klugen Schachzug gemacht, und seinen Spaß hatte er ja weiterhin haben können.

Immerhin hat er mit Marlene auch zwei Töchter. Seine beiden Augensterne! Als er die kleinen Babys das erste Mal auf dem Arm gehalten hat, hat Theo eine komische Regung in sich wahrgenommen. Bei der kleinen Franziska weinte er sogar. Später kam er drauf, dass das wohl dem vielbeschriebenen Gefühl Liebe am nächsten gekommen war. Zwei Jahre nach Franziskas Geburt kam planmäßig die kleine Anna zur Welt. Danach hatte Marlene sich verweigert. Auf einen Stammhalter musste er deshalb verzichten. Trotzdem ist er auf seine Töchter ganz närrisch und erfüllt ihnen jeden Wunsch.

Theo denkt nach. Wie werden Marlene und die beiden Mädchen jetzt ohne ihn zurechtkommen? Immerhin hat er vorgesorgt. Geld und Haus sind zwar weg, aber da gibt es doch noch die zwei Lebensversicherungen und das alte Bauernhaus. Seine Marlene wird wohl zu einer der alleinstehenden, etwas schrägen Frauen werden, die ihre Tage mit Yoga und Pilates verbringen. Franziska und Anna sind mit einundzwanzig und neunzehn Jahren schon ziemlich selbständig. Die Zeiten, als neben ihm nur noch Pferde das Wichtigste für seine beiden Prinzessinnen waren, sind allerdings so langsam vorbei. In letzter Zeit hatte ihn der Spaß einiges gekostet, sich die Zuneigung der beiden zu sichern.

Sein Nachdenken über seine drei Frauen wird von den ankommenden Gemeindearbeitern gestört, die sich wenig Mühe geben, die Friedhofsruhe zu wahren. Der Toni und der Hiasl, Letzterer mit der unvermeidlichen Zigarette im Mundwinkel, schließen das schmiedeeiserne Gatter des Leichenhauses auf. Sie haben den Gemeindekipper davor geparkt und schleppen nun Kränze und Gestecke heran. Wie immer haben die beiden kein Auge für ein schönes Arrangement. Theo verrenkt sich in seinem Sarg fast den Kopf, aber es gelingt ihm nicht, die Spruchbänder zu lesen. Die resolute Mesmerin eilt herbei. Selbst sie ist schon ein wenig aufgeregt.

»Wir haben wieder ein Problem mit der Lautsprecheranlage«, sagt sie zum Toni. »Wenn der«, sie nickt mit dem Kopf zu Theo hin, »nicht so ein Geizkragen gewesen wäre, hätten wir schon lange die neue Tonanlage kaufen können.«

Zum Hiasl sagt sie: »Du musst noch die Bierbänke vom Gasthof holen. Angeblich kommen ja auch viele Bonzen, da müssen die Otterschwinger Bürger wohl draußen vor der Kirche bleiben.«

Der Hiasl steht da und raucht. »Mach ich gleich, wir müssen nur erst das Blumenzeug aufbauen. Ist der Bischof schon da?«

Die Mesmerin sagt verächtlich: »Der Bischof? Na, der kommt nicht. Stattdessen hat er seinen Sekretär geschickt. Der war als junger Priester in der Nachbargemeinde und kennt den Bürgermeister auch schon lang.«

Der Toni mischt sich ein. »Wohl eher ein kombinierter

Verwandtschaftsbesuch vom Herrn Sekretär? Hat der nicht der Tochter vom Lehnerhof zwei Kinder angehängt?«

Die Mesmerin ist eingeschnappt und herrscht die beiden Arbeiter an: »Jetzt macht's weiter. Die Kränze dahin, die Schalen dahin und ganz vorn die vom Landrat und von der CSU. Und kämmt's euch wenigstens mal die Haare!« Sie stemmt die Hände in die Hüften, schaut die beiden missbilligend an und rauscht ab.

Der Toni und der Hiasl bauen die Blumen auf. Statt dem CSU-Kranz legen sie den von Marlene und den Töchtern vorn hin und daneben ein pinkfarbenes Gebilde von der Tina mit der Aufschrift »Ich werde dich nie vergessen!«. Das finden der Toni und der Hiasl ganz lustig, aber der Toni meint, das gehe dann doch nicht. Tinas Gesteck wird etwas nach hinten geschoben. Die Zeit drängt langsam, und der Hiasl fährt mit dem Gemeindeunimog los, um die Bänke zu holen.

Der Toni flucht und geht in die Kirche, um die Lautsprecheranlage zu richten. In der Kirche wuselt das Frauenkommando von Otterschwing herum. Blumenschmuck, Reservierungszettel, Extra-Polster werden hin und her getragen. Neben dem Pfarrer steht die Vorsitzende des Frauenbundes, Anja Schwarz, mit einem Klemmbrett in der Hand. Der Pfarrer tut ganz vertraulich, aber die Anja hat dafür heute keine Zeit. Da hin mit dem Landrat und den Kreisräten, dahinter die anderen Bürgermeister und eine Bank weiter die Gemeinderäte. Auf der anderen Seite werden der Familie von Theo Hirsch zwei Reihen zugestanden. »Das reicht!«, meint Anja. »Sind ja nimmer so viele.«

Die Mesmerin eilt herbei. »Sind die Sterbebilder schon da? Hoffentlich hat die Marlene genügend drucken lassen.«

Anja Schwarz schaut auf. »Die hat der Bestatter schon in die Sakristei gelegt. Fünfhundert Stück, das sollte reichen.« Draußen vor der Tür scheppert's. Der Hiasl ist mit den Bänken angekommen. Anja Schwarz und die Mesmerin gehen nach draußen und dirigieren die beiden Gemeindearbeiter. Als Nächstes kommt der Lautsprechertest. Anja Schwarz spricht ins Mikrofon. Aus dem Lautsprecher vor der Kirche klingt es blechern und verzerrt.

Das Geräusch schreckt Theo auf. Himmel noch mal, hätt er doch nur die dreitausend Euro für die neue Anlage genehmigt! Die Anja ist ganz früher auch mal ein Schatz vom Theo gewesen, aber seit der neue Pfarrer seine Stelle in Otterschwing angetreten hat, tut sie so, als ob nie etwas gewesen wäre. Gerne gibt sie sich als treusorgende, tugendhafte Gattin aus, aber er, der Theo, weiß es besser. Hinter der Fassade tun sich ungeahnte Abgründe auf. *Die hundert besten Stellungen für sie und ihn* war damals ihr Lieblingsbuch gewesen. Ja, die Anja hat auch dem Theo so manche Überraschung bereitet.

Langsam wird es auf dem Kirchenvorplatz voller. Der Otterschwinger Kirchenchor trifft ein, dazu ein paar Männer von der Blasmusik. Der Sekretär meldet sich telefonisch bei Anja Schwarz und kündigt an, dass er sich verspätet. Die vier Ministranten, die Anja mit einem Ausflug ins Kino bestochen hat, trudeln ein. Der Landrat und der zweite Bürgermeister wollen eine Lobrede auf Theobald Hirsch halten. Der Bürgermeister der Nachbargemeinde hat angesichts der Vorfälle um die Pilsentherme abgesagt. Angekündigt haben sich aber das Regionalradio, die Petra Rosenberger nebst Fotografen vom *Seekurier* und weitere Reporter. Anja Schwarz instruiert noch einmal alle, über die Vorgänge in der Pilsentherme kein Wort zu verlieren. »Der Theo soll eine schöne Leich haben«, sagt sie. Und schmunzelt kurz, als sie an den Theo denkt, dem sie im Bett Nachhilfeunterricht erteilen musste. Dann wird sie wieder ernst, schließlich gibt es noch so viel zu organisieren.

Der Theo wird in seinem Sarg langsam schläfrig. Seine Seele will sich verabschieden. *Noch nicht! Ich will doch die Gesichter sehen.* Theo reißt sich wieder zusammen und sieht nur das Gesicht vom Bledschneider Sepp vor sich. *Der versaut mir meinen Abgang nicht mehr! Wir waren doch einmal die besten Freunde. So ein Sturschädel!* Theo schreckt auf. Hinter dem Gesicht vom Bledschneider schiebt sich ein weiteres hervor. Immer deutlicher sieht er es. Theo erschauert und will schon aufgeben, aber dann siegt wieder sein unerschütterlicher Optimismus. Da hört er die Stimme von Petra Rosenberger, die sich vor dem Leichenhaus aufbaut. Die Gesichter verschwinden, und Theobald Hirsch konzentriert sich auf das Geschehen vorm Leichenhaus. Sie hat ihren pickligen Praktikanten vom *Seekurier* dabei.

Rosenberger inspiziert die Kränze. Ein wenig zu lange verweilt sie an dem pinkfarbenen Gebilde von der Tina. »Nimm das mal auf«, sagt sie zu ihrem Praktikanten, der eine teure Kamera um den Hals hängen hat, »und dann den Sarg in der Totalen.« Die Journalistin zückt einen Notizblock und notiert sich ein paar Inschriften. »Ruhe in Frieden – deine Dienstagsfreunde«, liest sie vor. Dienstagsfreunde – das können nur die Mistkerle vom Hirschgulaschessen am Dienstag bei der Vroni sein, denkt sich Petra Rosenberger und ballt die linke Hand zur Faust. Sie hat die Erfahrung gemacht, dass Frauen dienstags keinen Zutritt zum Hinterzimmer haben, und sie, die Reporterin vom *Seekurier*, ist dort von Theobald Hirsch zur unerwünschten Person erklärt worden. Und jetzt liegt er hier, der Theo. Aber leid tut der Theo ihr nicht.

Theo weiß nicht, ob er die Reporterin für ihre Chuzpe bewundern oder hassen soll. Als sie damals mit funkelnden Augen bei ihm im Amtszimmer stand und ihre kritischen Fragen auf ihn einprasselten, hatte er noch versucht, sie mit Komplimenten weichzukochen. Aber je mehr Charme er bei der Rosenberger einsetzte, desto eisiger wurde sie. Aber ganz so klug, wie sie denkt, ist die Rosenberger auch nicht. Dass der *Seekurier* nur das druckt, was ihrem Chef oder besser gesagt dem Libellenclub gefällt, hat sie anscheinend immer noch nicht begriffen. Noch aus dem Sarg heraus triumphiert er. Der Chef vom *Seekurier* ist schließlich auch ein Dienstagsfreund. Vermutlich hat dieser alle kritischen Artikel kassiert und stattdessen ein Loblied auf die Verdienste von Theobald Hirsch auf die erste Seite gesetzt. Seine Ehre bleibt unantastbar, dafür hat er alles gegeben. Theo wird müde. Lange kann er sich nicht mehr halten. Ganz schwach hört er die Kirchenglocken bimmeln. Sie rufen zum Rosenkranz, und während die drei Maries ihn herunterbeten, schläft Theo endlich in seinem Sarg ein.

Vielleicht ist das auch besser so, denn bei seiner Beerdigung geht trotz der Bemühungen von Anja Schwarz allerhand schief. Der Sekretär des Bischofs kommt auf die letzte Minute eingetrudelt, riecht nach Babykotze und wirkt derangiert. Er hat seine ausgearbeitete Predigt vergessen und stöpselt ein paar Anekdoten aneinander. Die Tina kommt zu spät in die Kirche gestöckelt und will sich doch glatt zur Marlene in die Familienbank setzen. Bevor Marlene handgreiflich wird, zieht Anja sie von der Bank weg. »Jetzt reiß dich zusammen, sonst fliegst raus«, raunt sie Tina zu. Mitten in der Rede vom Landrat gibt die Lautsprecheranlage endgültig ihren Geist auf, und der zweite Bürgermeister ist so aufgeregt, dass er mehrfach stottert. Hinterher geht die ganze Blase dann zum Mittagessen in den Gasthof »Zum goldenen Hirsch«. Statt Hirschgulasch werden Schnitzel serviert. Die Dienstagsfreunde ziehen sich bald ins Hinterzimmer zurück und beratschlagen, wie sie aus dem Tod vom Theo das beste Kapital schlagen können.

Otterschwing hat seinen besten Mann verloren. Über das Wie und Warum wird im Dorf und in den Medien heftig spekuliert.

Kapitel 2

Fischau, Redaktion des Seekurier – ein Jahr vorher

Petra Rosenberger sitzt an ihrem mit Papieren übersäten Schreibtisch in der Redaktion des *Seekuriers*. Hier ist sie die junge Kollegin, obwohl sie mit ihren fünfunddreißig Jahren gerade mal ein paar Jahre jünger ist als ihr Chef Rainer Ortlieb. Draußen scheint die Sonne, eine Wohltat nach dem ganzen Regen. Dass vor kurzem die Straße noch knöcheltief unter Wasser stand, merkt man nur mehr an den Schmutzrändern der Fassaden. Hier und da liegen noch Sandsäcke herum. Ihr Chef steckt den Kopf zur Tür herein. Er zuckt zusammen, als er die Unordnung auf ihrem Schreibtisch sieht. »Hast du die Ankündigung für das Sommerfest des Libellenclubs schon fertig?«, fragt er Petra. »Schau mal im Archiv, da gibt es sicher ein wunderbares Foto vom letzten Jahr.«

Petra sucht in ihrem Eingangskorb. Was der Rainer unter einem wunderbaren Foto versteht, hat sie in den eineinhalb Jahren, die sie jetzt beim *Seekurier* ist, begriffen: irgendwas mit kleinen Kindern oder Tieren. Zur Not tut es auch eine hübsche Frau oder eine wichtige Amtsperson. Petra kramt das Fax mit dem Libellenlogo heraus.

»Um vierzehn Uhr feierliche Eröffnung des Libellenfestes in den Seeanlagen von Fischau mit dem diesjährigen Präsidenten des Clubs, dem erfolgreichen Unternehmer Hans

Wagner, und dem Bürgermeister von Otterschwing, Theobald Hirsch. Um fünfzehn Uhr das Glanzlicht der Veranstaltung: das jährliche Libellenfliegen.« Das klingt wieder nach einem absolut vertanen Nachmittag! Petra erinnert sich an das Libellenfliegen vom letzten Jahr, und ihre Mundwinkel verziehen sich nach unten. Da wartet ein wildes Spektakel auf sie: Die Frauen vom Libellenclub verzieren kleine Plastiklibellen und versehen sie mit Startnummern. Alle Libellen werden dann in einen Sack gesteckt und vom Turm des Spielplatzes in den Seeanlagen von Fischau losgelassen. Diejenige Libelle, die am weitesten fliegt, bekommt den ersten Preis, der selbstverständlich von den hiesigen Geschäftsleuten gestiftet wird. Drei Preise gibt es heuer: einen Gutschein für eine Pilates-Stunde im neuen Frauenfitnesstempel, ein Grill-Set von der örtlichen Bankfiliale und zwei Tageskarten für die Seenschifffahrt. Eine Libelle kostet einen Euro, der Erlös dient selbstverständlich einem guten Zweck. Nach dem nervenzerfetzenden Libellenwerfen und dem Gerangel der Teilnehmer geht es über zu Kaffee und Kuchen. Natürlich stellt das örtliche Autohaus wieder die aktuellen Modelle aus, und die Firma von Hans Wagner präsentiert ihre neuesten Entwicklungen. Wie Petra im letzten Jahr am Rande der Veranstaltung mitbekommen hatte, ist ein ausgewählter Kreis aus Politik und Wirtschaft zum Ausklang in Wagners Protzvilla am Ammersee eingeladen. Offenbar kommt es einem Ritterschlag gleich, wenn man dorthin mitkommen darf. Diese Ehre war Petra Rosenberger noch nicht zuteilgeworden. Ihre Artikel sind nicht ganz so glatt und unverbindlich wie die ihrer Kollegen vom *Seekurier*, daher halten die »besseren Kreise« sie auf Distanz. Außerdem hatten ihre

Fragen zur Pilsentherme Staub aufgewirbelt. Seit Monaten schwirrt es in der Gerüchteküche. Bei Petra Rosenbergers Antrittsbesuch im Fremdenverkehrsamt war der zuständige Manager noch ganz euphorisch gewesen ob der Möglichkeiten, die eine Therme für den Tourismus der Region bieten würde. »Im Winter dodelt es hier«, hat er festgestellt. Petra hatte sich von ihrem Kollegen später erklären lassen, was gemeint war: »Im Winter ist es hier wie ausgestorben.« So eine Therme wäre ein wunderbarer Publikumsmagnet, der der Region Scharen von zahlungskräftigen Touristen verschaffen würde. Auf ihre Frage hin, wann und wo die Therme realisiert werden solle, kam der blasse Tourismusmanager ins Trudeln und deutete immerhin an, dass es in Otterschwing und Umgebung geologisch möglich sei.

Aber Otterschwings Bürgermeister Theobald Hirsch lässt sie bislang bei diesem Thema abblitzen, und ihr Chef Rainer Ortlieb wirkt völlig desinteressiert. »Über eine Therme wird schon seit Jahren geredet«, sagt er in der Redaktionskonferenz. Wobei das Wort »Konferenz« für die wenigen Mitarbeiter des kleinen Blattes ziemlich euphemistisch ist. »Statt heißem Wasser bisher nur heiße Luft«, tut Rainer das Großprojekt ab. Er betet trotzdem die Argumente des Landrates im besten Politikersingsang runter: »Unser Gebiet braucht neben den Seen ein touristisches Leuchtturmprojekt. Wir müssen mehr in den Tourismus investieren. Wir brauchen eine Therme! Und wie viele Arbeitsplätze da entstehen werden!«

Petra merkt an: »Meint der Landrat wirklich, wir brauchen noch mehr Arbeitsplätze für Putzfrauen?« Die müsse man ja einfliegen lassen, denn in Fischau und Umgebung gibt es Wartelisten für die wenigen Hausperlen, die dann einen höheren Stundenlohn bekommen, als Petra selbst verdient. Aber es gehört zum guten Ton in Fischau und Umgebung, wenigstens an einem Vormittag in der Woche eine Zugehfrau zu beschäftigen.

Rainer wischt ihren Einwand weg. »Dazu wird es eh nicht kommen. Der touristische Leuchtturm wird wohl noch auf sich warten lassen.« Damit ist das Thema beim *Seekurier* offiziell vom Tisch, und für Petra heißt das: keine Recherche in der Redaktionszeit. Trotzdem gehen bei ihr alle Alarmsignale an. »Irgendwas stimmt hier ganz und gar nicht«, murmelt sie vor sich hin. Sicher laufen die Vorbereitungen für die Baupläne schon. Auf ihre journalistischen Instinkte hatte sie sich bislang immer verlassen können. Bei ihrer vorherigen Arbeitsstelle, der großen Tageszeitung *Münchner Postille,* ist sie gar als Trüffelschwein bezeichnet worden. Einmal mehr bedauert Petra, ihren vielversprechenden Posten bei der *Postille* aufgegeben zu haben und jetzt im miefigen Büro des *Seekurier* in Fischau zu sitzen. Jetzt im August schlägt das Sommerloch unbarmherzig zu. Das Sommerfest des Libellenclubs gehört neben den Flohmärkten, Kunsthandwerkermärkten oder Nachtmärkten rund um die Ortschaften der Seen noch zu den wenigen Veranstaltungen, über die der *Seekurier* berichten kann. Schnell schreibt Petra die Ankündigungsmeldung für das Fest und loggt sich dann ins Fotoarchiv des *Seekurier* ein. Lustlos klickt sie sich durch mindestens hundert Fotos vom Libellenflug des letzten Jahres. Dann erkennt sie auf einem der Fotos den in Nordbayern stadtbekannten Bäderkönig Roland Forster. Mit einem Glas Sekt steht Forster neben Theobald Hirsch und dem Landrat. Die drei Herren prosten sich zu, als ob es etwas zu feiern gäbe. Interessant! Petra druckt das Foto aus und steckt es in ihre voluminöse Handtasche. Dann wählt sie ein Action-Foto vom Libellenwurf aus und setzt dies über ihren Ankündigungstext. Als Überschrift textet sie: »Die Libellen fliegen für einen guten Zweck«. Langweilig, das weiß sie, aber für kreative Gedanken ist es heute wirklich zu heiß. Das Läuten des Telefons reißt sie aus ihren Tagträumen. Auf dem Display sieht Petra die Nummer vom Benedictum in Fischau, einer Seniorenresidenz für gehobene Ansprüche. *Was hat Mutter jetzt wieder angestellt?*, fragt sich Petra. Ihre dreiundsiebzigjährige Mutter ist einer der Gründe, warum Petra jetzt beim *Seekurier* arbeitet.

Nach dem Tod ihres Mannes ist meine Mutter alleine nicht mehr gut zurechtgekommen, da habe ich mich selbstverständlich kümmern wollen. Diesen Satz sagt Petra immer, wenn sie jemand fragt. In Wahrheit geht die Geschichte etwas anders. Ihre Eltern hatten ihren letzten Lebensabschnitt schon Jahre vor der Rente akribisch geplant. Ein schönes kleines Einfamilienhaus auf dem Land, nah genug an München, sollte ihr Alterssruhesitz werden. Seit ihr Vater Justus einst in jungen Jahren auf dem Ammersee einen Segelkurs gemacht hatte, träumte er davon, sich in der Postkartenkulisse des Fünfseenlandes anzusiedeln. Ihre Mutter Gertraud hatte sich gefügt. Ihre Eltern hatten noch eine Ehe mit klassischer Rollenverteilung geführt. Mutter Gertraud versorgte Petra und ihren älteren Bruder Julian und erledigte den Haushalt. Vater Justus hatte sich in einem Chemieunternehmen langsam hochgearbeitet. Allerdings waren sie mit jedem Karriereschritt von Justus auch wieder umgezogen. Die letzte Station war ein großes Chemiewerk bei München gewesen, und so kam Justus seinem Traum vom Ruhesitz im Fünfseenland nebst kleinem Segelboot ein Stück näher. Justus und Gertraud hatten bei ihren Sonntagsausflügen ein hübsches Haus in Otterschwing entdeckt, einer kleinen, noch bäuerlich geprägten Ortschaft, in zweiter Reihe zum See. Vor zwölf Jahren hatten sie es gekauft, doch leider währte Justus' Ruhestand nicht lange. Eines Tages ging er in den Keller, um eine Flasche Wein zu holen, und kam nicht wieder nach oben. Er hatte einen Gehirnschlag erlitten und war sofort tot. Gertraud fand ihn damals hingestreckt vor dem Weinregal. Von dem erlittenen Schock hatte Gertraud sich nie wieder richtig erholt. Damals galt Petra als politische Journalistin mit Aufstiegschancen bei der *Münchner Postille*. Sie hatte nach all den Umzügen in Bayern ein eher mäßiges Abitur hingelegt und wartete auf einen Studienplatz in Psychologie. Als sie diesen dann endlich bei der Ludwig-Maximilians-Universität München bekam, steckte sie schon mitten in ihrem journalistischen Volontariat bei der *Postille*. Ihr Vorzeigebruder Julian hatte dagegen noch in Nordrhein-Westfalen sein Abitur gemacht und dann mit großzügiger Unterstützung der Eltern Jura in Bielefeld studiert. Das zweite Staatsexamen musste er zwar zweimal machen, und dann gelang es auch nur knapp. Trotzdem wurde Julian von ihrer Mutter uneingeschränkt bewundert. Jetzt hatte ihr Bruder in eine Rechtsanwaltskanzlei in einer kleinen Kreisstadt in Nordrhein-Westfalen eingeheiratet und kurz hintereinander zwei Kinder bekommen. Um seine Eltern wollte und konnte Julian sich folglich überhaupt nicht kümmern, aber die jährliche Zuwendung für das »standesgemäße Auto oder sonstige Dinge« forderte er schamlos von seiner Mutter Gertraud ein. Ihr Vater hatte anfangs noch versucht, so etwas wie Gerechtigkeit zwischen den Geschwistern herzustellen, hatte aber, um den häuslichen Frieden nicht zu gefährden, dem Drängen seiner Frau nachgegeben. Zur Beerdigung seines Vaters kam Julian bereits mit den ausgedruckten Immobilien-Exposés für Einfamilienhäuser in Otterschwing und Umgebung in der Tasche. Für ihn war selbstverständlich, dass Gertraud das Haus verkaufen würde, schließlich wollte er sein Erbteil sofort ausbezahlt bekommen. Außerdem rechnete er seiner Mutter vor, dass sie eine recht ansehnliche Witwenrente bekommen würde, und schließlich könnte eine Frau wie sie nicht alleine in einem Haus auf dem Land wohnen bleiben. Das könnte sie doch gar nicht bewirtschaften. Er machte Gertraud den Verkauf schmackhaft. Deshalb war es bald beschlossene Sache, dass ihre Mutter in das Benedictum in Fischau zog. So ein kleines Appartement war ja auch viel leichter sauber zu halten, und medizinische Versorgung gab es dort ebenfalls. Petra bekam auch ihren Anteil vom Hausverkauf ausbezahlt. Damals brummte gerade der Börsenmarkt. Ihr damaliger Lebensgefährte Roland, der nach eigener Aussage den vollen Durchblick an der Börse hatte, versprach ihr, ihr Geld sicher anzulegen und zu vermehren. Immerhin war sie so schlau gewesen, eine kleine Reserve auf einem geheimen Konto zu behalten, denn der angebliche Experte hatte sich im Nachhinein als Aufschneider entpuppt. Petra hatte in ihrer Naivität alle seine Geschichten geglaubt und war auf seine Psychotricks hereingefallen. Alle Warnungen ihrer Freundinnen hatte sie in den Wind geschossen, denn sie war so verliebt in den charmanten Roland gewesen, der stets beteuerte, dass er nur mit ihr zusammen sein wollte. »Die anderen gönnen dir dein Glück nicht«, hatte er immer wieder zu Petra gesagt. Der Absturz kam unerwartet. Petras Geld war verspekuliert, und sie erwischte Roland im Bett mit ihrer netten Nachbarin Carmen. Roland zog sofort zur Nachbarin, und Petra weinte sich jede Nacht in den Schlaf. Dieses Ereignis traf mit den ersten Anrufen vom Benedictum zusammen. Mutter Gertraud zeigte erste Anzeichen von Demenz. Auch Julian erhielt diese Anrufe, und so schob er widerwillig zwischen zwei Golfturnieren in Süddeutschland einen Besuch in Fischau ein. Eine vertraute Person in ihrer Umgebung sei sehr wichtig, hatte die Leiterin vom Benedictum den Geschwistern erklärt. Dazu gab es eine Broschüre, die auf die würdevolle und kompetente Pflegestation hinwies. Julian war entsetzt, als er die Pflegekosten sah. »Das geht auf keinen Fall«, sagte er zu Petra. »Wir haben uns gerade für einen neuen Anbau entschieden. Gertraud muss in ihrer Wohnung bleiben.« Dass Julian sich leider nicht im Stande sah, sich um seine Mutter zu kümmern, war natürlich klar. Es blieb an Petra hängen, denn wie ihr lieber Bruder meinte: »Das Psychologische ist doch dein Ressort.« Sie suchte sich die Stelle beim *Seekurier* – ein beruflicher Abstieg – und zog nach Fischau in eine kleine Einliegerwohnung, die sie sich mit neuen IKEA-Möbeln schön gemütlich gestaltete. Denn natürlich hatte ihr Ex darauf bestanden, dass die Einrichtung der gemeinsamen Wohnung ja wohl ihm zufiele, schließlich hätte er diese größtenteils bezahlt.

Allerdings erweist sich für Petra die Unterstützung ihrer Mutter als eine ziemlich frustrierende Angelegenheit. Statt ihren Aufwand für sie zu würdigen, erzählt Gertraud nur von den Erfolgen ihres Vorzeigesohnes. Petra hingegen hat ihr wie selbstverständlich zur Verfügung zu stehen. Kommt sie einmal mehrere Tage hintereinander nicht zu Besuch, zieht Gertraud ihre Schmollnummer durch und tut ganz verwirrt.

Und jetzt ist es wieder so weit. Das Benedictum ruft an. Petra meldet sich. Zum Glück ist es nichts Ernstes. Gertraud war zu lange in der Sonne, wegen ihrer Frisur natürlich ohne Hut. Sie liegt jetzt leicht schwindlig im Bett. Petra verspricht, später vorbeizukommen. Gleich vier Uhr, da kann sie sowieso bald Schluss machen. Um acht Uhr am Abend trifft sie ihre Freundin Birgit am Ostufer des Ammersees, um ganz romantisch den Sonnenuntergang anzuschauen. Das schafft sie, wenn sie sich jetzt beeilt.

Rainer Ortlieb kommt mit dem Terminbuch herein. »Kannst du das Libellenfest übernehmen?«, fragt er und setzt gleich hinzu: »Ich bin mit meiner Familie zum Grillen eingeladen.« Petra stöhnt innerlich, denn sie geht nicht gerne auf diese Social Events. »Na gut«, sagt sie ihm, »das mach ich, aber ich müsste heute schon früher weg. Meiner Mutter geht es nicht gut.« Sie rollt dabei mit den Augen. Rainer kennt ihre anspruchsvolle Mutter und nickt verständnisvoll.

Petra macht sich auf den Weg ins Benedictum. Sie will mit dem Fahrrad fahren, was aber erst einmal bedeutet, den steilen Berg von Fischau hinaufzuradeln. Das Benedictum, eine architektonische Betonsünde aus den siebziger Jahren, thront über dem Ammersee, damit die etwa zweihundert anspruchsvollen Senioren in ihren Appartements einen schönen Ausblick haben und nach Andechs schauen können.

In der Hitze schwitzt Petra. Sie stellt das Fahrrad in den Ständer und eilt die in gedeckten Farben gehaltenen Flure entlang. Als ihre Mutter auf ihr Klopfen nicht reagiert, nimmt sie ihren Zweitschlüssel und betritt das Appartement. Ihre Mutter liegt auf dem Bett. »Musst du dich so hereinschleichen?«, herrscht sie Petra an. »Warum kommst du jetzt erst? Nie hast du Zeit für mich, ich könnt glatt sterben, und du würdest es gar nicht merken!«, beschimpft sie ihre Tochter. Die hält inne, zählt ganz langsam von zwanzig rückwärts, wie es ihr der Psychologe des Benedictums geraten hat, und sagt sich immer wieder vor: *Ich bleibe ganz gelassen.* Manchmal schafft Petra das tatsächlich, aber oft ist sie wütend und verletzt. Heute denkt sie an ihre Verabredung mit Birgit und bleibt betont fröhlich. Sie lenkt ihre Mutter mit dem bevorstehenden Libellenfest ab. Das funktioniert zwar, aber plötzlich besteht ihre Mutter darauf, dass Petra sie mit auf diesen Termin nimmt. *Auch das noch*, denkt Petra und verspricht, sie am Samstag um halb zwei abzuholen.

Als sie sich wieder aus dem Benedictum schleichen will, wird Petra noch von der Stationsleiterin angesprochen.

»Wann kommt denn Ihr netter Bruder Julian wieder vorbei? Ihre Mutter fragt jeden Tag nach ihm.« Das wüsste Petra allerdings auch gerne.

Sie lächelt und schaut auf ihre Armbanduhr. »Schon so spät, ich muss noch auf einen Termin.« Sie eilt davon. Jetzt aber schnell nach Hause und sich frisch machen. Heute ist absolut ein Tag, um das neue Sommerkleid auszuführen!

In ihrem kleinen Bad genießt sie die kühle Dusche und wäscht sich gleich noch die Haare. Vor dem Spiegel macht sie die Gesichtskontrolle. »Immer lächeln, sonst gibt's Falten auf der Seele«, sagt ihre Freundin Birgit immer. Also lächelt sie drei Minuten lang und findet sich dann doch ziemlich gutaussehend. Sie hat mittelbraune lockige Haare, die sie auf Kinnlänge trägt, dazu ein herzförmiges Gesicht mit blaugrauen Augen. Die Augen betont sie als Smokey Eyes, wie sie es kürzlich in der Schminkschule einer Frauenzeitschrift gesehen hat. Dazu noch den hellblauen Spitzen-BH mit passendem Höschen und das neue Sommerkleid, das so gut zu ihrer sonnengebräunten Haut passt. Perfekt! Sie schlüpft in ihre Sandalen, schnappt sich ihre Handtasche und geht zu ihrem kleinen Polo. Von Fischau nach Frausching sind es etwa zwanzig Minuten mit dem Auto, da wird sie vermutlich nur zehn Minuten zu spät sein. Ihre Freundin Birgit kommt mit der S-Bahn aus München, und Petra setzt auf die übliche Verspätung.

Glücklicherweise bekommt sie noch einen Parkplatz in der Seestraße und eilt zum derzeit angesagten Szene-Treff, einem Kiosk direkt an der Promenade mit ein paar Tischen und Stühlen. Petra knurrt der Magen. Hoffentlich hat der kleine Fischladen nebenan noch auf. Sie hat Glück und bekommt noch eine der legendären Fischsemmeln mit Sprossen. Birgit sitzt schon an einem der Tische und hat einen Aperol Sprizz vor sich stehen. Sie umarmen sich.

»Schön, dass es heute geklappt hat!«, sagen beide gleichzeitig. Petra holt sich eine Kalte Ente, ein Weißweingemisch, zu ihrer Semmel.

»Heute war wieder Mutteralarm«, seufzt Petra. »Die eitle Dame war ohne Hut in der Sonne, sonst hätten ihre Löckchen verrutschen können. Und dann war sie wieder beleidigt, weil ich nicht alles stehen und liegen gelassen habe, und jetzt muss ich sie auch noch auf das Libellenfest am Samstag mitnehmen.«

»Du Ärmste.« Birgit verdreht die Augen. »Ich muss dir unbedingt meine neueste Dating-Geschichte erzählen! Das glaubst du mir nicht!« Birgit ist ein Fan von Online-Partnerbörsen. Heute hatte sie ein Blind-Date mit einem Tierarzt am Fischbrunnen in München.

Der Tierarzt entpuppte sich als zehn Jahre älter als angegeben und kam mit Trachtenhut. Als Erstes informierte er sie, dass er gerne in einen Swingerclub gehen möchte, dafür suche er eine weibliche Begleitung, weil es dann billiger werde. Petra nickt verständnisvoll und ist froh, dass sie mit ihrem Single-Zustand derzeit ganz zufrieden ist. Für solche Aktionen und stundenlanges Chatten in Partnerbörsen hat sie sowieso keine Zeit.

»Was ist mit dir?«, fragt Birgit. »Tut sich da was?« Petra lacht und sagt: »Männer kann ich mir gerade nicht leisten.« Sie denkt an Roland. Wie blöd sie gewesen ist! Sie schämt sich heute noch für ihre Dummheit und Naivität. Der Bürgermeister von Otterschwing, Theobald Hirsch, genannt der „flotte Theo", erinnert sie immer an den Roland. Auch der Bürgermeister versucht es bei ihr mit seinem Schmäh und Schmus. Sie schaudert. Der Bürgermeister Hirsch ist nicht nur ein Charmeur, sondern zeigt in den Gemeinderatssitzungen auch eine verbissene Härte, wenn etwas nicht nach seinen Vorstellungen läuft. »Der geht über Leichen«, murmelt man immer wieder hinter vorgehaltener Hand.

Birgit merkt, dass sich das Gesicht ihrer Freundin zusammenzieht, und erzählt schnell noch ein paar Anekdoten. Die beiden Frauen genießen den herrlichen Sonnenuntergang, der den See in ein helles Rosa taucht. Die Wellen glitzern, die Boote bewegen sich sanft im Wasser, und die Stunde des Sonnenunterganges legt einen sanften Mantel um die Gemüter. Alle Sorgen nimmt die Sonne mit. Die Freundinnen brechen beschwingt und mit freiem Kopf auf. In dieser Nacht schläft Petra gut.

Am nächsten Morgen kommt sie um neun Uhr in die Redaktion des *Seekuriers.* Da Freitag ist, muss die Wochenendausgabe auch mitgeplant werden. Die Nachrichtenlage ist äußerst dürftig. Rainer schlägt vor, dass Petra noch schnell einen Artikel über irgendetwas mit Natur schreibt. Er selbst will sich um ein anstehendes Oldtimer-Rennen kümmern und einen Werkstattbesuch bei einem Spezialisten machen. *Na super*, denkt Petra, *der Rainer fährt wieder mal spazieren und kümmert sich um das gezielte Sponsoring seiner Spezl.*

»Ist der Restaurator nicht auch im Libellenclub?«, fragt sie Rainer ganz unschuldig. Rainer ignoriert ihre Frage, schnappt sich den Schlüssel für das Redaktionsauto und ruft: »Ich bin schon spät dran. Bis später.«

Petra schaut mal in ihrem Fundus an Naturgeschichten und ruft den Ramsar-Gebietsbetreuer an. Zum Glück fällt dem immer etwas ein, und bald schon schreibt Petra an einem netten Artikel über brütende Vogelpaare, die ganz besonders selten vorkommen und unter Naturschutz stehen. *Erfolgreicher Liebesflug der Bekassine* titelt sie. Dann holt sie die eingegangenen Faxe und druckt sich die E-Mails aus. Sie macht die Meldungen fertig und setzt die Texte und Fotos ins Layout-Programm. Kurz vor vier taucht auch Rainer wieder auf und wirkt höchst entspannt.

»Wie war es?«, fragt Petra.

»Ach, das sind einfach wunderbare Autos«, schwärmt er. »Das wird ein schöner Aufmacher.« Mit verträumtem Gesicht klickt sich Rainer durch seine Bilder. »Da, schau mal, das sind doch schöne Kurven.« Rainer deutet auf die geschwungenen Kotflügel. Für Petra müssen Autos nur sicher von A nach B fahren, die Kurven interessieren sie nicht. Sie kramt die Unterlagen für morgen zusammen und steckt ihre Kamera ein. »Ich will noch zum Friseur«, sagt sie Rainer. Der nickt nur und ist in seinen Männerträumen versunken.

Petra geht ein paar Straßen weiter zum »Haarparadies«. Dort sind alle Plätze belegt. Die Idee mit dem Friseur hatten wohl auch schon alle Libellenfrauen. »Haare schneiden – ohne Termin?«, die Friseurin schaut sie entgeistert an. »Das geht heute nicht, Sie sehen doch, was hier los ist!« Dann nimmt Petra sich halt eine neue Tönung aus dem Drogeriemarkt mit.

Am Samstagmorgen geht sie erst einmal auf den alternativen Wochenmarkt, kauft sich ein paar biologisch-dynamisch produzierte Leckereien und trinkt einen Cappuccino, ehe es Zeit wird für ihren Termin. Inzwischen hat ihre Mutter schon dreimal auf dem Handy angerufen und ist ganz aufgeregt. Pünktlich holt sie Gertraud ab, die schon am Eingang des Benedictums wartet. Natürlich wieder ohne Hut! Für Diskussionen ist jetzt keine Zeit mehr, also nimmt sie Gertraud so mit.

Auf der Seepromenade ist schon einiges los. Überall stehen schicke junge Mädchen, die Libellenstartnummern verkaufen. Gertraud kauft sofort fünf Nummern. »Ist ja für einen guten Zweck!« Zum Glück entdeckt Gertraud noch ein paar ältere Damen aus dem Benedictum und nimmt an einem der Biertische im Schatten Platz. Petra holt derweil die Informationen bei den Libellenfrauen ein. Vor dem Libellenwerfen hält Unternehmer Hans Wagner eine erfreulich kurze Rede, dann betritt Theobald Hirsch das improvisierte Podium. Nach dem ausführlichen Hofieren von Unternehmer Wagner weist er auf die Wichtigkeit des Ehrenamtes hin und lobt den Libellenclub in höchsten Tönen. Da die Kinder schon unruhig werden, kürzt er doch ein wenig ab. Der Feuerwehrkommandant wartet, bis der Spielplatz weiträumig abgesperrt ist, und dann lässt er die Libellen fliegen. Mutter Gertraud geht ganz in dem Spiel auf und fiebert mit ihren Startnummern mit. Tatsächlich ist eine ihrer Libellen ziemlich weit geflogen. Die Männer von der Feuerwehr messen gewichtig mit Stöcken und Maßband nach. Hans Wagner verkündet das Ergebnis: »Die Dampferfahrt für zwei Personen auf dem Ammersee gewinnt Libelle Nummer 205, das Grillset gewinnt Libelle Nummer 36 und den Gutschein für das Fitnesscenter Libelle Nummer 68.«

Mutter Gertraud jubelt. »Gewonnen!« Zusammen mit den anderen Gewinnern eilt sie zu Herrn Wagner. Sie bekommt den Fitnessgutschein. Petra versucht derweil, die Gewinner für ein schönes Foto zu arrangieren. Gertraud bekommt von Theo Hirsch und Herrn Wagner die Hand geschüttelt und strahlt.

Dann entdeckt sie Petra und winkt sie heran. »Meine Tochter arbeitet beim *Seekurier*«, sagt sie. Jetzt muss Petra dem Hirsch auch noch die Hand geben! Sie setzt ihr professionelles Lächeln auf und kommt näher.

»Eine sehr nette Veranstaltung«, sagt Petra zu beiden. »Wunderbares Wetter heute.« Hirsch macht Gertraud Komplimente, und Wagner ist sofort verschwunden und kommt mit zwei Gläsern Sekt zurück.

»Schreiben S' was Schönes«, sagt er mit einem Augenzwinkern zu Petra. Die nimmt ihre Mutter am Arm und führt sie zu ihrem Platz zurück. Der Gewinn ist natürlich das Thema am Tisch. Zum Glück wird ihre Mutter bald müde, und Petra bringt sie zurück in ihr Appartement. Zum Dank für den schönen Nachmittag überreicht Gertraud ihr den Gutschein. »Wirst ja auch nicht jünger«, meint sie mit Blick auf Petras Taille. Petra fängt wieder an zu zählen. Puh!

Kapitel 3

Villa von Hans Wagner
am Westufer des Ammersees

»Wieder einmal kein Parkplatz zu finden. Scheiß Touris!«, schimpft Rainer Ortlieb am Steuer seines Golf-Kombis. Seine Frau blickt ihn strafend an. »Lass mich doch schon mal aussteigen«, sagt sie mit Blick auf ihre hohen Absätze. Ortlieb weicht zwei Radlern aus, die zwischen sich ein Schlauchboot transportieren. Er will wieder fluchen, hält sich aber gerade noch zurück. Er kreist mit seinem Golf in den Anliegerstraßen und wird schließlich fündig.

Seine Frau wartet derweil noch in der Nähe des Eingangs auf ihn und blickt vielsagend auf ihre teure Uhr. Dass Rainer Ortlieb vom *Seekurier* auch zu dem legendären Grillfest bei Wagner eingeladen ist, hat er Theobald Hirsch zu verdanken. Der Bürgermeister hat sich dafür erkenntlich gezeigt, dass Rainer dafür sorgt, dass die Berichterstattung im *Seekurier* seinen Interessen nicht zuwiderläuft. Bei einer Einladung zum Kaffee und zu Marlenes legendärem hausgemachtem Zwetschendatschi hatte ihm Theo Hirsch die Aufnahme bei den Dienstagsfreunden in Aussicht gestellt. Rainer dachte an seine Frau, die ihm immer wieder in den Ohren lag, warum er nur so ein popliger Landschreiber sei, der seine Tage in Bauausschusssitzungen verbrachte und für die Anhebung der gesellschaftlichen Stellung der Familie völlig unnütz war. Seine Gattin kann ihm das Leben zur Hölle machen, wenn sie unzufrieden ist. Rainer Ortlieb versteht sein Leben eher als langen ruhigen Fluss. Also hat er seine idealistischen Regungen verdrängt und sich auf den Handel eingelassen. Allerdings muss diese Verbindung geheim bleiben, daher ist größte Vorsicht geboten. Die Einladung zum Grillfest bei Wagner ist jedoch unverfänglich, schließlich ist seine Frau jetzt im Kreis der Libellenfrauen willkommen. Allerdings summieren sich inzwischen die Ausgaben der Gattin für die diversen Schönheitspflegemaßnahmen und modischen Outfits spürbar. Daher ist Rainer Ortlieb dankbar, dass die Unternehmer des Libellenclubs ihn dann und wann als Ghostwriter für Reden und Ähnliches anfragen. Dies wird im Gegensatz zur Lokaljournaille richtig gut bezahlt.

Rainer Ortlieb geht mit seiner Frau durch das große Gartentor, bei dem schon zwei Männer der Security stehen. »Willkommen beim Grillfest der Wagner GmbH«, sagt einer der beiden Hünen. Der unwesentlich Kleinere zieht sein Klemmbrett hervor. »Sie sind Herr …?«, fragt er.

»Ortlieb und Gattin«, antwortet Rainer. Sie dürfen passieren. Entlang der Auffahrt Fackeln gesteckt, die das romantische Flair eines Sommerabends unterstreichen. Vor dem Haus erwartet sie schon ein Glas Champagner, den die gleichen hübschen Mädchen servieren, die schon beim Libellenfest im Einsatz waren. Auf der leicht abfallenden Wiese zum Seeufer hin sind mehrere Zelte aufgebaut. Den alten Baumbestand des Seegrundstückes hat Wagner beim Kauf seiner Villa wegen der »optimalen Blickbeziehungen« zum See auf ein Minimum dezimiert. Daher sind große Sonnenschirme aufgestellt worden, die für den nötigen Schatten sorgen sollen. Für das leibliche Wohl sorgt die Metzgerei Meier. Neben dem Chef sind drei flotte Servicekräfte an mehreren Grills im Einsatz. Rainer Ortlieb sondiert schnell die anwesenden Gäste. Direkt vom Libellenfest sind wohl Gastgeber Wagner und Bürgermeister Theobald Hirsch eingetroffen. Hirsch hat sichtlich schon einige Gläser Champagner intus, denn er lacht laut und hat ein gerötetes Gesicht.

»Ah, der Schreiberling«, begrüßt Hirsch Rainer Ortlieb. Dessen Frau entgleist fast das Gesicht. Wagner gleicht den Fauxpas seines Gastes aus und begrüßt Rainer mit einem Handschlag und seine Frau mit Handkuss und Komplimenten. Ortlieb sucht schnell das Weite und findet einen etwas abgeschiedenen Platz unter einem der weißen Sonnenschirme. Seine Frau steht bei einem Grüppchen Libellenfrauen.

Derweil lässt Wagner dem Theo einen starken Kaffee servieren. »Du brauchst noch einen klaren Kopf!«, weist er ihn an. »Nachher kommt der Forster.«

Theo will sofort wieder nüchtern werden. Der Wagner hätt ihn ja auch vorwarnen können. Er geht zum Grillstand. Er braucht jetzt unbedingt eine gute Grundlage. »Gibt's schon etwas Herzhaftes?«, fragt er den Chef. Der ist mit dem Anzünden der Holzkohle beschäftigt und winkt eine Mitarbeiterin heran. Die Tina, eine ausgezeichnete Metzgereifachverkäuferin, ist eine dralle Blondine im Marilyn-Monroe-Style. Heute muss sie aber die scheußliche Corporate-Identity-Kleidung der Metzgerei tragen. Auf der Rückseite des gelben Poloshirts ist ein grinsender Saukopf eingestickt. Tina will keinen grinsenden Saukopf auf dem Rücken tragen, deshalb hat sie sich für das traditionelle

Schürzenkleid entschieden. Hier ist nur an der Brusttasche das Saukopf-Logo mit Schriftzug eingestickt. Tina trägt wie selbstverständlich einen schwarzen Strumpfhalter aus Spitze. Und Strapse dazu. Die sind ihr Markenzeichen, und die Tina geht nie ohne aus dem Haus. Sie setzt die Strapse ganz strategisch ein, denn ihre Figur ist zwar immer noch ganz passabel, aber das Alter macht auch vor ihr nicht halt. Als Theo Hirsch sich nähert, knöpft sie schnell die Kittelschürze weiter auf und macht wie zufällig einen Ausfallschritt. Das zeigt Wirkung, denn so beschwipst kann Theo gar nicht sein, dass er die Strapse nicht bemerkt. Er steht vor Tina, schaut auf ihre Beine und schnalzt mit der Zunge. »Mir ist nach etwas Herzhaftem.« Er grinst Tina an. »Dann sind Sie bei mir richtig«, gurrt sie. »Ich hätt da schon ein paar schöne Bratenstücke für Sie.« Theo nickt. »Machen Sie mir einen Teller mit Krautsalat und dem hausgemachten Kartoffelsalat.« Tina richtet den Teller an und zeigt auf die Stücke.

»Darf's ein bisschen mehr sein?«

»Von Ihnen immer.«

Theo zwinkert mit einem Auge und nimmt den Teller. Wie zufällig berühren sich ihre Hände.

»Später im Bootshaus?«, flüstert er ihr zu. Weil Tina ihr glockenhelles Lachen ertönen lässt, wird ihr Chef Meier aufmerksam und wirft seiner Mitarbeiterin einen bösen Blick zu. Theo geht mit seinem üppig belegten Teller an einen Stehtisch und pfeift vor sich hin. *Das wird eine tolle Nachspeise*, denkt er, *aber vorher noch das Geschäftliche.* Zum Glück hat seine Ehefrau Marlene heute keine Zeit gehabt, denn sie und die Mädchen sind unterwegs. Da hat Theo freie Bahn.

Immer mehr Gäste trudeln ein. Der Hausherr ist in seinem Element und schwirrt von einer Gruppe zur anderen. Später ist noch eine Hausführung der Villa angekündigt.

Rainer Ortlieb und seine Frau gehen mit auf Besichtigungstour. Ortlieb kennt die Baupläne aus den Gemeinderatssitzungen und erinnert sich noch gut daran, dass die meisten Umbauten der Villa erst einmal ohne Genehmigung gemacht wurden. Der Landrat hat im Nachhinein alles abgesegnet. Die Neider und Kleingeister vom Gemeinderat kamen nicht mit ihrer Paragraphenreiterei durch, pflegt Wagner stets zu sagen.

Ortlieb sieht die Miene seiner Frau, die in jedem neuen Raum noch eisiger wird. *Das kann ja heiter werden*, denkt er. Dabei hat er insgeheim gehofft, der Grillabend würde seine Frau so gnädig stimmen, dass er wieder einmal im Ehebett übernachten darf. Er hofft, dass sich die häusliche Katastrophe noch einmal abwenden lässt, und holt seiner Gattin ein Glas Champagner. »Ich bekomm davon nur Migräne«, sagt sie und scheucht ihn weg. »Hol mir lieber eisgekühltes stilles Wasser.«

Im Vorbeigehen sieht er den Bürgermeister Hirsch mit der Tina von der Metzgerei flirten. Die Ortliebs verlassen die Sommerparty in eisigem Schweigen sehr zeitig.

Zu früh, um das Eintreffen von Bäderkönig Roland Forster noch mitzubekommen. Der rollt in einer Limousine mit Chauffeur heran und wird gleich von Wagner in die Bibliothek geführt. Hier warten schon Theo Hirsch, Architekt Roger von Zinnen, Gutsherr Johann Landgraf, Steuerberater Christian Wenig und Unternehmensberater Gottfried Schneider. Hausherr Wagner übernimmt die Vorstellungsrunde.

»Es ist mir eine besondere Ehre, heute unseren Freund Roland Forster in meinem bescheidenen Heim begrüßen zu dürfen! Um unser aller Herzensprojekt, die Pilsentherme verwirklichen zu können, wird er uns mit Rat und Tat zur Seite stehen.«

Forster deutet eine Verbeugung an. »Es ist mir eine Ehre! Hier handelt es sich um die klassische Win-Win-Situation. Wir alle können nur gewinnen.« Man kann förmlich das Geld riechen, an das jetzt alle in der Runde denken. Aber natürlich muss der Schein gewahrt werden.

Theo springt auf und sagt getragen: »In erster Linie ist die Therme ein soziales Projekt, das der Bevölkerung in der Region zugutekommen wird. Damit entspricht es genau den Zielen, die sich der Libellenclub gesetzt hat.«

Alle nicken beifällig. Forster erkundigt sich nach den Fortschritten. Theo kann berichten, dass er bereits eine Wiese in schöner Hanglage in seinen Besitz gebracht habe. Das Grundstück nebenan nebst möglicher Zufahrt gehört dem Gutsherrn Johann Landgraf. Der sagt, dass er »unter gewissen Umständen« bereit sei, sich von seinem Besitz zu trennen. Mit ersten Entwurfsplanungen habe er schon angefangen, sagt der Architekt und platzt fast vor Eifer. Weitschweifig breitet er seine Pläne aus. Weil Otterschwing nicht direkt am See liegt, soll mit kleinen Weihern im Bootshüttencharakter eine Saunalandschaft um die Therme herum entstehen. Man habe ja genügend Quellen auf dem Grundstück, meint Architekt von Zinnen. Zudem könne die Therme in verschiedene Bootsdecks gegliedert werden. Von Zinnen macht es besonders spannend, als er eine Skizze für den Hauptbau hervorzieht. Darauf ist mit kühnen Strichen eine

Skizze zu sehen, die an einen Raddampfer erinnert. Alle warten gespannt auf Forsters Urteil. Schließlich hat der schon einige Thermen gebaut, allerdings eher im klassischen Stil.

»Ganz nett, kommt aber auf die Kalkulation an«, meint Forster schließlich diplomatisch. Jetzt sind Steuerberater Christian Wenig und Unternehmensberater Gottfried Schneider am Zug. Sie schreiben eine Zahl auf ein Flipchart. Fünfundzwanzig Millionen Euro Baukosten. Abzüglich der Zuschüsse von der EU und vom Land zur Strukturbelebung und zur Schaffung neuer Arbeitsplätze. Auch der Landrat will aus dem Etat für Freizeitgestaltung und Tourismus eine hübsche Summe bereitstellen. Da die Gemeinde Otterschwing selbst eher knapp bei Kasse ist, soll Bürgermeister Theobald Hirsch über eine Scheinfirma selbst einsteigen. Eine fabelhafte Rendite versprechen Wenig und Schneider. Bäderkönig Forster will sich mit einundfünfzig Prozent die Mehrheit sichern. Theo hat noch eine Idee: die monetäre Bürgerbeteiligung. Fünf Prozent Anteil könnten ja scheibchenweise ausgegeben werden, und so könnte man die Bürger mit in den Prozess einbeziehen. Doch das gefällt den Herren nicht. Nur im Notfall, falls der Bürgerprotest zu groß wird, so die einhellige Meinung. Lieber möchte man sich ja selbst bereichern, schließlich trage man auch das unternehmerische Risiko.

Nun soll es bald vorangehen. Wenig und Schneider sollen zusammen mit dem Notar die Vorverträge ausarbeiten, Theo schon mal positive Stimmung im Gemeinderat machen, mögliche Beteiligungssummen sollen genannt werden und Forster will schon mal die Vorarbeit bei der Regierung von Oberbayern leisten. Er habe da einen guten Mann, sagt er. Um alles Weitere soll sich dann Theo in offizieller Mission als Bürgermeister kümmern. Im Herbst soll alles so weit unter Dach und Fach sein, dass damit an die Öffentlichkeit gegangen werden kann. »Bis dahin – absolute Diskretion, meine Herren!«, mahnt Theo eindringlich.

Als die Besprechung vorbei ist, scheint der Mond über dem See. Vorhin hat Wenig dem Theo noch gesteckt, wie hoch die Rendite werden soll. Zwanzig Prozent! Er beginnt zu rechnen. In fünf Jahren hätte sich seine Million quasi verdoppelt. Ihm wird ganz schwindlig. Jetzt hat er sich seinen Nachtisch redlich verdient. Er hält Ausschau nach der frechen Tina. Die hat gleich Feierabend und nickt nur kurz, als sie Theo mit zwei Gläsern und einer Champagnerflasche Richtung Bootssteg gehen sieht.

Tina muss nur noch ihren Chef abwimmeln, dann steht einem Nachschlag nichts mehr im Wege. Sie sagt ihm, dass sie noch einen kleinen Spaziergang machen möchte, die Luft sei so schön. Metzgermeister Meier schaut sie entgeistert an, denn schließlich stand man jetzt schon bald zwölf Stunden im Freien. »Wie du willst, kannst aber nachher nicht mehr bei mir mitfahren.«

»Ist schon in Ordnung, ich komm schon heim.« *Hoffentlich wartet der Theo auf mich*, denkt Tina. Sie zündet sich gleich eine ihrer Chesterfields an und läuft schon mal in Richtung Ufer. In einer dunklen Ecke richtet sie noch schnell ihren Kittel und die Strapse und sprüht ein paar Tropfen Parfum auf, natürlich Chanel No 5. Dann schlendert sie auf den Bootssteg zu.

Theo hat derweil das Bootshaus nach geeigneten Möglichkeiten abgesucht. Leider sind keine Liegen da, aber das Ölzeug schafft zumindest eine splitterfreie Unterlage. Mit der Tina wird er wohl zügig zur Sache kommen, schätzt er. Beim Gedanken an ihre schwarzen Strapse wird ihm ganz heiß. Und da kommt sie auch schon heran.

Tina schlendert auf den Bootssteg, dabei pfeift sie »I wanna be loved by you«. Zu schade, dass sie jetzt nicht ihre richtigen Klamotten anhat, obwohl – der Theo scheint ja auf Frauen in Kittelschürzen abzufahren. Lang ist die Tina noch nicht in der Metzgerei Meier in Otterschwing tätig, aber nachdem es Schwierigkeiten mit der Ehefrau des letzten Metzgermeisters in Frausching gab, musste sie die Stelle wechseln. Selbstverständlich ordentlich versüßt mit einer Wechselprämie. Jedenfalls ist sie jetzt in Otterschwing gelandet, und der wichtigste Mann in Otterschwing scheint wohl der Bürgermeister Theobald Hirsch zu sein. Dass er ein Weiberer ist, hat ihr die Seniorchefin gleich am ersten Tag gesteckt. Weil sie noch in der Probezeit ist, reißt sie sich in der Metzgerei zusammen. Der Metzger Meier ist ganz katholisch, da heißt es Obacht geben. Umso besser, dass sich so schnell eine solche Gelegenheit ergibt. Leicht machen wird sie es dem Theo aber nicht, hat Tina im Laufe des Abends beschlossen. Der soll ihr ja länger das Bett wärmen, nicht nur für eine Nacht.

Theo erwartet Tina artig mit den zwei gefüllten Champagnergläsern. Er lächelt ihr zu, obwohl sie das im Zwielicht der Nacht nicht genau erkennen kann. Die Kulisse ist wirklich traumhaft. Leise plätschert das Wasser an den Steg, im Bojenfeld klimpern die Beschläge der Segelboote, der leichte auflandige Wind ist warm, und der Sternenhimmel leuchtet. Am anderen Ufer sieht man die Lichter der Ortschaften leuchten.

Theo macht ihr Komplimente und will rasch auf Tuchfühlung gehen. Da macht sie sich los und zieht das Ruderboot, das am Steg vertäut ist, heran. Sie springt hinein, und sofort schaukelt das Boot. Gerade noch kann sie sich auf die Bank setzen. Theo seufzt innerlich. Auch das noch, jetzt soll er sie wohl noch über den See rudern? Da zirpt sein Handy. Er schaut auf das Display. Marlene! Irgendwie hat sie ja schon einen Riecher. Er bedeutet Tina, ruhig zu sein, und nimmt das Gespräch an.

»Ich bin noch in einer sehr wichtigen Besprechung«, flüstert er ins Handy. »Ja, das wird heute wieder ein Marathon! Ich wär jetzt auch lieber bei dir, aber geh doch schon mal schlafen. Vielleicht übernachte ich auch beim Wagner«, hängt er noch schnell an. Marlene glaubt ihm, wie immer.

Er legt auf. Das wäre erledigt. Also wird er jetzt die Tina rudern. Und Theo weiß auch schon genau, wohin. Dahinten in der übernächsten Bucht gibt es eine wunderbare Sandbank mitten im Naturschutzgebiet. *Da schauen nur die Vögel zu beim Vögeln*, denkt er und grinst über seinen Kalauer.

»Schöne Frau, einen kleinen Ausflug gefällig?«

»Mit dir an meiner Seite immer!«

Theo holt sich das Ruderboot heran, gibt Tina die Champagnerflasche und steigt vorsichtig ein. Er ist kein guter Schwimmer, aber das will er Tina nicht gleich verraten. Er hängt die Ruderblätter ein und rudert ganz leise los. Es ist eine wunderschöne Sommernacht. Tina pfeift, und er pfeift mit, und bald schon sind beide an der kleinen Sandbank. Über die Jahre hat Theo viel Übung bekommen und denkt, dass die Tina schon mit ein wenig Zärtlichkeit in Schwung kommen wird. Und da liegt er bei der Tina genau richtig. Mit halb aufgeknöpfter Kittelschürze gibt sie sich ihm hin. Aber wie! Er hält ihr am Ende die Hand vor den Mund, weil sie loslegt wie eine Sirene. Sie scheinen wie füreinander gemacht. Als ob sie sich schon ewig kennen, ihre Körper tanzen einen furiosen Tango, und Tina scheint wirklich zu mehreren Orgasmen zu kommen. Irgendwann denkt Theo an gar nichts mehr und lässt sich völlig los. Was für eine Nacht!

Was Theo und Tina aber nicht mitbekommen, ist, dass sie mitten in einer Brutkolonie liegen. Der Bledschneider Sepp schaut hier immer wieder mal nach dem Rechten. Und auch heute ist Sepp um drei Uhr morgens unterwegs. Mit dem Fernglas macht er sogleich die Quelle des Lärms aus. Natürlich der flotte Theo! Das macht den Sepp ziemlich narrisch, und im ersten Moment will er die beiden Liebenden stellen. Aber dann überlegt er es sich anders. *Wär gut, noch ein Druckmittel in der Hand zu haben*, denkt er und holt die Kamera heraus. Hoffentlich treiben die es so lange, bis es hell genug ist. Er stellt die Kamera ein und macht ein paar Probebilder. Mehr als graue Schatten erkennt man nicht. Aber seine Geduld wird belohnt. Das Liebespaar fällt mehrmals übereinander her, und es reicht noch für passable Aufnahmen.

Irgendwann merkt der Theo, dass es jetzt höchste Zeit ist, zu verschwinden. Er rudert mit Tina an einen öffentlichen Steg in der Nähe. »Wir sehen uns«, raunt er ihr zu, dann geht er zu seinem Auto, das er zum Glück etwas entfernt von Wagners Anwesen geparkt hat.

Tina ist so müde, dass sie sich in einer der Umkleidekabinen an der Badestelle erst einmal langmacht. Sie erwacht davon, dass plötzlich ein Waldschrat vor ihr steht mit einer Decke in der Hand. »Komm, ich bring dich heim«, sagt er, und Tina glaubt wieder an Wunder. Der Waldschrat bringt sie zu seinem verbeulten Lada, öffnet ihr die Beifahrertür und fährt los. Er lädt sie vor ihrer Haustür ab.

»Wer bist denn du?«, fragt sie noch, aber der Bledschneider Sepp gibt Gas. Tina sperrt die Haustür auf und geht die Treppe hinauf zu ihrer Wohnung. Sie streift nur die Schuhe ab und geht ins Schlafzimmer. Mit verträumtem Lächeln legt sie sich in ihrem Himmelbett schlafen.

Kapitel 4

In der Redaktion des *Seekuriers* in Fischau ist gerade Redaktionskonferenz. Das Sommerloch ist in diesem Jahr wieder bedrohlich groß. Jetzt muss eine zündende Idee her – am besten eine Serie. Rainer Ortlieb scheint nicht ganz bei der Sache zu sein, immer wieder blickt er auf sein Handy. Petra Rosenberger hat zwar auch ein Smartphone, findet es aber äußerst unhöflich, wenn ein Gesprächspartner mehr auf sein Handy blickt als auf sein Gegenüber. Rainer spricht nebenbei Petra an: »Petra, dir fällt doch immer etwas ein. Wie wäre es mit einer schönen Serie über die Strandbäder?«

Petra rollt die Augen. »Strandbäder – ist das Thema nicht ein wenig abgegriffen? Interviews lesen die Leute doch gerne!«

»Du kannst auch gerne Badegäste interviewen.«

»Ich dachte mehr in Richtung Sommerinterview wie im Fernsehen.«

»Aber die Bürgermeister hatten wir schon letztes Jahr.«

»Wie wäre eine Rückschau der Altbürgermeister? Die können dann auch gleich erzählen, wie zufrieden sie mit ihrem Nachfolger sind. Das wäre doch eine schöne Einstimmung für die anstehende Kommunalwahl!«

Rainer Ortlieb nickt abwesend und setzt dazu: »Kannst

gleich in Otterschwing anfangen, Petra! Der Altbürgermeister heißt Johann Schmidt und ist inzwischen über achtzig. Das war noch ein anständiger Politiker vom alten Schlag. Aber als seine Frau dann gestorben ist, hat er sich immer mehr zurückgezogen. Wenn du mit ihm ein Interview machen kannst, dann steht die Serie. Aber alternativ kannst schon mal die Badesachen herauslegen.«

»Na dann lieber wieder Reportagen, wie ein Tag bei der Wasserwacht, der Wasserschutzpolizei, im Bootsverleih und mit dem Dampferkapitän aussieht.«

»Zu zeitaufwendig«, meint Ortlieb.

Petra macht sich im Archiv auf die Suche nach Material über Johann Schmidt. Sie findet nicht viel, denn der Theobald Hirsch ist schon fast achtzehn Jahre Bürgermeister von Otterschwing. Vielleicht kennt Gertraud ja den Altbürgermeister, schließlich hat sie ja ein paar Jahre in Otterschwing gewohnt. Petra beschließt, nachher bei ihrer Mutter vorbeizuschauen. Sie ruft bei ihr im Benedictum an. Gertraud meldet sich aufgekratzt.

»Hosenbeuger«, nuschelt sie.

»Ich bin es, Petra. Passt es dir, wenn ich nachher vorbeikomme?«

»Ach Kindchen, für dich habe ich jetzt gar keine Zeit. Ich warte auf einen Anruf von Herrn Günther!«

»Kein Problem, ich schau einfach bei dir rein, dann können wir ja zusammen warten«, sagt Petra.

»Ja, ja«, murmelt Gertraud und legt auf, ohne sich zu verabschieden. Petra ist alarmiert. Wer ist Herr Günther? Und was will der Kerl von ihrer Mutter? Da muss sie gleich mal nach dem Rechten sehen.

Zu Rainer Ortlieb sagt Petra, dass sie heute eine längere Mittagspause nimmt, weil sie noch zu ihrer Mutter muss. Ortlieb diskutiert mal wieder am Telefon mit seiner Ehefrau. Der schrillen Stimme am anderen Ende nach zu urteilen, hängt dort gerade der Haussegen mal wieder gewaltig schief.

Petra nimmt das Auto. Beim Benedictum stellt sie sich kurzerhand auf einen freien Personalparkplatz. Als sie in das großzügig gestaltete Foyer tritt, schlägt ihr der drückende Geruch des Altenheims, eine Mischung aus gekochtem Kohlgemüse, Ausdünstung und Desinfektionsmittel entgegen. Sofort sinkt ihre gute Laune merklich, und sie geht mit gesenktem Kopf möglichst geräuschlos vorwärts. Das Appartement ihrer Mutter liegt im dritten Stock. Sie klingelt und wartet. Nach einer Weile macht ihr Gertraud auf. Ihre Wangen glänzen, und heute hat sie sich richtig chic gemacht. Sie trägt eine schwarz-weiße Kombination und dazu passende Halbschuhe. Gertraud hat gar keine Zeit für eine Begrüßung, sofort steuert sie den Sessel mit dem Telefontischchen wieder an.

»Hat er schon angerufen?«, fragt Petra.

»Nein, aber es kann jede Minute so weit sein. Der Herr Günther war früher Staatsanwalt und will sich bei mir melden.«

»Ist das ein neuer Bewohner?«

»Ja, und stell dir vor, er sitzt an meinem Mittagstisch. So ein stattlicher Mann und so höflich, ein richtiger Gentleman!«

Petra beschließt, dass von einem früheren Staatsanwalt wohl keine Gefahr ausgehen wird, und versucht, behutsam an ihre Information zu kommen.

»Als du noch mit Papa in Otterschwing das Haus hattest, hast du da eigentlich einmal den früheren Bürgermeister Johann Schmidt kennengelernt? Das soll ja auch ein sehr netter Mann sein.«

»Johann Schmidt? Der in der Hauptstraße wohnt? Ein netter Mann ist das bestimmt nicht!«

»Warum das denn?«

»Der hat mich kaum gegrüßt, war immer in Gedanken versunken. Der Justus hat ihn immer in Schutz genommen. Weil sein Sohn Adi nicht mehr nach Hause kommt. Der Adi reist in der ganzen Weltgeschichte herum und schreibt nicht eine Postkarte an seine Familie. Nicht einmal zur Beerdigung seiner Mutter ist er gekommen!«

»Hat der Vater seinen Sohn denn nicht gesucht?«

»Doch, aber der Justus meinte, er sei nicht auffindbar gewesen und dass es einmal einen schlimmen Streit gab. Und da war noch etwas mit zwei anderen jungen Männern, aber das fällt mir jetzt nicht ein«, kramt Gertraud in ihren Erinnerungen. Da klingelt das Telefon. Gertraud geht sofort ran und flötet in den Hörer. »Ja, Herr Günther, das ist aber sehr nett! Später in Fischau Kaffee trinken? Gerne zeige ich Ihnen ein nettes Café.«

Nach dem Telefonat wird Gertraud hektisch. Sie eilt ins Bad und legt noch einmal Schminke auf.

Petra macht sich wieder auf den Weg. Soll sich ihre Mutter doch einmal amüsieren, denkt sie sich. Allerdings benimmt sich Gertraud wie ein verliebter Teenager. *Das hört wohl nie auf*, denkt Petra und seufzt.

Sie fährt schnell nach Hause und macht sich ein paar Brote. Während sie auf ihrer Terrasse sitzt, beginnt sie zu rechnen. Der Theobald Hirsch kam bei der Kommunalwahl 1996 als Nachfolger von Johann Schmidt ins Amt. Da war der Theo etwa achtunddreißig Jahre alt und der Schmidt dann so etwas über sechzig Jahre. Sein Sohn Adi müsste dann auch in Theos Alter sein. In so einem kleinen Dorf sind die beiden sicher miteinander aufgewachsen. Von einem vermissten Sohn hat Petra noch gar nichts gehört, aber vermutlich spricht niemand mehr darüber.

Sie beschließt, ihren Kollegen zu fragen. In der Redaktion des *Seekuriers* ist Rainer Ortliebs Platz überraschenderweise verwaist. Ein Zettel, auf dem steht *Bin auf Termin!*, klebt an seinem Bildschirm.

»Na dann mache ich erst einmal Onlinerecherche«, sagt Petra zu sich. Sie gibt die Namen ein, aber im Netz kommt nichts Brauchbares. Auch im Archiv findet sich zum Thema verschwundener Sohn gar nichts. So kommt Petra nicht weiter. Sie fährt direkt nach Otterschwing, nachdem sie sich die Adresse von Johann Schmidt herausgesucht hat. Auf einen Telefonanruf verzichtet sie, denn es ist schwieriger, jemanden abzuwimmeln, der direkt vor der Haustür steht. Johann Schmidt wohnt in einem großen Bauernhaus, allerdings merkt man auf den ersten Blick, dass eine weibliche Hand fehlt. Keine üppige Geranienpracht an den Balkonen, und im Garten gibt es keine Blumen. Ansonsten sieht alles ordentlich aus. Sie setzt ihr freundlichstes Reporterinnengesicht auf und klopft an. Nach einer Weile hört sie, wie jemand den Gang herunterschlurft. Die Tür wird geöffnet, und ein älterer Mann in langen grauen Hosen mit Hosenträgern nebst kariertem Hemd steht im dunklen Flur. Ein Hemdzipfel hängt heraus, und der verbliebene Haarkranz wirkt struppig.

»Ich möchte mit Johann Schmidt sprechen«, sagt sie. Er mustert sie misstrauisch.

»Was wollen S'?«, nuschelt er. Sie stellt sich vor und fragt, ob er kurz Zeit für ein Gespräch habe. Das irritiert den alten Mann sichtlich. Er bleibt still, dann öffnet er die Tür ganz und sagt: »Kommen S'.«

Petra wird in die gute Stube geführt. Die Staubschichten zeigten, dass das Zimmer kaum benutzt wird. Auf der Anrichte stehen mehrere Familienbilder. Auf einem erkennt sie einen jungen Burschen, der deutlich die Züge seiner Mutter trägt. Schmidt bemerkt, dass sich Petra die Bilder anschaut. Schmidt nimmt eine gerahmte Fotografie seiner Frau zur Hand und schaut Petra an: »Sie haben das gleiche freundliche Lächeln. Meine Frau, die Marie, Gott hab sie selig, hat immer gesagt: Sei net so streng mit dem Buben. Aber dass der Adi nimmer heimkommt, hätt ich doch auch net dacht. Mein Gott, das ist doch alles schon lang vergessen!«

Petra wartet darauf, dass Schmidt weiterspricht. »Was ist denn passiert?«

Johann Schmidt beginnt zu erzählen. »Damals hat man die Kinder noch jung gekriegt, die Marie und ich waren beide gerade einundzwanzig Jahre alt, als der Adi unterwegs war. Wir haben dann gleich geheiratet, und ich hab viel arbeiten müssen. Harte Zeiten waren das. Meine Frau hat Kinder sehr gerne gehabt, aber nach dem Adi konnte sie keine weiteren Kinder mehr bekommen. Nach vier Fehlgeburten haben wir dann aufgegeben. Sie hat dann auf die Kinder im Dorf aufgepasst, und deshalb sind hier immer mehrere Buben herumgesprungen. Der Theo und der Sepp waren die besten Freunde vom Adi. Alles haben die drei zusammen gemacht, für jeden Schmarrn waren die drei zu haben. Als die drei dann zur Bundeswehr mussten, hat der Sepp verweigert. Der Theo hat Plattfüße gehabt, und der Adi wollt natürlich auch nicht hin. Hatten alle drei so Hirnfürze mit linker Propaganda, so Kommunistengeschwätz, mit denen konnte man nicht reden. Ich hab dem Adi klargemacht, dass er seine Pflicht fürs Vaterland tun muss, und ihm den Umgang mit den anderen zwei verboten. War natürlich ein Schmarrn, die haben sich dann immer draußen bei der Weggabelung an der alten Weide getroffen. Der Adi musste dann einrücken. Zur Grundausbildung haben sie ihn nach Schleswig-Holstein geschickt. Wie er wiederkam, war er dünn und hart geworden. Mit mir sprach er nimmer, nur mehr mit der Mutter. Dann war er hier stationiert, bei den Lechfeldkasernen. Er hat daheim geschlafen und ist immer ganz früh losgefahren. Hab ihm extra einen Käfer gekauft, weil ich ja gesehen hab, dass er das nicht aushält.« Schmidt schluckt und blickt eine Weile aus dem Fenster. »Was ich jetzt sag, muss aber unter uns bleiben.« Petra nickt und verspricht es. Sie versucht, ganz ruhig zu bleiben, damit der alte Mann nicht aufhört zu reden. Obwohl es Johann schwerfällt, redet er weiter. Er will die Geschichte erzählen, und das junge Fräulein ist nicht aus Otterschwing und wirkt so zupackend. Der fällt bestimmt etwas Gescheites ein, hofft Johann. Er redet weiter.

»Der Sepp, der Theo und der Adi waren ganz närrisch. Dem Vaterland wollten die drei es so richtig zeigen. Auf dem Lechfeld waren damals die Pershings stationiert. ›Parole toter Stier‹ – die drei haben sich eingebildet, wenn sie einen Anschlag verüben, dann werden die Pershings abgezogen. Sie haben dann mit den Kenntnissen vom Adi bei Nacht und Nebel versucht, eine Explosion auszulösen. Hat nicht geklappt, und beinahe wären sie auch vor Ort erwischt worden. Allerdings hat der Adi seine Armbanduhr verloren, mit Gravur versteht sich. Die drei haben mir die Dummheit gebeichtet. Ich hab dem Adi zwei Watschen geben und gesagt, er soll erst mal so schnell wie möglich verschwinden. Er ist dann mit dem ersten Zug nach Berlin. Natürlich waren bald darauf die Feldjäger da, der Adi ist ja nicht mehr zu seinem Dienst erschienen. Fahnenflüchtig! Aber außer Gerüchten kam nichts heraus. Das war eine schwere Zeit, aber das Ganze ist doch längst verjährt! Die Pershings sind auch schon lange weg. Warum kommt der Bua net heim?« Schmidt hat Mühe, seine Tränen zu unterdrücken. Petra schaut sich derweil intensiv das Muster des Wohnzimmerteppichs an.

Nach einer Weile spricht sie ihn wieder an: »Haben Sie eine offizielle Vermisstenanzeige gemacht oder einen Privatdetektiv angeheuert? Hat sich der Adi auch nicht bei seinen Jugendfreunden gemeldet?«

Johann Schmidt zögert mit seiner Antwort. Schließlich sagt er: »Der Theo und der Sepp reden ja nicht mehr miteinander. Gott weiß, warum. Mit dem Theo habe ich es immer gut gemeint und ihn auch zu meinem Nachfolger im Bürgermeisteramt gemacht. War ja auch irgendwie sein Ersatzvater, er war ja nur ein nichteheliches Kind. Aber der Theo ist halt nicht der richtige Sohn und jetzt war er auch schon lange nicht mehr da. Früher kam er oft vorbei und hat sich zu mir aufs Bankerl gesetzt und mich um Rat gefragt. Der Theo fragt jetzt ganz andere Leute wie mich. Hat hochfliegende Pläne, da komm ich nicht mehr mit. Und der Sepp kann mir nicht mehr in die Augen schauen und macht einen Bogen, wenn er mich sieht. Meine Frau hat mir auf dem Sterbebett aufgetragen, dass der Adi in unserem Familiengrab beerdigt werden soll.«

Johann Schmidt schüttelt den Kopf und steht auf. Dann sagt er abrupt: »Jetzt müssen S' aber gehen, Fräulein. Und geschrieben wird nichts, das sag ich Ihnen.« Er droht mit dem Finger. Seine Redseligkeit scheint ihm jetzt wieder leidzutun. Petra bedankt sich noch bei ihm und verspricht, sich in Sachen Adi umzuhören. Sie spürt die Verzweiflung und unterdrückt den Impuls, den alten Mann in den Arm zu nehmen. Sie will ihm helfen. Konkret wird sie vermutlich nicht viel machen können, aber zumindest kann sie ja mal bei der örtlichen Polizeistation nachfragen. Solange es keine Leiche gibt, wird sich der alte Vater an den Gedanken klammern, dass sein Sohn irgendwo ein schönes Leben führt. Die Sache mit dem Auftrag der Mutter gibt Petra schon einen deutlichen Hinweis darauf, dass hinter der Vermisstensache weit mehr stecken könnte.

Äußerst interessant sind auch die Neuigkeiten in Sachen Landbürgermeister Theobald Hirsch. Der war also in seiner Jugend ein Linker und ist jetzt strammes CSU-Mitglied. Wenn die Parteioberen das wüssten!

Der Nachmittag hat ihr mehrere Rätsel gebracht. Warum sind die drei Jugendfreunde jetzt verfeindet, und warum taucht der dritte im Bunde nicht mehr auf? Spannend, aber leider keine aktuelle Geschichte für den *Seekurier*. Also muss sie wohl doch noch die Strandbadgeschichten machen oder eine andere menschelnde Reportage aus dem touristischen Sommerleben am See. Sie beschließt, an ebenselbigen zu fahren und bei der Hitze wenigstens einmal in das kühle

Nass einzutauchen. Aber vorher braucht sie noch eine Stärkung. Die Metzgerei Meier in Otterschwing liegt gleich ums Eck. Petra tritt ein und genießt die Kühle im Laden. Hinterm Tresen steht Tina und wirkt verträumt. Bei der Bestellung wird Petra von Tina von oben bis unten gemustert und erhält ein abschätziges Lächeln. Sie macht ihr zwei Wurstsemmeln fertig, und dazu wählt Petra noch eine gekühlte Apfelschorle. »Fünf Euro siebzig wären's dann«, sagt Tina. An irgendjemanden erinnert Petra die Metzgereifachverkäuferin. Irgendwie wirkt die so gar nicht passend für die Dorfmetzgerei. Petra kommt nicht drauf, nimmt ihre Einkäufe und geht zum Auto, dann blitzt es auf: Marilyn Monroe für Arme.

Eigentlich könnte sie noch schnell beim Papa vorbeischauen, der Otterschwinger Friedhof ist ganz nah. Petra geht zum Grab ihres Vaters und hält Zwiesprache mit ihm. *Mach dir keine Sorgen um Mama, ich pass schon auf sie auf,* verspricht sie ihm. Nebenbei jätet sie noch aus und gießt die immergrünen Pflanzen, die sichtlich unter der Hitze zu leiden haben. Die Grabpflege übernimmt die örtliche Gärtnerei. Ein wenig dürftig findet Petra die Bepflanzung, wenn sie sich so umschaut. *Jetzt werd nicht sentimental*, schimpft sich Petra. *Dem Papa ist das ganz egal.*

Zeit für ein kühles Bad! Sie hat in den Sommermonaten immer ihre gepackte Badetasche im Auto und fährt jetzt schnell an einen kleinen Badeplatz, der ohne Eisverkäufer und Cappuccino auskommt. Zum Glück gibt es an der schmalen Zufahrtsstraße noch einen freien Parkplatz, und ganz in Gedanken schlendert Petra auf den Badeplatz. Eine Wurstsemmel verzehrt sie gleich, die andere spart sie sich für nachher auf. Auf der Liegewiese ist erfreulich wenig los, und so kann sie ohne weitere Gespräche ins Wasser springen. Herrlich! Sie schwimmt weit hinaus, bis die Kirchturmspitze vom Nachbardorf zu sehen ist. Die Oberfläche des Sees ist heute nur leicht wellig, und an der Südspitze leuchtet die Alpenkette. Petra schwimmt, lässt sich treiben und verdrängt die ganzen Rätsel erst einmal aus ihrem Kopf.

Am selben Abend geht Theobald Hirsch noch mal spazieren. Er geht zu der Weide an der Weggabelung, von wo aus man weit über Land schauen kann. Manchmal spitzen auch die Berge heraus. Den See sieht man zwar nicht, aber dafür hat sich ein kleiner Bach, der Mühlbach, so in das Land eingegraben, dass eine steile Uferböschung entstanden ist. Die alte Weide hat ihre Wurzeln ausgebreitet, und weit hängen die Äste herab. Als Kinder haben sie sich immer in dem Vorhang aus Blättern versteckt. Theo vermisst seine zwei Jugendfreunde. Er weiß, dass er daran selber Schuld hat, dennoch schmerzt ihn der Verlust. Er geht zu einer Stelle, an der ein großer Findling steht. Der Stein ist für Theo fest mit seinem Jugendfreund Adi verbunden. Er geht hinüber und erzählt Adi wie früher, was gerade in seinem Leben los ist.

»Ich hab eine tolle Frau kennengelernt, das glaubst du nicht! Die Tina ist eine ganz Besondere. Die hat mich total verzaubert, meine Marilyn. Dass es so etwas überhaupt gibt.« Theo steht da und lauscht. Vermutlich würde der Adi ihn auslachen und dabei bewundernd auf die Schulter klopfen. *Hat's dich wieder einmal erwischt?*, hat er mit einem Augenzwinkern gefragt, wenn Theo wieder von der einen oder der anderen schwärmte. »Nein, Adi, diesmal ist es ernst!

Das spüre ich ganz genau«, spricht Theo zum Stein hin und legt seine rechte Hand auf die kühle Oberfläche des Findlings. Dann steigt er hinab zum Mühlbach, um den Wasserstand zu kontrollieren. In den Starkregentagen war das kleine Bächlein mächtig angeschwollen. Da sieht Theo etwas Oranges aufblitzen. Er geht näher hin und sieht einen kleinen Goldfisch, der unermüdlich gegen die Strömung des Baches kämpft. Wenn der kleine Racker im Bach bleibt, hat er keine Chance. Wahrscheinlich ist er bei den Wasserfluten aus einem Teich gespült worden.

»Ich geb dir ein neues Zuhause«, spricht Theo dem kleinen Fischlein Mut zu. Rasch schreitet er zur Rettungsaktion. Er läuft nach Hause, holt den alten Kinderkescher aus dem Keller und bittet seine Tochter Franziska, einen großen Frischhaltebeutel aus der Vorratskammer zu holen. Franziska ist gleich dabei und fährt mit ihrem Vater zum Mühlbach. Dort schwimmt der kleine Goldfisch an gleicher Stelle. Franziska füllt den Beutel mit Bachwasser, und Theo schafft es gleich beim ersten Versuch, den Goldfisch in den Kescher zu bekommen. Elegant gleitet er in den Beutel.

»So ein schönes Exemplar«, staunen beide. Am liebsten will Franziska ihn mit nach Hause nehmen, aber dort gibt es keinen Teich. »Im Dorfteich schwimmen doch schon ein paar Goldfische, da ist der kleine Kerl nicht alleine. Da kannst du ja ab und zu nach ihm schauen«, schlägt Theo vor.

Kapitel 5

Am Dienstagabend, zwei Wochen später, ist wieder das Treffen der verschworenen Gemeinschaft im Hinterzimmer im Gasthaus »Zum Goldenen Hirsch« bei der Vroni anberaumt. Diesmal hat Theo sichergestellt, dass alle wichtigen Dienstagsfreunde kommen. Es geht um das Projekt Pilsentherme. Jetzt gilt es, einen validen Schlachtplan auszuarbeiten. Jagdpächter Ferdinand von Zinnen hat am Wochenende wieder eine gutbesuchte Jagd mit wichtigen Gästen abgehalten und im Wirtshaus »Zum Goldenen Hirsch« nach erfolgreicher Jagd einen halben Hirsch abgeliefert. Die Vroni hat daher »Frische Wildgerichte« auf ihrer Karte. Besonders beliebt bei den Dienstagsfreunden ist ihr Hirschgulasch. Das Fleisch kocht sie butterweich und aromatisch, die dunkle Soße mit Wacholderbeeren, Rotwein und Lorbeer unterstützt den Geschmack. Dazu serviert die Vroni handgerollte Semmelknödel nebst Preiselbeeren und selbst gemachtem Kraut mit Apfelstücken. Über die Jahre hatte sich der Gasthof »Zum Goldenen Hirsch« zu einem beliebten Ausflugslokal gemausert, und der Trend zur regionalen Küche kommt der Wirtin entgegen. Freilich ist an den Dienstagen eher wenig Betrieb, das Hauptgeschäft macht die Vroni am Wochenende oder mit Hochzeiten und anderen Familienfeiern. Dass in ihrem

Nebenzimmer am Dienstag seit einigen Jahren ein besonderer Stammtisch stattfindet, hat sie Bürgermeister Theobald Hirsch zu verdanken. Der hat bei ihr im Lokal sein allererstes Bier getrunken und ist praktisch in ihrer Stube erwachsen geworden. Seit Theobald Hirsch an seiner politischen Karriere arbeitet, nutzt er den Nebenraum immer wieder für spezielle Besprechungen. Der Dienstagabend hat sich eingebürgert, weil dann bereits genau ausgemacht wird, wie der Gemeinderat bei seiner Sitzung am Donnerstag abstimmen sollte. Mittlerweile tummeln sich auch einige Libellenmänner und andere wichtige Persönlichkeiten bei den Dienstagsfreunden. Die Abende laufen nach einem festen Schema ab. So gegen acht Uhr füllt sich langsam das Nebenzimmer, wobei die Sitzordnung sich klar nach der jeweiligen Rangfolge richtet. Am runden Stammtisch sitzt Theobald Hirsch und hält Hof. Dann wird erst einmal gegessen und getrunken. Der harte Kern bleibt sitzen, und so gegen dreiundzwanzig Uhr wird dann in wenigen Worten die Marschrichtung klargemacht.

An diesem Dienstag kommen alle Beteiligten des Projekts Pilsentherme außer dem Bäderkönig und dem Landrat. Gutsherr Johann Landgraf ist mit seinem Sohn Leopold überpünktlich vorgefahren. Der Leopold hat bereits am Tresen zwei Bier getrunken, während Vater Johann in der Gaststube schon mit dem Theobald Hirsch beratschlagte. Um das Gut der Landgrafs steht es schlecht, um nicht zu sagen sehr schlecht. Johann hat die Geschäfte vor zwei Jahren in die Hände des Juniors gelegt. Der Leopold ist schon in seiner Jugend mit extravaganten Ideen aufgefallen. Nach zwei Jahren zeigte sich, dass die hochfliegenden Pläne des Juniors die Existenz der ganzen Familie und des Hofes gefährdeten. Man munkelt im Ort, dass der Gutshof wohl verkauft werden müsse. Johann Landgraf sieht das Projekt »Pilsentherme« als letzte Chance. Die Fremdenzimmer auf dem Gutshof könnte man in schicke Appartements ausbauen und ganz auf den Wellness-Hype setzen. Als Klientel stellt sich Johann gestresste Manager vor, vielleicht sogar internationales Publikum. Daher ist Landgraf sehr daran interessiert, dass die Pilsentherme ganz in seiner Nähe gebaut wird. Wie aus umfangreichen geologischen Untersuchungen bekannt ist, lagert in den Tiefen der Otterschwinger Wälder reichlich warmes Thermalwasser und wartet nur darauf, endlich gewinnbringend genutzt zu werden. Bei einer Probebohrung in den achtziger Jahren – seinerzeit hatte man nach Ölvorkommen gesucht – war statt Öl reichlich warmes Thermalwasser gesprudelt. Die Zeit ist nun reif, um die Quelle anzuzapfen und aus Wasser Gold zu machen. Heute will Landgraf mit dem Bürgermeister seine Hotelpläne besprechen, denn ein Verkauf der Grundstücke für die Pilsentherme soll für ihn am besten mit Baugenehmigungen gekoppelt werden. Er hat sich vorab schon mit Ferdinand von Zinnen beraten, als der am Wochenende seine Jagdgesellschaft abhielt. Dieser sollte seinen Sohn, den Architekten Roger von Zinnen, dazu anhalten, die Pläne so zu zeichnen, dass eine kleine Hotelanlage auf dem Grund von Landgraf problemlos angeschlossen werden kann. Sein Sohn Leopold sah natürlich gleich noch einen Hubschrauberlandeplatz und eine Open-Air-Diskothek als unabdingbar an, aber Johann machte ihm mit einem Blick auf den derzeitigen Kontostand klar, dass man zunächst einmal etwas kleiner anfangen müsse. Dennoch nahm Leopold dies zum Anlass, um ausgedehnte »Informationsreisen« zu führenden Resorts der Wellnessbranche zu unternehmen und mit den anfallenden Spesen das Geschäftskonto noch weiter in die Miesen zu treiben. »No risk, no fun«, sagt Leopold immer, wenn der Vater Sorgenfalten auf der Stirn hat. Zu wenig Spaß hat der Junior bestimmt nicht, während Johann weiterhin jeden Tag die Arbeiten auf dem Gutshof erledigt. Eigentlich war das Ganze ja umgekehrt gedacht. Nun denn, mit Blick auf den aufgeputzten Leopold am Tresen spricht er Theo an:

»Servus, Theo!«

»Grüß dich, Johann, na, wie laufen die Geschäfte?«, grinst Theo anzüglich.

Der Landgraf lässt sich nicht aus der Ruhe bringen. »Gut, weißt ja eh. Aber es könnten ein paar Touristen mehr kommen.«

»Na, das wird sich ja bald ändern. Und für dich fällt sicher auch einiges ab.«

»Ja, aber wenn wir das gescheit machen wollen, so dass auch wirklich gute Leute kommen und nicht nur die verarmten Landbewohner, dann brauchen wir auch ein besonderes touristisches Angebot. Der Leopold hat sich da schon ganz viele Gedanken gemacht, wie man das Niveau in Otterschwing anheben kann. Hier könnt ein neues St. Moritz entstehen. Und du wärst unser bester und gefragtester Mann für all die Promis, die dann zu uns kommen.«

Theo sieht sich schon im Scheinwerferlicht sitzen und als ständigen Gast beim Frühstücksfernsehen. Das wäre was anderes als die Sitzungen beim Bauernverband oder der Waldbesitzervereinigung, wo es wahlweise nach Stall oder Harz riecht. *Jetzt aber nicht zu begeistert sein*, denkt sich Theo.

»Wenn der Leopold sich heut zurückhält, dann hör ich mir seine Ideen gern mal an. Am besten, du schickst ihn gleich nach dem Essen heim«, sagt Theo mit Blick auf den Leopold, der sich an seinem dritten Bier festhält. Johann nickt und geht zu seinem Sohn an den Tresen.

»Er hat angebissen«, sagt er ihm, »aber er will morgen eine detaillierte Aufstellung. Am besten, du machst dich gleich nach dem Essen auf den Heimweg und gehst noch einmal alles durch. Ich halte hier die Stellung und pass auf, dass alles in unserem Sinne läuft.«

Leopold will schon protestieren, da kommt der Theo. »Kommst morgen um elf Uhr in die Gemeindekanzlei«, flüstert er Leopold zu. Ausnahmsweise ist Leopold einmal vernünftig und ruft seine Freundin an, damit sie ihn gleich abholt. Johann fällt ein Stein vom Herzen, denn wenn der Leo ein paar Halbe zu viel hat, fängt er immer Streit an, der nicht selten in Handgreiflichkeiten endet. Der Jähzorn seines Sohnes hat ihn schon einiges an Schmerzensgeld gekostet. Aber das ist ein anderes Kapitel, da kann Johann nur das Beste für die Zukunft hoffen.

Als die ersten Herren vom Libellenclub auftauchen, wechseln Johann und Theo ins Nebenzimmer. Theo macht gute Stimmung und begrüßt alle Ankömmlinge launig. Um Viertel nach acht ist die Runde vollzählig. Speisekarten werden studiert und die Bestellungen aufgegeben. In der Stube herrscht eine angespannte, aber fröhliche Stimmungslage. Die Vroni serviert daher rasch die alkoholischen Getränke und treibt dann die Küchenbelegschaft an. Die Gäste sollen bei Laune bleiben, und nach dem Essen bekommt jeder auf Kosten vom Theo einen Willi vor sich hingestellt. Nachdem alle Fenster und Türen geschlossen sind, hält Theo eine kurze Rede.

»Otterschwing sitzt auf einem Schatz. Wir wissen es seit Jahrzehnten, und jetzt ist es so weit: Wir können den Schatz heben! Die Pilsentherme wird gebaut, und ihr alle könnt ein Stück vom Kuchen abbekommen. Heißes Wasser, Wellness und dazu unsere wunderschöne Landschaft – das alles wird jeden Tag Tausende Besucher anziehen, die viel Geld in der Region lassen werden. Jeder kann profitieren und sein Geld vor der drohenden Inflation in Sicherheit bringen. Jetzt geht das Projekt in die entscheidende Phase, die ersten Entwürfe sind gezeichnet, und ein namhafter Investor will sich beteiligen. Es gilt jetzt zusammenzustehen und zusammenzuhalten, damit die Pilsentherme das Aushängeschild der Gemeinde Otterschwing und der ganzen Region wird. Packen wir's an!«

Beifall brandet auf. Da kommt die erste Frage: »Die Quelle liegt doch mitten im Naturschutzgebiet. Das wird doch nie genehmigt!«

Damit hat Theo gerechnet. »Was genehmigt wird, bestimmen wir, und da hat unser findiger Anwalt auch schon eine kleine Lücke im Gesetzestext entdeckt. Das Gemeinwohl steht über den Naturschutzbelangen!«

»Und was sagt der Bledschneider Sepp dazu?«

Tja, an der Stelle ist Theo ein wenig ratlos. Der Bledschneider Sepp wird sich sicher nicht mit ein paar wertlosen Ausgleichsflächen abspeisen lassen. Dazu kennt Theo ihn zu lange und zu gut. Laut sagt er: »Mit der Unteren Naturschutzbehörde komme ich schon zurecht. Der Landrat hat hier schon vertraulich sein Okay gegeben, und der Sepp steht im Ort mit seinem Ökoschmarrn ziemlich alleine da. Der kann keinen großen Schaden anrichten, auch wenn er sicher Rabatz machen wird. Mit dem werden wir schon fertig!«

»Und was ist mit dem Diridari?«, ruft jemand aus der linken Ecke.

Nun, das ist die Frage, die alle sicher am meisten interessiert. Theo übergibt dazu das Wort an den Unternehmensberater Gottfried Schneider und an den Steuerberater Christian Wenig. Die beiden legen im besten Marketingsprech los und faseln was von Traumrendite aus dem Kapitalertrag. Wenig fragt provokativ: »Warum Steuern zahlen, wenn es auch anders geht?« Das zieht immer. Beifälliges Nicken in der Runde, schließlich engagiere man sich ja schon genug für den Staat. Theo schwirrt bald der Kopf von all den Zahlen und Methoden, aber die Runde ist schon restlos von dem Projekt überzeugt. Das ist der Moment, in dem Theo die Leute noch mal auf Kurs bringt.

»Die nächsten Schritte sind: vorfühlen bei der Regierung von Oberbayern, Pläne konkret erstellen und dann eine gelungene Präsentation der Pilsentherme im Gemeinderat. Bis Weihnachten wollen wir alles unter Dach und Fach haben. Im Frühjahr soll der feierliche Spatenstich erfolgen! Natürlich werden wir auch eine eigene PR-Kampagne dafür brauchen. Der Landrat hat schon zugesagt, seinen PR-Mann für uns arbeiten zu lassen. Schließlich wird der Landkreis uns ja auch touristische Fördermittel geben. Wenn alles gut geht, können wir auch aus Brüssel wieder Geld heim nach Bayern holen. Wir zahlen ja eh schon genug! Aber bis es so weit ist, dass wir die Öffentlichkeit informieren, darf nichts nach außen dringen.« Theo macht eine Kunstpause, hebt sein Glas. »Für die gute Sache!«

Unternehmer Wagner klopft Theo Hirsch auf die Schulter. Der sehnt sich jetzt dringend nach einem Schnaps und nach seiner Tina. Mit der Tina hat er noch ein Stelldichein ausgemacht. Er blickt auf die Uhr. Kurz vor elf. Dann wird es langsam Zeit für ihn. Er geht in die Stube und winkt die Vroni heran. Noch einen Willi! Am Tresen kippt er den Schnaps hinunter.

»Die Rechnung zahl ich morgen, ich muss weg«, sagt er und nimmt seine Joppe.

»Schönen Gruß daheim«, sagt Vroni.

Theo macht sich zu Fuß auf den Weg zur Wohnung von der Tina. Er klingelt dreimal kurz, wie vereinbart. Tina lässt den Summer ertönen und steht an der Treppe in einem Seidenmorgenmantel, schwarzer Unterwäsche und ihren schwarzen Strapsen. Vom langen Warten auf Theo ist die Tina schon ganz ermattet, aber jetzt knipst sie ihr strahlendes Lächeln an.

»Da ist ja mein Held!«, begrüßt sie ihn. Mit Blick auf die Uhr sagt Theo: »Mein Schatz, ich hatte solche Sehnsucht nach dir! Aber die Herren haben wieder kein Ende gefunden. Leider bleibt uns nicht viel Zeit.« Während Theo redet, knöpft er sich schon die Hose auf und steuert zielgerichtet ins Schlafzimmer, zu dem die Tür weit offen steht. Das mädchenhafte Himmelbett findet er zu verspielt, aber solange es Tina gefällt, ist es ihm egal. Er zieht sie aufs Bett. Mit einem Vorspiel halten sich die beiden gar nicht erst auf, denn beide sind verrückt nacheinander. Es kann gar nicht schnell genug gehen.

Daheim beim Theo wälzt sich Marlene im Ehebett. Schon nach zwölf Uhr! Wo der Theo nur so lange bleibt? Heute war eine wichtige Runde bei der Vroni anberaumt. Theos Traum von der Pilsentherme in Otterschwing soll langsam wahr werden. Ganz so euphorisch wie Theo sieht Marlene das Großprojekt jedoch nicht. Schließlich würde das idyllische und verschlafene Dorf sich in eine kleine Kurstadt wandeln müssen. Von der Zerstörung der Natur einmal ganz abgesehen, würde von der vormals bäuerlichen Gemeinschaft durch Neid, Missgunst und Gier nichts mehr übrigbleiben. Sie vermutet, dass stürmische Zeiten auf ihr Heimatdorf zukommen werden. Inzwischen haben akademische Zugereiste bereits das Zepter in einigen Dorfvereinen in die Hand genommen. Die Einheimischen fühlen sich oft an den Rand gedrängt, während die Zugereisten beklagen, dass man nicht dazugehören würde. Irgendwie ist beides richtig, aber mit so einem Bauprojekt würden die alten Gräben, die durch viele Dorfveranstaltungen langsam abgeflacht waren, wieder aufgerissen.

Marlene schaut erneut auf den Wecker. Fast eins und immer noch kein Theo. Sie seufzt, steht auf und zieht sich einen flauschigen Morgenmantel an. Sie geht in das Elternbad und sieht ihr müdes Gesicht im Spiegel.

»Es ist mal wieder so weit!«, muss sie sich eingestehen. Marlene überlegt. Welche hat er diesmal? Die Rosenberger vom *Seekurier*? Nein, über die hat sich Theo stets so abfällig geäußert, dass Marlene sich das beim besten Willen nicht vorstellen kann. Sie geht die Frauen in Otterschwing, die in Theos Beuteschema passen, der Reihe nach durch. Vielleicht wieder die Anja? Nein, die ist ja mit dem neuen Pfarrer beschäftigt. Ihr will auf Anhieb niemand Plausibles einfallen. Da heißt es, einfach einmal die Augen und Ohren offenhalten.

Marlene sitzt auf dem heruntergeklappten Toilettendeckel und denkt: *Wie oft eigentlich noch?* Manchmal half ja schon die Taktik, direkt auf die Frau zuzugehen und ihr klarzumachen, dass sie, die Marlene, die Frau vom Theo ist und immer bleiben wird. Je nach moralischer Prägung der Dame hat sie ihre beiden kleinen Mädchen mitgenommen. Sie wollten doch nicht diesen unschuldigen Mädchen den Vater wegnehmen und die Familie ins Verderben stürzen. Das half so gut wie immer. Aber Marlene ist das ganze Theater unendlich leid. Dass der Theo ihr wohl nicht treu sein würde, war Marlene schon bei der Hochzeit klar. Aber dass er, selbst seit er Vater ist, nicht von seinen Eskapaden ablässt, ist für Marlene unverständlich. Die beiden Mädchen und sie bemühen sich redlich, ihm zu Hause eine Wohlfühlatmosphäre zu bieten und ihm alles rechtzumachen. Langsam hat sie wirklich genug davon, immer so schändlich missachtet und von ihrem Mann, dem Bürgermeister von Otterschwing, mehr oder weniger offen kompromittiert zu werden. Warum denkt er gar nicht an seine Mädchen? Die sind ja nun in einem Alter, in dem sie sehr wohl verstehen, was hinter ihrem Rücken getuschelt wird. Sie wissen die Blicke ihrer Mutter auch genau zu deuten.

In Marlene formt sich langsam ein Entschluss. Sie steht auf, schaut in die Nacht hinaus und dann wieder in den Spiegel. Bis Weihnachten würde sie Theo Zeit geben. Wenn dann die Affäre nicht von selbst beendet ist, wird sie ihn verlassen. Allerdings nicht ins Blaue hinein. Marlene wird ihren Abgang akribisch vorbereiten, vor allem aber wird sie für ein gutes finanzielles Polster sorgen. Schließlich hat sie ja genug Vermögen in die Ehe eingebracht, um einige Zeit sorgenfrei leben zu können. Sie muss sich intensiv mit den Finanzen beschäftigen und verhindern, dass alles Geld in das neue Spekulationsobjekt »Pilsentherme« fließt. Vielleicht sollte diese Therme am besten gar nicht gebaut werden? Nun, das muss sich Marlene mit kühlem Kopf durchrechnen und sich vor allem genauestens bei Theo informieren. Vorerst darf Theo nicht mitbekommen, dass sie etwas von seinen Affären weiß. Daher öffnet sie den Medikamentenschrank und holt die starken pflanzlichen Schlafmittel heraus. Sie nimmt das Päckchen mit und legt dieses unübersehbar auf ihren Nachttisch. Weil sich der Schlaf nicht einstellt, nimmt sie noch zwei Tabletten.

So merkt sie nicht, dass Theo um zwei Uhr nachts äußerst vergnügt nach Hause kommt und dann im Kellerbereich, in dem die Sauna eingebaut ist, erst einmal ausgiebig duscht. Er schleicht durchs Haus, und wie zu früheren Zeiten schaut er ausnahmsweise ganz vorsichtig in die Zimmer der beiden Mädchen, betrachtet ihre entspannten Gesichter und lächelt in sich hinein. Hochzufrieden legt Theo sich ins Ehebett neben seine Marlene, die tief und fest schläft. Obwohl – ein Warnsignal in seinem Kopf geht an, aber so recht kommt er nicht drauf, was es ihm sagen will. Die Marlene kann unmöglich etwas von der Tina wissen, beruhigt er sich und schläft sofort ein.

Aber einen gibt es in Otterschwing, der in dieser Nacht nicht schläft. Es ist der Bledschneider Sepp. Der Sepp ist so wütend, dass er die Strecke von seinem Horchposten bei der Vroni zum großen Stein vom Adi fast im Dauerlauf zurücklegt. Dieser Sauhund! Eine Therme mitten ins Naturschutzgebiet bauen! Und ihn, den Sepp, als g'spinnert abzutun. Bei dem Theo leuchten nur noch die Dollarzeichen in den Augen, alles andere ist dem wurscht. Der Sepp lehnt an dem großen Findling. Draußen in der Nacht hört man deutlich die feinen Geräusche der Natur. Das leichte Rauschen der Blätter, das feine Plätschern des Baches und die vereinzelt erklingenden Tierstimmen. Sepp fährt mit der Hand die raue Oberfläche des Findlings ab. Er vermisst den Adi. Wenn er am Findling steht, wird der Sepp ruhiger. Er stellt sich vor, wie er dem Adi die ganze Geschichte erzählt und was der Adi wohl dazu sagen würde. Der Adi war früher immer der ruhige Part in ihrem Trio gewesen. Besonnen, überlegt und zupackend. Ein echter Freund eben, nicht so ein Verräter wie der Theo. Der Theo hat ihn, den Sepp, vor Jahren aus der Dienstagsrunde verbannt. Deshalb hat er sich eine kleine Abhörmöglichkeit ausgedacht, mit der er den Treffen, zumindest in Bruchstücken, doch noch folgen kann. Als die Vroni einen Handwerker brauchte, der ihr die neuen Lampen im Nebenzimmer anbrachte, hat der Sepp sich gleich angeboten. Und nebenbei mitbekommen, dass das alte Heizsystem des Zentralofens sich hervorragend eignete, um genau zu hören, was vor sich ging. Er hat nur noch ein kleines Gerät anbringen müssen, das via Bluetooth alles auf sein modernes Smartphone überträgt. Ja, der Sepp ist zwar ein Umweltfuzzi, aber hier muss man mit der Zeit gehen. Er hat unweit vom Gasthof einen Beobachtungspunkt eingerichtet, von dem er problemlos die ankommenden Gäste im Blick hat und der von der Entfernung her für die improvisierte Abhöranlage noch im tolerablen Bereich liegt.

Als heute sowohl die Landrover-Clique als auch die Geldfuzzis in ihren BMWs und Audis angefahren kamen, hat der Sepp sich auf die Lauer gelegt. Eine Therme wollen die Herren bauen und kräftig daran verdienen, das ist dem Sepp klar. Und dass die Natur weiter zerstört wird, interessiert die Anwesenden so viel, wie wenn in China ein Sack Reis umfällt. Jetzt ist er am Zug. Wie kann er diesen Wahnsinn verhindern? Die noch intakte Natur um Otterschwing muss erhalten werden. Wenn große Massen an Wasser aus der Erde gepumpt werden, kann alles Mögliche passieren. Da geht es nicht nur um ein paar geschützte Arten. Vor Sepps innerem Auge zieht eine verkarstete Landschaft auf. Er ballt die Fäuste. Das schafft er nicht allein.

Nachdem er sich etwas beruhigt hat, denkt er nach. Zwei Frauen fallen dem Sepp ein. Zum einen die sanfte Marlene, die den Theo geheiratet hat, weil ihre Mutter ihr das mehr oder minder befohlen hat, und die neue Redakteurin vom *Seekurier*, Petra Rosenberger. Sie scheint auf den Schmus vom Theo nicht hereinzufallen. Aber ob sie auf seiner Seite steht, muss er behutsam herausfinden. Und noch eine dritte fällt ihm ein: die neue Flamme vom Theo, die Tina. Sie erscheint Sepp naiv genug, auch einmal ein Geheimnis auszuplaudern. Als der Sepp vom Findling nach Hause geht, ist er ganz ruhig und konzentriert. *Na wartet, euch werde ich es zeigen!* Er reckt die Faust in den Nachthimmel und brüllt: »Einer für alle – alle für einen!«, und leiser: »Adi, bitte hilf!«

Kapitel 6

In der Redaktion vom *Seekurier* herrscht die übliche sommerliche Langeweile. Zum Glück neigen sich die großen Ferien langsam dem Ende zu, dann geht das politische und gesellschaftliche Leben wieder los. Der Vermisstenfall Adi lässt Petra Rosenberger keine Ruhe. Dazu das ehemals unzertrennliche Trio Adi, Sepp und Theo. Das muss miteinander zu tun haben. Petra hakt bei verschiedenen Gelegenheiten nach.

Wie sie von ihrem Chef Rainer Ortlieb und von Altbürgermeister Johann Schmidt weiß, reden der Ökoaktivist Bledschneider Sepp und der Bürgermeister Theobald Hirsch seit Jahren kein Wort mehr miteinander. Zur Person Adi Schmidt hat Ortlieb fast gar nichts gewusst. Das sei vor seiner Zeit gewesen, meint er nur.

»Was willst du denn mit dem alten Schmarrn?«, fragt er sie. Daraufhin referiert Petra über die Wichtigkeit der Herzschmerz-Themen in der Lokalzeitung und macht Rainer Ortlieb klar, dass hier womöglich eine fette Titelstory herausspringt. Vielleicht könnte man ja Johann Schmidt dazu bewegen, bei dem beliebten Fernsehformat »Bitte melde dich!« mitzumachen, das ähnlich gute Quoten hat wie »Bauer sucht Frau«. Vor zwei Jahren ist ein Jungbauer aus der Gegend in die Serie gekommen, und die mediale Aufmerksamkeit hat sich auf das Fünfseenland gerichtet. Freilich ist die angeblich große Filmliebe schneller wieder vom Hof des Jungbauern abgereist, als die Kameras verladen waren, aber das spielt ja keine Rolle. Der Jungbauer hat dann beim Volkstanzfasching seine Zukünftige kennengelernt, und jetzt steht schon der Kinderwagen auf dem Hof. Wenigstens indirekt hat die öffentliche Suche des Jungbauern Erfolg gehabt, so die Meinung in Fischau.

Außerdem geht Petra zum örtlichen Polizeirevier und bietet ihren gesamten Charme samt sommerlichem Ausschnitt auf. Ein Adi Schmidt sei nicht als vermisst gemeldet, und seine letzte bekannte Adresse sei in Berlin Kreuzberg. Allerdings ist die letzte Meldung schon über zwanzig Jahre her. In Deutschland sei der sicher nicht mehr, vermuten die Polizisten.

Nun sitzt Petra an einem heißen Dienstagvormittag an ihrem Schreibtisch und geht ihre Kontakte durch. Als Erstes ruft sie ihre Freundin Birgit in München an. Birgit arbeitet bei einem der größten Versicherungsunternehmen, und dort werden ziemlich viele interessante Daten gesammelt. Birgit meldet sich nach dem zweiten Klingelzeichen, rasselt erst einmal die ganze Firmenansage herunter und endet atemlos bei: »Was kann ich für Sie tun?«

»Für mich eine ganze Menge!«, antwortet Petra und lacht.

»Ach Petra, du bist es, und dann lässt du mich den ganzen Schmus aufsagen! Das wird immer schlimmer, jetzt hat jeder Mitarbeiter einen kleinen Spiegel bekommen, und wenn wir telefonieren, sollen wir in den Spiegel lächeln, damit die Kunden glauben, wir freuen uns über ihren Anruf.«

»Immer schön lächeln, das macht auch noch schön! Weißt du, Birgit, ich hab dir doch neulich erzählt, dass ich beim alten Bürgermeister Johann Schmidt war. Der arme Mann ist so einsam und traurig. Und ich denke, wir könnten vielleicht etwas tun.«

»Woran dachtest du? An einen selbstgebackenen Kuchen und eine Flasche Wein?«, entgegnet ihre Freundin.

»Nein, Birgit, komm schon, du weißt schon, was ich meine. Sein Sohn heißt Adi Schmidt, und die letzte bekannte Adresse ist Berlin Kreuzberg, Hasenheide 3. Könntest du nicht mal deinen schlauen Computer fragen?«, bettelt Petra.

»Der Sohn heißt doch nicht Adolf, oder? Für einen Nazi mach ich nämlich nichts, auch wenn er alt und einsam ist!«, entrüstet sich Birgit.

»Nein, wo denkst du hin, Adi ist die Abkürzung von Adalbert, nach dem Namen vom Großvater mütterlicherseits. Aber keiner in Otterschwing hat jemals Adalbert gesagt. Das weiß ich vom alten Schmidt.«

Auf einmal beginnt Birgit, von einer Versicherungsschadenfallmeldung zu reden. Das bedeutet, die intrigante Kollegin ist wieder mal in der Nähe. Petra ruft ins Telefon: »Muss ich erst suchen, melde mich wieder, und vielen Dank für Ihre kompetente Hilfe!«

Wenn Birgit etwas herausbekommt, wird sie sie heute Abend daheim anrufen.

Als weitere Kontaktperson hat sie noch eine alte Kollegin, die bei der *Postille* in München sitzt. Auch die ruft Petra an und fragt, ob sie eine Personensuche im Zeitungsarchiv der *Postille* veranlassen könne. Die Ergebnisse würden ihr zugemailt, verspricht die Kollegin. Dazu muss Petra im Gegenzug versprechen, bald einmal in der Redaktion in München vorbeizuschauen. Ob sie in der Einöde da draußen schon verblödet sei?, zieht ihre Kollegin sie auf.

»Nein, noch nicht ganz«, sagt Petra und ist ein wenig eingeschnappt. Als ob bei der *Postille* die großen Kulturkenner sitzen würden! Einbildung ist auch eine Bildung, wie ihre Mutter Gertraud immer zu sagen pflegt. Apropos, ihre Mutter sitzt in ihrer Seniorenresidenz an der richtigen Quelle, wenn es um alte Geschichten geht. Gertraud könnte sich auch einmal für sie umhören. Das wird Petra bei ihrem nächsten Besuch in Auftrag geben. Zurzeit ist Gertraud ganz fidel. Der neue Mitbewohner in der Seniorenresidenz, der Staatsanwalt a. D. Günther, erweist sich als wahrer Jungbrunnen für ihre Mutter. Die Aufmerksamkeit des charmanten Mannes tut der alten Dame richtig gut. Selbstverständlich hat Petra den Herrn Günther schon in Augenschein genommen und seine Angaben mit einer Google-Suche verglichen. Dabei haben sich keine Ungereimtheiten ergeben, und der Günther benimmt sich wie ein Kavalier alter Schule. Petra schmunzelt vor sich hin, wenn sie an die beiden denkt.

Auch den Bledschneider Sepp will sie sich genauer anschauen. In der Redaktion blättert sie auf der Suche nach der nächsten Sommergeschichte in dem Ferienprogramm des örtlichen Jugendtreffs. Die nächste Veranstaltung ist ein Ausflug in die Otterschwinger Wälder mit eben dem Bledschneider Sepp. Eine wunderbare Gelegenheit, um den unzugänglichen Waldschrat einmal besser kennenzulernen. Sie notiert sich den Termin.: übermorgen um zehn Uhr, mit festen Schuhen und Brotzeit, Treffpunkt ist das Gasthaus »Zum goldenen Hirsch«. Petra telefoniert mit dem Jugendleiter und kündigt ihr Kommen an. Den Kontakt mit dem Bürgermeister Hirsch verschiebt sie noch, dazu will Petra mehr Fakten in der Hand halten.

Ihre Abendplanung für heute ist die Schnupper-Pilates-Stunde im neuen Fitnesstempel für Frauen. Sie will den Gutschein einlösen, den ihre Mutter beim Libellenwurf gewonnen hat. Petra arbeitet vergnügt vor sich hin, als Rainer Ortlieb einen Anruf bekommt. Er macht die Tür zu seinem Büro zu, was für Ortlieb ungewöhnlich ist. Fast eine halbe Stunde dauert das Telefonat, dann kommt Ortlieb mit roten Wangen wieder heraus.

»Was Wichtiges?«, erkundigt sich Petra betont beiläufig bei ihrem Chef. Der winkt ab und murmelt etwas von einem Anlageberater für die Altersversorge. *Komisch*, wundert sich Petra, denn sie meint, es wäre das Wort Pilsentherme gefallen.

»Apropos Anlageberater, kannst du mir da jemanden empfehlen? Schließlich werde ich nicht jünger«, meint sie unschuldig. So leicht lässt sich Rainer Ortlieb aber nicht aufs Glatteis führen. Er macht ihr ein Kompliment zu ihrem jugendlichen Aussehen und erkundigt sich, ob denn da nicht die Verehrer Schlange stehen würden. Das ist Petras wunder Punkt, das weiß Ortlieb sehr genau.

»Ich geh heute zum Pilates«, sagt sie lahm.

»Hast du die Seiten gewechselt?«, neckt sie ihr Kollege, da Petra es sonst eher mit Churchill hält. Sie lachen beide.

Um neunzehn Uhr geht die Pilates-Stunde los. Petra hat eine schwarze Gymnastikhose eingepackt, die sie normalerweise bei gemütlichen Fernsehabenden trägt, und ein elastisches Sport-Shirt, das seit dem letzten Schlussverkauf auf seinen Gebrauch wartet. Pünktlich fährt sie mit ihrem Fahrrad beim Sportstudio vor. Auf dem Parkplatz steht schon eine beachtliche Anzahl an modernen SUVs, dem bevorzugten Familienauto der Frauen aus besseren Kreisen in Fischau und Umgebung. Sie stellt ihr altes City-Rad in den Ständer. Na, das kann ja heiter werden! Ihr graut ein wenig vor dieser Stunde, aber angeblich macht Pilates einen flachen Bauch.

In der Umkleide trifft sie als Erstes auf Marlene Hirsch, die unscheinbare Gattin des Landbürgermeisters. Immerhin hat Marlene auch keine Modelfigur, da kann Petra durchaus noch mithalten. Allerdings sind auch einige Damen vom Libellenclub da, die trotz mehrerer Schwangerschaften problemlos in Größe 36 passen. Von diesen Frauen wird sie schon mal abschätzig gemustert. Dann geht es los.

Zehn Frauen versammeln sich in dem runden Trainingsraum, in dem sternförmig bereits die Matten ausliegen. Die Trainerin begrüßt alle mit Namen. Überaschenderweise wird zunächst einmal geatmet, dann ist von einem Powerhouse die Rede. Die Trainerin gibt extra für die Anfängerin – damit meint sie Petra – noch ein paar Tipps: alle Körperöffnungen verschließen, Bauchnabel beim Ausatmen nach innen ziehen, die Spannung halten und weiteratmen. Bei den anderen sieht das alles elegant und leicht aus, nur Marlene Hirsch kämpft auch mit der Balance. Alles in allem kommt Petra gut zurecht, wie sie findet, und sie ist fast überrascht, als die Trainerin das Ende der Stunde verkündet.

Sie kommt zu Petra und ermuntert sie, doch mit den Stunden weiterzumachen. Spontan sagt Petra zu und muss gleich die EC-Karte zücken. Dann bekommt sie ihre Zehnerkarte und einen Terminplan in die Hand gedrückt.

In der Umkleide ist auch noch Marlene Hirsch zugange, die Petra ganz genau mustert. Petra macht ein wenig Small Talk mit ihr und radelt dann nach Hause. Jetzt ein schönes Glas kühlen Weißwein und ein Telefonat mit Birgit! Hoffentlich hat ihre Freundin etwas herausfinden können. Gerade hat Petra auf ihrer Terrasse den Wein bereitgestellt, als Birgit anruft. Als Erstes tauschen die beiden die Neuigkeiten des Tages aus. Petra erzählt von ihrer Pilates-Stunde und dass ihr Bauch schon flacher wirkt. Birgit berichtet von ihren neuesten Online-Dating-Bekanntschaften. Im Moment scheinen die besten Männer jedoch gerade im Urlaub zu sein, viel tut sich bei Birgit nicht. Dann kommt sie auf das Thema Adi Schmidt zu sprechen.

»Übrigens habe ich den Adi durch unsere Suchmaschine laufenlassen.«

»Und, was hast du?«

»Der Adi Schmidt hatte in Berlin ein Fahrzeug angemeldet, einen Opel Kadett. Die Versicherung wurde nicht mehr bezahlt, und das Fahrzeug wurde von der Polizei sichergestellt und mangels Wert verschrottet. Die Versicherung musste die Forderung abschreiben, da der Versicherungsnehmer nicht auffindbar war. Daher klebt an der Akte von Adalbert Schmidt ein Warnhinweis: nur gegen Vorkasse versichern.«

»Wann war das?«

»Das geht aus den Unterlagen nicht detailliert hervor, das genaue Datum ist geschützt, aber nach meiner Kenntnis muss das mindestens dreizehn Jahre her sein.«

»Und danach? Sonst irgendwas? Keine Haftpflichtversicherung oder Ähnliches?«

»Nein, danach absolut nichts mehr. Der Adi Schmidt lebt sicher nicht in Deutschland.«

»Wenn er noch lebt ...« Das ist Petra so herausgerutscht, aber irgendwie kommt es ihr schon höchst seltsam vor, dass es gar keine Spuren vom Adi gibt. Außerdem hat sie immer noch im Ohr, wie Johann Schmidt ihr vom letzten Wunsch seiner verstorbenen Frau erzählt. Birgit sind diese Spekulationen zu gruselig. Sie ist auch eindeutig der Rosamunde-Pilcher-Zielgruppe am Sonntagabend zuzuordnen, während Petra lieber Tatort schaut.

Obwohl die derzeitige Kolumne über den Tatort in der überregionalen Samstagszeitung ihr das Anschauen oft vermiest. Der kritische Kollege zerlegt im Vorfeld jede Folge so akribisch, dass sie immer öfter von den Folgen enttäuscht ist. Sie plaudert mit Birgit, und dann verabreden sie sich wieder zum Sonnenuntergang-Schauen in Frausching. Langsam geht der Sommer zu Ende, und der Herbst kündigt sich mit leichtem Frösteln an.

Später schaut Petra noch ihre privaten E-Mails durch. Tatsächlich wartet sie noch auf die Archivsuche aus der *Postille*. Leider gibt es auch da wenig Brauchbares. Die Kollegin schreibt, dass es in der Online-Datenbank keine Erwähnung gibt, aber im Hausarchiv wohl etwas vorhanden sei. Dazu muss Petra aber selbst kommen, denn sie will sich nicht in dem staubigen Kellerarchiv durch die Jahrgangsarchive wühlen. *Etwas theatralisch*, denkt Petra, denn soweit sie weiß, gibt es die Zeitungsausgaben ab 1970 auf Mikrofiche. In ihrem Volontariat hat sie die Handhabung dieses inzwischen veralteten Dokumentenmanagements gelernt, das allerdings eine ruhige Hand und ein gutes Auge und viel Geduld erfordert. Ok, dann also demnächst einmal nach München. Petra sehnt sich eh nach einem Einkaufsbummel, und danach kann sie sich mit Birgit in einem Szenetreff verabreden. Petra schaut in ihren Terminplaner. Sie könnte am Freitag einen freien Tag nehmen und nach München fahren. Schnell schreibt sie der Kollegin in der *Postille*, dass sie am Freitag kommt und ja, selbstverständlich auch Kuchen mitbringen wird. Von Zucker und Koffein leben ihre Kollegen in der Hauptstadt. Auch Birgit schickt sie eine Kurzmitteilung, damit sie an diesem Tag nicht eines ihrer Horrordates aus der Onlinebörse einplant. Dann würde Petra morgen ihren fälligen Besuch bei ihrer Mutter in der Seniorenresidenz machen und übermorgen mit dem Waldschrat losziehen.

Zufrieden trinkt Petra noch einen Schluck gekühlten Weißwein. Ja, sie kommt den Geheimnissen um Adi Schmidt näher. Das spürt sie genau.

Am nächsten Abend geht Petra nach Redaktionsschluss zur Seniorenresidenz. Gertraud wartet draußen auf sie und trägt ein neues Kleid nebst passender Strickjacke.

»Wir können noch im Park spazieren gehen«, schlägt ihre Mutter vor. Das sind ja ganz neue Töne von Gertraud, die sich sonst jeden Meter mit dem Auto fahren lässt. Petra freut sich, dass es ihrer Mutter so gut geht, und lässt sich ausführlich die Erlebnisse mit Herrn Günther erzählen. Ach, was der Herr Günther alles erlebt hat! Er ist ja schließlich nicht irgendwer, sondern war ein hohes Tier bei der Justiz! Wenn

Julian bei Gericht geblieben wäre, dann wäre er jetzt sicher auch schon Oberstaatsanwalt. Ach, der Julian ist so begabt!

Petras Geduld ist damit schon wieder aufgebraucht, denn auf ihren Bruder, der alle Aufgaben an sie delegiert und nur die Hand aufhält, ist sie nicht gut zu sprechen. Ein guter Zeitpunkt, um das Gespräch auf den vermissten Adi Schmidt zu bringen. Sie setzt Gertraud kurz ins Bild und entwirft das Bild des einsamen Vaters Johann so drastisch, das Gertraud kurz schnieft. Auf ihre Bitte, sich doch einmal unter den alteingesessenen Senioren nach alten Geschichten umzuhören, willigt Gertraud sofort ein.

»Vielleicht kann auch der Herr Günther helfen?« Gertrauds Gesicht leuchtet sofort auf, wenn sie von dem Kavalier spricht.

»Na gut«, sagt Petra, »aber sei diskret. Es muss nicht jeder wissen, dass ich nach dem Adi suche. Hat der Herr Günther eigentlich ein eigenes Auto? Dann kannst du ja mal mit ihm nach Otterschwing fahren und ihm die Sehenswürdigkeiten zeigen.« Gertraud ist Feuer und Flamme. So eine kleine Detektivgeschichte kommt ihr gelegen, um den Staatsanwalt a.D. bei Laune zu halten. Geradezu überschwänglich verabschiedet sie sich von Petra.

Zu Hause sucht Petra nach ihren Wanderstiefeln und ihrer Brotzeitbox. Schließlich will sie morgen einen guten Eindruck auf den Waldschrat machen. Die Kamera liegt auch schon bereit. Ihre Brotzeit will sie in der guten Metzgerei von Otterschwing einkaufen.

Am nächsten Morgen ist das Wetter unentschieden zwischen Regen und Sonnenschein. Auch das noch, jetzt darf sie vier Stunden in der Nässe herumlaufen! Petra packt ihren großen Rucksack mit Thermokissen und einer Thermosflasche voll Früchtetee. Mit viel Zeit im Gepäck fährt sie nach Otterschwing und parkt vor der Metzgerei. Hinter der Theke steht wieder diese Frau in Marilyn-Monroe-Look. »Tina« liest Petra vom Namensschild. Die Tina grinst breit vor sich hin, und ihre Augen glänzen. Erst beim dritten Versuch reagiert sie. *Eindeutig schwer verliebt*, stellt Petra fest. Sie bestellt drei Wurstsemmeln und zur Sicherheit noch je ein Stück Kabanossi und Emmentaler, dazu noch ein Paar Wiener.

Etwa zehn Minuten vor zehn ist sie bereits am Treffpunkt, auf dem Parkplatz vom Gasthaus »Zum goldenen Hirsch«. Auch der Bledschneider Sepp ist schon da, aber zu ihrer Überraschung hat der Waldschrat frisch geschnittene Haare und einen gestutzten Bart. Dazu trägt er teure Bergsteigerkleidung. *Sieht eigentlich gar nicht so schlecht aus*, denkt Petra. Etwas verhalten wird sie begrüßt.

»Und du bist von der Zeitung?«

»Ja, ich bin die Petra Rosenberger vom *Seekurier* und werde heute die Ferienbetreuungsgruppe begleiten. Sie sind der Herr Bledschneider?«

»I bin der Sepp, den Herrn kannst dir sparen«, blafft er sie an. Im Hinblick darauf, dass Petra den ganzen Tag mit dem Sepp verbringen muss, verkneift sie sich die Bemerkung, dass sie ihm das Du gar nicht angeboten hat. Stattdessen streckt sie ihm die Hand hin und lächelt professionell. »Kannst mich Petra nennen.« Der Händedruck vom Sepp ist fest, aber er schaut ihr dabei nicht in die Augen.

Auf dem Parkplatz wird es langsam voll. Die Ferienkinder steigen aus den Autos ihrer Mütter und veranstalten sofort ein lautes Geschrei. Da kommt der Jugendleiter um die Ecke.

Er ruft die Kinder zu sich, hakt die Namen ab und kontrolliert die Ausrüstung. Zwei Kinder haben keine Brotzeit dabei. Das mache aber nichts, sagt der Jugendleiter, der für solche Fälle immer eine Extra-Brotzeit vorbereitet. »Gibt halt auch arme Familien hier«, flüstert er Petra zu. »Aber schreiben Sie bitte davon nichts.« Und dann geht's los.

Der Sepp erweist sich als guter Führer und hat eine Engelsgeduld mit der Kinderschar. Als die ersten müde werden, erzählt er ihnen, dass sie jetzt auf der Suche nach einer Zauberlichtung seien, in der eine Waldfee wohne. Dort habe die Waldfee für alle Kinder eine Überraschung hinterlassen. Das spornt die Gruppe an. Alle sind ganz aufmerksam, und nebenbei erklärt der Sepp die Spuren der Waldtiere. Petra kommt gar nicht so schnell mit dem Schreiben mit, da kann selbst sie noch einiges lernen. »Was bist du von Beruf?«, fragt ihn ein Kleiner. Der Sepp antwortet, er sei ein studierter Naturschützer, ein Biologe mit Diplom an der Wand. Petra braucht noch ein paar gute Fotos, aber auch sie wird auf die Zauberlichtung vertröstet. Nach zwei Stunden Fußmarsch entdeckt die Vorhut eine Lichtung mit einer kleinen Hütte am Rand. Das ist die Zauberlichtung. Der Sepp hat für die Kinder kleine Baumscheiben ausgelegt, auf die sie sich setzen können. Die Überraschung für die Kinder besteht aus einem warmen Kakao und Brotteig. Der Sepp macht auch ein kleines Lagerfeuer an, über dem sie das Brot an einem Stock backen können. Außerdem packt er ein Schnitzeisen aus und verspricht, jedem Kind eine besondere Wurzel zu schnitzen. Die Wurzeln haben die Kinder schon auf dem Weg gesucht. Ein wirklich schöner Ausflug!

Petra packt hungrig ihre Brotzeit aus. Sie will dem Sepp

etwas anbieten, doch der zieht nur die Augenbrauen hoch. »Ich bin Veganer«, sagt er und schaut pikiert auf Petras Wurstwarensammlung. Dennoch lässt Petra sich ihre Wurstsemmel nicht vermiesen. Später versucht sie es noch einmal bei Sepp und bringt dezent die Sprache auf seine Jugendzeit. Der Sepp erzählt eine Geschichte, wie er mit seinen besten Freunden durch den Wald gestreift sei und sie ein richtiges Baumhaus gebaut hätten. An einer ganz besonderen Stelle, sagt der Sepp und wirkt ganz in Gedanken. »Wer waren Ihre besten Freunde damals?«, fragt Petra.

Der Sepp schaut ganz irritiert, dann sagt er: »Aber das weißt doch schon längst. Der Adi und der Theo. Der eine ist nicht mehr da und der andere irgendwie auch nimmer, so einen Schmarrn, den der macht.« Petra will genauer nachfragen, aber da wird der Sepp wieder ganz von den Kindern in Beschlag genommen. Leider ist sich Petra nicht ganz sicher, was der Sepp ihr mit seinem Spruch sagen will.

Der Sepp drängt langsam zum Aufbruch. »Sonst werden wir alle nass bis auf die Haut«, meint er, obwohl noch keine Wolke zu sehen ist. Der Rückweg zum Gasthaus ist deutlich kürzer als der Hinweg, und als sie die Veranda erreichen, beginnt es wie aus Kübeln zu schütten. Petra zieht innerlich den Hut. Ein echter Profi, der Sepp. Der Jugendleiter ruft zwei Mütter an, die die Kinder abholen sollen. Dann fragt er Petra, ob sie auch noch zwei Buben mit zum Jugendtreff in Fischau mitnehmen könne. Für die Eltern, die arbeiten gehen, gibt es eine spätere Abholzeit im Jugendtreff. Natürlich sagt Petra zu, sie muss jetzt eh so schnell wie möglich in die Redaktion. Der Sepp verabschiedet sich mit Handschlag und wirkt, als ob er noch etwas sagen wollte. Petra drückt ihm ihre Visitenkarte in die Hand und schreibt ihm auch noch ihre Privatnummer auf. *Mal sehen, vielleicht ist der Waldschrat doch umgänglicher, als alle sagen.* Sie hat es im Gefühl, dass der Sepp ihr noch das eine oder andere erzählen wird. Mit dem Vater vom Adi will sie aber erst wieder sprechen, wenn sie etwas Genaueres weiß. Aber die Wahrscheinlichkeit, dass sein Sohn noch lebt, stuft Petra nach allem, was sie weiß, als gering ein. Um Johann Schmidt damit zu konfrontieren, braucht sie noch mehr Beweise.

Kapitel 7

Bei Bürgermeister Theobald Hirsch fangen die Zwänge wieder an, und zu seinem Leidwesen füllt sich sein beruflicher Terminkalender. Der Sommer ist seine liebste Jahreszeit. An den heißen Tagen tropft die Zeit so langsam wie Karamell. Je heißer es wird, desto mehr träumt Theo von seiner Tina. Er sieht sie immer vor sich wie beim ersten Mal: mit schwarzen Strapsen und der Kittelschürze. Oft stiehlt sich Theo in diesem Sommer davon, um mit Tina in der freien Natur ein kleines Stelldichein zu veranstalten. Schließlich kennt er genügend abgelegene Plätze, denn mit seinen Jugendfreunden Adi und Sepp hat er früher die ganze Gegend durchkämmt. Braungebrannt in kurzen Lederhosen waren die drei Buben durch den Wald gekrochen, und ab und an ging es auch zum Ammersee. Aber weil Theo nicht so gut schwimmen kann, hält er sich lieber an trockenen Plätzen auf. Die Bauernfamilien gingen damals nicht zum Baden in den See, stattdessen wurde Heu gemacht und die Ernte eingebracht. Da wurde jede Hand gebraucht. Ein Segelboot hatten nur die Fischer, ansonsten gab es diese Freizeitbeschäftigung in der Hauptsache für die Adligen. Er schmunzelt. *Theobald von Hirsch*, das hätte schon Klang. Aber als Kinder hatten sie auch so ihren Spaß und haben sich wilde Abenteuergeschichten selbst ausgedacht. Heute gibt es stattdessen Spielkonsolen, aber in dem Bereich kennt Theo sich nicht aus. Er kann zwar seinen Computer ganz gut mit Adlersuchsystem bedienen, aber der Forderung einiger, die Unterlagen für die Gemeinderatssitzungen mittels Beamer an die Wand zu projizieren, kommt Theo nur nach, wenn Verwaltungschef Georg Redlich bei der Sitzung Protokoll führt. Redlich übernimmt den ganzen Technikkram liebend gerne, Theo selbst bevorzugt den Overheadprojektor mit den Folien. Aber man muss mit der Zeit gehen, und Theo hat sich fest vorgenommen, demnächst heimlich Privatunterricht zu nehmen. Immerhin hat er es geschafft, auf ein Smartphone umzusteigen. Wenngleich er seinen alten Handyknochen schmerzlich vermisst. Aber als er gesehen hat, dass sogar der Bledschneider Sepp so ein neues Phone besitzt, ist in Theo der Ehrgeiz aufgestiegen. Seine Töchter hatten ihn als Expertinnen zum »Flagschiffstore« des angesagten Konzerns nach München geschleppt, und schließlich hat er dann drei dieser sündhaft teuren Telefon-Computer-Geräte gekauft. Eines konnte er immerhin als »wichtige Anschaffung« aus der Gemeindekasse bezahlen.

Jetzt sitzt Theobald Hirsch im Bürgermeisteramt an seinem Schreibtisch und schaut aus dem Fenster. Er pfeift wieder einmal den Song »I wanna be loved by you« vor sich hin, da klopft es an der Tür. Theo muss sich sein verliebtes Grinsen vom Gesicht wischen und bemüht sich um einen ernsten Gesichtsausdruck. Er beginnt in seinen Unterlagen zu wühlen, damit der Eindruck entsteht, er würde fleißig arbeiten. In Wirklichkeit malt er seit einer Stunde nur Herzen mit Pfeilen aufs Papier.

Jetzt geht es um die Pilsentherme. Theo muss die behördlichen Schritte einleiten. Mit seinem Verwaltungsbeamten will er den Ablauf abstecken. Seit er weiß, dass dieser ein Faible für teure Fußballspiele hat, klappt die Zusammenarbeit mit dem an sich korrekten und trockenen Beamten Georg Redlich besser. Vorher hat Redlich Projekte, die er nicht gut fand, verschleppt und lustlos bearbeitet. Das kann sich Theo bei der Pilsentherme nicht leisten. Zu viel steht auf dem Spiel! Wie zufällig hat er jetzt auch wieder zwei begehrte Eintrittskarten des FC Bayern vor sich liegen. Die hat ihm der Unternehmer Wagner verschafft, der Kontakte mit einem der Aufsichtsräte unterhält und bei Bedarf an die VIP-Tickets kommt. Redlich setzt sich auf den Besucherstuhl und kann den Blick kaum von den Karten abwenden. Hirsch beginnt, ihm das ganze Vorhaben zu erläutern.

Die Pilsentherme soll im Außenbereich von Otterschwing, besser gesagt auf dem Areal des Gutes vom Landgraf und dazu auf den Hangwiesen, die zufällig in Theos Besitz sind, gebaut werden. Dazu sollen dann in absehbarer Zeit auch Ferienwohnungen oder ein Hotel auf dem Gut vom Landgraf gebaut werden.

Redlich lässt sich die Detailkarte geben. Nachdenklich fährt er das vorgesehene Areal mit dem Finger ab. »Wir müssen mit der Anlage noch ein Stück weiter zum Hang hin rücken, dann brauchen wir keine Aufhebung des Naturschutzgebietes. Das wäre zwar machbar, kostet aber zu viel Zeit. Dort ist nur Landschaftsschutzgebiet, das ist kein Problem, wenn der Landrat mitzieht. Außerdem sollten wir uns die Zufahrtsgestaltung überlegen. Eine Abtretung auf dem Grund vom Landgraf halte ich für weniger günstig. Man könnte doch auch auf der anderen Seite aus dem bestehenden Feldweg eine kleine Stichstraße bauen. Außerdem sollte zunächst nur von der Pilsentherme gesprochen werden. Den Flächennutzungsplan ändern wir dann optional gleich mit, wenn wir mit dem Landgraf einig sind. Wie weit ist der Architekt?«

Theo antwortet: »Ja, der Architekt arbeitet auf Hochdruck und hat bereits ein schönes Modell fertig. Ich bin sicher, dass der von Zinnen das schon hinbekommt.«

Redlich überlegt laut: »Den Bebauungsplan sollten wir dann schon in der ersten Sitzung nach der Sommerpause auf die Tagesordnung setzen.«

Hirsch sieht sich die Vorschläge von Redlich an. Das wird dem Landgraf gar nicht schmecken, aber der Redlich hat ja recht, wozu sollte man ihn eine Ferienanlage bauen lassen? Und die neue Straßenzufahrt – Theo hat auch schon daran gedacht, diese Variante zu wählen, allerdings führt sie an der Weide mit dem Stein vorbei. Sein geheimer Platz! Er will nichts riskieren.

Verzweifelt sucht er nach Argumenten für die vorherige Straßenführung. Aber ganz objektiv betrachtet hat Redlich wie immer recht. Zusammen schauen sie sich an, welche Grundstücke betroffen wären, und wer die Eigentümer sind. Einiges gehört noch zum Gut vom Landgraf, das ist kein Problem. Dann gibt es eine Wiese, die dem alten Bürgermeister gehört.

»Das ist machbar«, sagt Theo. Und natürlich seine Wiesen, also eigentlich die Wiesen von seiner Frau Marlene und ihm. Zum Glück hat er mit Zugewinngemeinschaft ohne Ehevertrag geheiratet. Das war damals so üblich, und er hat so die Hälfte des Besitzes der alteingesessenen Bauernfamilie Hölzle mitgeerbt. Die weiteren Randgrundstücke gehören sowieso der Gemeinde. *Sieht gut aus*, findet Theo.

»Macht der von Zinnen dann auch gleich die behördlichen Entwürfe mit?«, fragt Redlich.

»Was meinen Sie? Wär vielleicht besser, es macht der Planungsverband. Da gibt es so einen jungen Burschen, der kann das doch übernehmen«, meint Theo.

Redlich denkt nach. »Beides hat natürlich Vor- und Nachteile. Weniger angreifbar wäre die Gemeinde, wenn eine neutrale Stelle dazwischengeschaltet ist. Und der Planungsverband hat einen guten Ruf. Allerdings ginge das Ganze schneller, wenn der Architekt das selbst plant. Ich spreche mit dem von Zinnen und gebe ihm auch gleich noch die Standortänderungen durch.«

»Wenn Sie auch noch den Verkauf mit dem Johann Schmidt so weit fertig machen würden?« Theo winkt mit den zwei Karten. »Soll nicht zu Ihrem Schaden sein.« Redlich wartet die Schamsekunden ab und greift dann nach den Karten.

»Das liegt ja sowieso in meinem Aufgabenfeld«, sagt er und steckt die Karten ein. »So Ende September können wir die Abstimmung im Gemeinderat terminieren. Wie ist denn die Stimmung im Gremium?«

Theo winkt mit der Hand ab. Die Besprechung dauert ihm jetzt schon zu lange. Er hat Sehnsucht nach seiner Tina, und außerdem knurrt sein Magen. Er blickt vielsagend auf seine Armbanduhr. Redlich versteht den Wink und verabschiedet sich.

Dass der Herr Hirsch nicht mit dem Altbürgermeister

verhandeln will, das wundert Redlich schon. Schließlich hat dieser dem Hirsch doch den Posten hier verschafft. Aber viel wichtiger sind für ihn die zwei Karten. Jetzt hat er eine tolle Geburtstagsüberraschung für seinen Sohn! Redlich freut sich. Da wird er endlich mal bei seinem Sohn punkten können, auch wenn er ansonsten total unsportlich ist. Aber beim Fußball kommt Georg Redlich völlig aus sich heraus. Dafür ist selbst er ein klein wenig bestechlich, aber – so tröstet er sich – er tut ja nichts Unrechtes. Er versteht die Karten eher als Anerkennung seiner guten Arbeit, die die bayerische Besoldungsgruppenzuordnung nicht auszudrücken vermag.

Redlich vereinbart gleich einen Termin mit dem Architekten von Zinnen. Ein Schnösel, der sich auf innovative gestalterische Großobjekte versteht, die er in aller Regel über das Libellen-Netzwerk zugeschanzt bekommt. Zum Glück muss er mit ihm nicht die Dringlichkeit diskutieren und kann gleich in einer halben Stunde vorbeikommen.

Redlich steht vor dem modernen Architektur-Büro im Gewerbegebiet von Fischau. Roger von Zinnen ist, wie die meisten seiner Zunft, immer ganz in Schwarz gekleidet. Er zeigt Redlich seine neue italienische Kaffeemaschine, die sicher mehr gekostet hat, als Redlich im Monat verdient, und winkt seine Praktikantin heran.

»Wir hätten gerne zwei doppelte Espressi«, sagt er und wartet Redlichs Zustimmung gar nicht ab. Als überzeugter Teetrinker ist Redlich das ganze Getue um den besten italienischen Espresso mehr als suspekt. Für ihn schmeckt der sowieso wie bittere Medizin. Er muss sich den Espresso mit sehr viel Zucker versüßen, um ihn nicht auszuspucken.

Im Arbeitszimmer des Architekten steht an präsentabler Stelle bereits das Modell der Pilsentherme, vorsichtshalber mit einem Tuch verdeckt. Von Zinnen reißt den Stoff herunter wie ein Zauberer und ruft Beifall heischend: »Das ist die neue Pilsentherme! Ästhetik und Technik sind hier aufs Beste vereint.«

Zum Glück kommt die Praktikantin gerade mit den kleinen Tassen herein, denn Redlich weiß im ersten Moment nicht, was er sagen soll. *Wieder ein absolut scheußliches Monster,* denkt er.

Er räuspert sich und sagt nach einer kleinen Pause: »Man erkennt sofort Ihre geniale Handschrift! Das wird sicher einzigartig!« Von Zinnen bemerkt die Ironie in Redlichs Worten nicht, stolziert um das Modell herum und rückt noch ein paar Modellbäumchen zurecht.

Redlich kommt zur Sache. »Aus genehmigungstechnischen Gründen müssen wir leider einige Änderungen vornehmen. Das Areal verschiebt sich, und auch die Zufahrtsituation ändert sich.«

Der Architekt braucht ein paar Sekunden, bis er sich fasst. »Aber das war doch alles abgesprochen! Was sagt denn der Landgraf dazu?«

Redlich bemüht sein schlimmstes Bürokratendeutsch und erläutert von Zinnen die Sachverhalte so, dass anschließend auch von Zinnen meint, die kleine Verschiebung würde das Projekt doch noch verbessern. Insbesondere, als Redlich andeutet, dass das Hauptgebäude sich majestätisch über den Hang erheben und schon von weitem zu sehen sein wird. Von Zinnen beginnt sofort zu zeichnen. Vielleicht doch lieber eine Art Schloss und nicht die Dampferarchitektur?

Er hört Redlich gar nicht mehr richtig zu und spinnt seine Ideen weiter.

Redlich lässt dem Architekten den genauen Lageumriss da und verabschiedet sich. Es wird wohl besser sein, wenn der Planungsverband die behördlichen Eingabepläne macht, zieht er das Fazit. Schließlich will er den Architekten nicht in seiner Kreativität einschränken. Daher bestellt er den jungen Stadtplaner vom Planungsverband für den nächsten Tag ein.

Nachmittags macht er sich noch auf zum Haus von Altbürgermeister Johann Schmidt. Die Einsamkeit des alten Mannes ist schon an der Haustür spürbar. Redlich hat ein paar Stücke Kuchen aus der guten Konditorei in Fischau mitgebracht. Umständlich macht Schmidt dazu einen schwarzen Tee, denn er weiß um die Vorlieben von Redlich. Um das Eis zu brechen, beginnt Redlich mit Schmidt über die Neuzugänge beim FC Bayern zu fachsimpeln. Schmidt ist ein Kenner des Vereins, und bald ist ein munteres Gespräch in Gang. Nach dem ersten Stück Torte kommt Redlich langsam auf sein eigentliches Anliegen zu sprechen. Er berichtet Schmidt, dass derzeit an einem Großprojekt gearbeitet werde, das vielen Handwerksbetrieben in Otterschwing zu Gute kommen könne. Dass die Bürger in Lohn und Brot stehen, war Schmidt zu seiner Zeit als Bürgermeister sehr wichtig.

Redlich schmückt die Vorteile für die Otterschwinger Bürger weiter aus, und langsam glaubt er selbst, die Pilsentherme wäre eine gute gemeinnützige Sache.

»Die Gemeinde braucht dazu allerdings noch deine Wiesen bei der alten Weide hinten«, setzt Redlich am Schluss hinzu. Schmidt nickt nur. »Was soll's. Hab ja eh keinen Erben mehr. Nehmt's die Wiesen, aber das Geld muss stimmen.« Redlich stutzt zwar etwas ob der Logik von Schmidt, denn für was sollte der alte Mann Geld brauchen? Irgendetwas brütet Schmidt aus, das hat Redlich an der betonten Lässigkeit erkennen können. Schmidt hat im Hinterkopf die Idee von der Journalistin. Vielleicht sollte er wirklich eine internationale Privatdetektei mit der Suche nach dem Adi beauftragen. Aber dafür braucht er einen Batzen Geld, und der Verkauf der Wiese würde wohl ausreichen. Durch den Besuch von der Journalistin hat er wieder Hoffnung geschöpft. Sein Bub kommt sicher nach Hause, wenn er ihm sagt, wie sehr er ihn liebt und dass er ihm alles verzeiht. Er muss nur die Chance dazu bekommen.

Redlich fährt zufrieden nach Hause. Das ging ja alles wie von selbst.

Theobald Hirsch hingegen hat ganz andere Sorgen. Tina hat ihren freien Nachmittag, aber seine Frau Marlene hat sich am Mittagstisch ziemlich merkwürdig verhalten. Auf einmal spricht sie von Vermögenswerten der Familie und dass man beim Notar ein paar vorsorgliche Überschreibungen vornehmen sollte. Da hat Theo doch ganz andere Pläne! Jetzt gilt es, Marlene wieder einmal einzulullen, aber das ist schwierig für Theo, weil er die Tina nicht aus seinen Gedanken verdrängen kann. Er muss sich selbst zur Ordnung rufen. Er braucht für das Projekt Pilsentherme seine Frau an seiner Seite und natürlich auch ihr Geld. Schweren Herzens sagt er Tina ab und schlägt Marlene vor, dass es Zeit ist für eine Spritztour. So ein romantischer Nachmittag mit anschließendem Abendessen in dem teuren Restaurant am See und abschließenden ehelichen Pflichten – dann müsste Marlene wieder auf Kurs sein. Bislang hat das Romantikprogramm immer funktioniert.

Kapitel 8

Zur selben Zeit plant Bledschneider eine Kampagne gegen den Bau der Pilsentherme und insbesondere gegen die Entnahme von Thermalwasser aus den tiefen Gesteinsschichten. Sepp hat eine beachtliche Anzahl von Artikeln zu Schäden an Häusern und der Natur bei ähnlichen Projekten gesammelt. Je länger er sich mit dem Thema beschäftigt, desto mehr wächst seine Wut auf die Umweltzerstörung für ein paar vergnügungssüchtige Nackerte, die sich faul in heißes Wasser legen, und für die Bonzen, die sich daran bereichern wollen. Außerdem hat der Sepp mitbekommen, dass nach dem Adi gesucht wird. Am schlimmsten wäre es für Theo, wenn die ganze ungeschminkte Wahrheit herauskäme. *Er kann dann sein Bürgermeisteramt, sein Ansehen und seine Ehre vergessen*, denkt der Sepp. Er hängt zwar auch mit drin, allerdings hat er weniger zu verlieren als der Theo. Er haust alleine in dem Häuschen seiner verstorbenen Oma, fährt einen alten Lada und bekommt immer wieder einmal eine Bezahlung für seine Ökoaktivitäten. Mal kommt das Geld von der EU, mal von einer Umweltschutzorganisation, mal aus einer Stiftung. Irgendwie schafft er es immer, seine wenigen Bedürfnisse zu erfüllen. Man erwartet angesichts seines heruntergekommenen Häusels nicht, dass dort drinnen eine umfangreiche technische Ausrüstung lagert, die Bledschneider sich im Laufe der Jahre angeschafft hat. Auch eine Schusswaffe hat er im Tresor des Hauses. Aus alten Stasibeständen hat er sich zudem Hilfsmittel zur Überwachung günstig beschafft. Der Bledschneider Sepp traut niemandem mehr und liegt auf der Lauer, und sein Haus schützt eine hochmoderne Alarmanlage.

Petra Rosenbergers Suche nach dem Adi läuft nicht gerade ermutigend. Sie hat, außer der uralten Meldeadresse in Berlin, bislang keinen Anhaltspunkt ausfindig machen können. Mit ihrer Freundin Birgit ist sie am Freitag in München verabredet, verbunden mit dem Besuch in ihrer alten Redaktion der *Münchner Postille*.

Am Abend vorher steht Petra in der Küche und backt Zitronenkuchen. Dann ruft Birgit an und erzählt, sie habe da einen tollen Vorschlag für Petra. Eines ihrer Online-Dates sei morgen in München und würde super zu Petra passen, und da habe sie, die Birgit, schon mal ein Blind Date organisiert. Und weil Petra bekanntlich nicht viel Übung mit dem Flirten hat, habe Birgit ihr schon mal das Kinoprogramm eines netten kleinen Programmkinos herausgesucht. Petra kommt bei dem Redeschwall von Birgit schon gar nicht mehr richtig zu Wort. Ihre Freundin fängt an, von dem Kandidaten zu schwärmen. Er sei mit etwas über vierzig im richtigen Alter für Petra, geschieden mit einer schon ziemlich erwachsenen Tochter und habe Geisteswissenschaften studiert. Nun würde er ganz erfolgreich als Trainer arbeiten, sei kommunikativ und aufgeschlossen. Einziger Nachteil: Er komme aus Augsburg und werde vermutlich schwäbeln, und außerdem seien die Schwaben nicht gerade für ihre Großzügigkeit bekannt.

Petra versucht, ihrer Freundin dieses Date auszureden, aber weil der Kuchen langsam aus dem Rohr muss, lässt sie sich breitschlagen. Langsam graut ihr schon vor dem nächsten Tag. Hektisch sortiert Petra ihren Kleiderschrank und ruft die Wetterprognose für den nächsten Tag ab. Für ein Sommerkleidchen definitiv zu kalt. Schließlich bleibt Petra bei der neuen gutgeschnittenen Jeans hängen und sucht dazu eine hübsche Bluse heraus, die sie mit einem leichten Blazer kombinieren kann. Zum Glück sind ihre Haare noch ganz passabel.

Morgen würde sie nur vormittags beim *Seekurier* arbeiten und dann nach Frausching zur S-Bahn-Station fahren. Vielleicht würde sie ja auch bei Birgit übernachten, falls ihr Blind Date wider Erwarten ganz interessant sein sollte. Dann kann sie mit Birgit auch gleich noch die Datenlage im Fall Adalbert Schmidt durchgehen. Sie wählt daher die größte ihrer Handtaschen aus und schmeißt noch das kleine Übernachtungspaket hinein.

Als Petra am Freitagmittag mit der S-Bahn nach München fährt, ist ihr erstes Ziel das Verlagshaus der *Postille* nahe des Hauptbahnhofs. In der Stadt ist es unangenehm warm, laut und voll. Sie ist froh, als sie das klimatisierte Gebäude der Redaktion erreicht. Mit großem Hallo wird sie begrüßt. Petra räumt ihren vom Transport etwas derangierten Kuchen heraus, und dann werden erst einmal alle Büroklatschgeschichten ausgetauscht. In der *Postille* arbeiten fast ausschließlich Frauen, nur der Chef, die Fotografen und der Sportreporter sind Männer. Sie erfährt den Status der Beziehungen, wer mit wem und warum und auch, warum schon wieder nichts mehr läuft und so weiter. Dann drängt langsam die Zeit, und Petra muss ins Archiv zu den Mikrofiches. Sie sucht sich nach den Stichworten die Jahrgänge heraus und friemelt die Datenträger in das Lesegerät.

Nachdem sie fast schon aufgeben will, fallen Petra zwei interessante Artikel auf. *Adalbert S. fahnenflüchtig* und *Noch keine Spur von Adalbert S.* Sie druckt die Texte aus und überfliegt sie kurz. Dann wird sie unsanft aus dem Archiv gebeten, denn schließlich sei ja heute Freitag, da mache die Archivarin keine Überstunden.

Jetzt wird es für Petra Zeit für das ominöse Blind Date mit dem Augsburger.

Auf der Toilette macht sie sich noch frisch, dann geht es wieder hinaus in die betriebsame Stadt. Die U-Bahn ist voller Menschen. Petra kommt pünktlich zum Treffpunkt an der Münchner Freiheit, von ihrem Date allerdings noch keine Spur. Gerade will sie sich schon einen Platz in einem der Cafés suchen, da eilt ein Mann heran. Dem Aussehen nach muss er der Augsburger sein. Sie ist jetzt schon enttäuscht, macht aber gute Miene. Schließlich zählt auch der zweite Blick, spricht sie sich Mut zu. Er trägt ein kurzes kariertes Hemd, eine leichte Hose in Dreiviertellänge, hat ziemlich ausgeweitete Geheimratsecken, ist etwa so groß wie Petra und trägt einen kleinen Bauch vor sich her. Er hat eine Aktenmappe dabei. Zügig kommt er näher und will sie zur Begrüßung schon mal umarmen. Auch er ist verschwitzt, so dass Petra ihn erst einmal auf Abstand hält.

»Ich bin der Jürgen«, sagt er.

»Petra. Wollen wir uns erst einmal ins Café setzen?«

Jürgen ist einverstanden, und sie suchen sich einen Platz. Nach den ersten peinlichen Momenten übernimmt Jürgen die Unterhaltung, und bald sind die beiden in politische Diskussionen verstrickt. Kurz vor sieben machen sie sich auf den Weg ins Kino. Allerdings haben sie nicht mit dem Andrang gerechnet. Es sind noch zwei Karten in dem vollbesetzten Kino zu haben, allerdings keine Plätze nebeneinander. Um das umständliche Ritual, wer welche Kosten übernimmt, abzukürzen, zahlt Petra gleich beide Karten. Jürgen hat – offenbar nach zähem Ringen mit sich selbst – die Getränkerechnung im Lokal übernommen. Petra nimmt den Platz in der Mitte, und Jürgen bekommt einen Reservesitz hinten am Rand. *Tolles Date!,* denkt Petra. Der Film ist recht amüsant, aber hinterher ist die vertraute Stimmung dahin, der rechte Funke will nicht mehr aufkommen. Das war es mal wieder, denkt Petra, und Jürgen formuliert es etwas eleganter. Sie verabschieden sich – natürlich, man sieht sich –, und Petra fährt zu Birgits Wohnung.

Ihre Freundin steht mit erwartungsvoller Miene an der Tür, aber als sie Petra sieht, weiß sie, wie es gelaufen ist. »Ich mach schon mal die ersten beiden Hugos klar«, sagt sie, und die beiden machen es sich auf dem kleinen Küchenbalkon gemütlich. Nach Ausgehen ist Petra nicht mehr.

Bald ist klar, dass sie die Gästecouch von Birgit in Anspruch nehmen wird. Das Gespräch der beiden Freundinnen dreht sich um die Kollegen in der *Postille,* um missglückte Dates und Männer im Allgemeinen. Mit Männern hat Petra kein Glück, aber warum das so ist, darauf weiß sie keine Antwort. Aber sie hat auch Wichtigeres zu tun, sie muss sich um den verschwundenen Adi Schmidt kümmern.

Deshalb steht Petra auch früh auf und fährt ohne Frühstück wieder an den See, denn sie will vor dem Ausflugsverkehr zu Hause sein.

Außerdem will sie sich noch einmal eingehend mit dem bisher zusammengetragenen Material beschäftigen, und der Wochenendbesuch bei ihrer Mutter steht auch noch auf dem Programm.

Daheim kocht Petra sich erst einmal einen starken Kaffee. Sie nimmt sich die Artikelausdrucke vor. Die Meldung mit dem Titel *Adalbert S. ist fahnenflüchtig* ist kurz und knapp. Darin steht nur, dass der Sohn des Landbürgermeisters Johann Schmidt nicht zum Dienst bei seiner Einheit erschienen ist, und dass es eine vage Vermutung zu einem nicht näher definierten Vorfall bei den Lechfeldkasernen gegeben habe. Weitere Informationen werden aus Gründen des Heimatschutzes unter der Decke gehalten. In der zweiten Notiz, *Noch keine Spur von Adalbert S.*, wird berichtet, dass das Haus der Schmidts in Otterschwing durchsucht worden sei und man Zeugen befragt habe. Aus dem häuslichen Umfeld wird Liebeskummer als möglicher Grund angegeben. Man vermutet, dass sich der Adi nach Berlin oder ins Ausland abgesetzt habe. Die beiden Artikel bestätigen nur die Aussagen von Johann Schmidt. Der Liebeskummer-Verdacht muss wohl eine Schutzbehauptung der Familie sein. Petra notiert sich, hier noch mal beim Vater nachzufragen.

Zeitlich ist der Ablauf klar: Adi verübt mit seinen Freunden Theo und Sepp den Anschlag. Nur Adi gerät in Verdacht, er flieht nach Berlin und lässt sich dort nieder. Die Familie und die Freunde decken ihn. In Berlin richtet sich

Adi in Kreuzberg ein. Sepp studiert Biologie und wird Ökoaktivist, Theo heiratet Marlene Hölzl und wird schließlich Landbürgermeister in Otterschwing. *Der Theobald Hirsch ist jetzt bei der CSU*, denkt Petra. *Ein ganz schöner Sprung.* Seine Jugendideale hat der Theo wohl komplett aus seinem Weltbild verbannt, so wie er inzwischen auftritt. Aber warum verschwindet Adi aus Berlin? Dafür sieht Petra gar keinen Anhaltspunkt. Vielleicht hat ihn das Heimweh gepackt, und er kam zurück nach Otterschwing? Man muss wohl in Berlin ansetzen und dort mehr über das Leben von Adi herausbringen. Auch den Sepp will Petra befragen, vielleicht gab es doch noch Kontakt. Für Theobald Hirsch ist der ganze Vorfall mit dem Anschlag mehr als schädlich, sicher wird er alles leugnen.

Neuigkeiten bringt auch Petras Besuch in der Seniorenresidenz. Bei Gertraud sitzt schon der Herr Günther, und beide haben vor Aufregung rote Wangen. Es geht auch hier um den Adi. Gertraud hat mit einer Lehrerin aus der Seniorenresidenz gesprochen, die an den örtlichen Schulen unterrichtet hatte. Dabei hat sie erfahren, dass sie in der Grundschule auch das Trio Adi, Theo und Sepp unterrichtet hat. Alle drei sind damals auf das Gymnasium gekommen, wobei es dem Theo an Ehrgeiz mangelte und er nach der zehnten Klasse aufgehört hat. Der Adi und der Sepp haben das Abitur noch gemacht, wobei der Adi angeblich der Gescheitere von beiden war. Der Sepp hat immer schon ein starkes Interesse an den Naturwissenschaften gehabt, während der Adi sich für das Zeitgeschehen und Literatur interessierte. Schon damals habe der Adi eigene Texte geschrieben. Die Lehrerin hat erzählt, dass die drei, obwohl sie vom Charakter her sehr verschieden waren, aus unerfindlichen Gründen immer zusammengehalten hätten.

Herr Günther hört sich an, was Petra bislang zusammengetragen hat. »Eine Verbindung zum Verteidigungsministerium bräuchten wir jetzt«, sagt sie schließlich. Herr Günther nickt.

»Vielleicht kann ich da etwas machen. Ich hab da einen Studienfreund, mit dem ich ab und an Schach spiele, der hat beim Militär Karriere gemacht.«

Gertraud bekommt den Auftrag, sich umzuhören, ob den Adi irgendjemand in den vergangenen zwanzig Jahren in Otterschwing und Umgebung gesehen hat.

Auf dem Rückweg schaut Petra in der Redaktion vorbei. Auf ihrem Schreibtisch liegt eine Notiz, dass ein Bledschneider Sepp für sie angerufen habe. Sie nimmt den Zettel mit und beschließt, den Sepp noch ein wenig warten zu lassen.

Der Bledschneider Sepp hat lange mit sich gerungen, ob er die Petra Rosenberger kontaktieren soll. Die Pilsentherme würde die Landschaft einschneidend verändern. Die Tiere, die Pflanzen, die Landschaft – kurzum alles, wofür er jahrzehntelang kämpfte, würde dieses Großprojekt zunichtemachen. Denn eines weiß der Sepp auch ganz genau: Sollte die Pilsentherme ein Erfolg werden, würden weitere Großprojekte folgen. Ein Golfplatz, Hotelanlagen, Ferienhausdörfer, Parkplätze, und natürlich würde das Schnellrestaurant mit dem großen M nicht lange auf sich warten lassen. Mit der Ruhe und Beschaulichkeit in Otterschwing und Umgebung ist es dann vorbei.

»Der Theo, der Schaumschläger, will eine große Bühne und als großer Mann in die Geschichte von Otterschwing eingehen«, murmelt der Sepp vor sich hin. Wie er weiß, hilft gegen diese Sehnsucht, ja diese Gier nach Anerkennung bei Theo nicht viel. Wenn überhaupt, dann nur die Liebe.

Sepp schnaubt vor sich hin und fühlt sich gefangen in seinem Korsett aus Hass und Wut. Er zieht sich seine Wanderschuhe an und geht in den Wald.

Unweigerlich landet er bei dem Findling an der Weide. Hier hat er den Adi zum letzten Mal gesehen.

»Adi, was soll ich machen, der Theo schnappt über! Jetzt will er ein Bäderzentrum aus unserem schönen Otterschwing machen. Wie bring ich ihn nur zur Vernunft?« Sepp legt die Wange an den kühlen Findling. Er wartet eine Weile. Es kommt nichts. Also muss er alleine die Pilsentherme stoppen. Dazu braucht er eine breite Öffentlichkeit – und Petra Rosenberger.

Bürgermeister Theobald Hirsch und sein Verwaltungsmann Georg Redlich sind emsig bei der Arbeit. Dafür vernachlässigt Theo sogar die Tina, die prompt einen Schmollmund zieht. Weil Theo weiß, dass Geliebte, die sich schlecht behandelt fühlen, leicht zu irrationalen Spontanhandlungen neigen, die für alle Beteiligten in einer Katastrophe enden können, bietet er seinen ganzen Charme auf. Er verspricht ihr, dass sie für ein paar Tage in ein schönes Luxushotel fahren, wenn er alles unter Dach und Fach hat.

»Für unsere gemeinsame Zukunft ist das Gelingen des Großprojektes von entscheidender Bedeutung«, erklärt ihr Theo feierlich. Tina ist damit erst einmal zufrieden und träumt von TT – Tina und Theo. Sie versucht sich sogar an einigen Entwürfen für eine Verlobungsanzeige in Pink.

Probleme bereiten Hirsch und Redlich nur die Verhandlungen mit dem Gutsbesitzer Johann Landgraf und seinem Sohn Leopold. Die beiden finden die neue Straßenführung zur Pilsentherme gar nicht gut, da sie so nicht via Wegerecht automatisch Zugang zu den Gästen haben. Den Verkauf der Wiesen für den Bau der Pilsentherme wollen die beiden an eine Zusage koppeln, dass ihr Gut um Bauten erweitert werden darf, die der touristischen Nutzung dienen. Weil das Gut genauso im Außenbereich liegt wie die neue Therme, sieht Redlich da vorderhand erst einmal wenig Möglichkeit. Freilich könne man im Bebauungsplan »Sondergebiet Pilsentherme«, wie das Projekt jetzt im Amtsdeutsch heißt, einen erweiterten Umgriff vorsehen. Allerdings wäre die artenschutzrechtliche Prüfung für die Strecke durch den Wald erforderlich, und soweit Redlich weiß, lebt dort eine seltene Ameisenart.

»Diese kleine Hürde müsste vorher beseitigt werden«, gibt er den Landgrafs zu verstehen. Besser wäre es, eine Erweiterungsoption in den Bebauungsplan aufzunehmen, aber mit einer abschließenden rechtlichen Prüfung noch zu warten, bis die Bauarbeiten im vollen Gange seien.

Der alte Landgraf nickt. Er hat verstanden. Man müsse sich halt auf das Ehrenwort des Bürgermeisters Theobald Hirsch verlassen, sagt Redlich. Er gibt schon mal den Tipp, mit dem Architekten der Pilsentherme Kontakt aufzunehmen, damit dieser entsprechende Eingänge als Notausgänge tarnt. So müssen die Gäste nicht um die ganze Anlage laufen, wenn sie vom Gutshof kommen.

Redlich hofft, dass der Architekt Roger von Zinnen sich dazu herablässt, einen weniger spektakulären, dafür umso praktischeren Entwurf zu zeichnen. Bei seinem letzten Telefonat hat er von Zinnen auf die Wichtigkeit von Energie-Effizienz und sparsamer Ressourcenverwendung hingewiesen. Für solche Konzepte gibt es noch ein zusätzliches zinsgünstiges Darlehen der Kreditanstalt für Wiederaufbau und auch EU-Fördergelder. Heißes Wasser könnte man in Hülle und Fülle fördern und damit auch gleich, gekoppelt mit Solartechnik, die Therme beheizen. Auch Rohstoffe aus der Region, also Buchen- und Fichtenholz, sollen verwendet werden. Auf Geheiß von Theo Hirsch sind auch noch Filialen der örtlichen Geschäfte vorgesehen. Sogar die örtlichen Hausfrauen sollen hier Geschäfte machen – mit selbstproduzierten Marmeladen und Wollsocken. Dazu der gute Waldhonig der beiden Imker, und fertig ist eine Vermarktungsstation für regionale Produkte.

Für seine Tina plant Hirsch einen gehobenen Feinkostladen, schließlich soll sie nicht mehr zwischen Schweinebauch und Gelbwurst in der Metzgerei Meier ihr Dasein fristen. Und ist die Tina erst einmal Geschäftsfrau, dann wird sie mit ihrem Status als »ständige Geliebte« des Bürgermeisters zufrieden sein können. Denn Theo plant bereits den nächsten Schritt auf der Karriereleiter – nach der Therme will er Landrat werden, und dafür braucht er seine Vorzeigefamilie mit Marlene und den zwei hübschen Töchtern.

Kapitel 9

In der Gemeindekanzlei ist der Besuch von Architekt von Zinnen für den Mittwoch angekündigt. Er will Bürgermeister Theobald Hirsch und Verwaltungschef Georg Redlich seinen Entwurf der Pilsentherme vorstellen. Mit dabei ist auch ein Strohmann des Großinvestors Roland Forster. Zu dritt warten sie im Sitzungssaal, denn heute ist die Generalprobe für die entscheidende Gemeinderatssitzung. Mit viertelstündiger Verspätung rauscht der Architekt, wie üblich in Schwarz, herein, im Schlepptau einen Assistenten, der vorsichtig das abgedeckte Modell trägt. Von Zinnen begrüßt zuerst den Bürgermeister mit Handschlag und nickt Redlich und dem Dritten im Bunde, der sich dezent im Hintergrund hält, nur zu. Er macht sich nicht die Mühe, seinen Assistenten vorzustellen.

Redlich müht sich mit der Technik ab. Von Zinnen klopft schon mit den Fingern auf die Tischplatte, als zum Glück die Präsentation mit dem Logo des Architekten an der Wand erscheint.

Er beginnt ausschweifend mit seinem Sachvortrag und stellt erst einmal langatmig seine Person, sein Büro und seine Erfolge vor. Dann geht von Zinnen über zum »Goldschatz von Otterschwing« und skizziert das enorme Vorkommen von heißem Thermalwasser. Hirsch kann nur mit Mühe die Augen offenhalten. Nach weiteren sechs PowerPoint-Folien kommt von Zinnen langsam zum Wesentlichen. Er macht eine theatralische Pause und weist seinen Assistenten an, den Tisch zu beleuchten.

»Meine Herren – das ist sie, die Pilsentherme.«

Er enthüllt mit einem Ruck das Modell. Redlich ist positiv überrascht. Der in modernen, klaren Linien gehaltene Bau ist in verschiedene Schiffsdecks gegliedert. Mehrere Glaskuppeln ermöglichen den Blick in den Himmel. Dazu viel Holz und begrünte Dächer sowie ansprechende Außenbecken. Eine Einkaufsmeile ist den Bauernmärkten nachempfunden. Alles wirkt solide, bodenständig und dennoch heiter.

Auch Theobald Hirsch ist mit dem Entwurf des Architekten sehr zufrieden. Die Pilsentherme hat gerade die richtige Größe, um wirtschaftlich betrieben werden zu können. Auch der Vertreter von Roland Forster lächelt. Er meldet sich zwar nicht zu Wort, war aber wohl maßgeblich daran beteiligt, dass kein verspieltes Kitschbad gebaut wird. Hirsch lobt den Architekten. »Sauber, gut hast es gemacht! Da können wir alle sehr stolz sein!« Redlich ringt sich ebenfalls ein »Ganz ordentlich, Herr von Zinnen« ab. Danach geht es in die Detailpläne, vor allem der Flächenverbrauch stimmt Redlich ein wenig nachdenklich.

Anschließend geht es um die Kosten. Sie einigen sich darauf, hier keine konkreten Zahlen zu veröffentlichen.

Redlich schlägt vor: »Wir sollten intern mit fünfundzwanzig Millionen Euro rechnen und der Öffentlichkeit erst einmal eine reine Baukostensumme von zwanzig Millionen

Euro nennen. Das ist immer noch viel für eine warme Badewanne. Schließlich kann man als Vergleichsprojekt den Anbau der Krippengruppe an unseren Kindergarten nennen. Das hat schließlich auch schon eine Million Euro gekostet.«

Theobald Hirsch nimmt Forsters Vertreter beiseite. »Ist der Finanzbedarf abgestimmt?«, fragt er ihn leise. Das entlockt dem aalglatten BWL-Fatzke, wie Hirsch ihn für sich nennt, nur ein müdes Lächeln.

»Für die Investitionsgesellschaft ist schon alles vorbereitet. Die genauen Daten entnehmen Sie bitte der vertraulichen E-Mail«, sagt er manieriert. Hirsch überlegt krampfhaft, ob er da etwas übersehen hat. Er muss schnellstens sein E-Mail-Programm aufrufen und entschuldigt sich daher bei der Gruppe damit, dass er noch einen wichtigen Anruf erwarte. »Der Landrat, Sie verstehen schon.«

Theo Hirsch geht in sein Büro und schaltet den Rechner an. Noch immer ist ihm die moderne Technik nicht geheuer, aber er kann damit inzwischen leidlich gut umgehen. Er startet sein E-Mail-Programm und geht den Posteingang durch. Auf Anhieb findet er nichts. Dann fällt ihm ein, dass die geheime E-Mail wohl mit dem Code »Brunnenfest« versehen worden ist. So hatten sie es bei dem Sommerfest vom Wagner ausgemacht. Theo gibt das Wort in das Suchfenster ein und bekommt eine als ungelesen markierte E-Mail, die bei ihm im Ordner »Später« gelandet ist, angezeigt. Himmel, wo ist er nur mit seinen Gedanken? Theo weiß natürlich genau, dass er in letzter Zeit alle Angelegenheiten, die nichts mit seiner Tina zu tun haben, sträflich vernachlässigt hat. Aber so ein Fehler! Das darf ihm nicht passieren.

Er öffnet die E-Mail, druckt sie aus und löscht sie dann

gleich nach dem Lesen. Der Finanzplan vom Brunnenfest enthält statt Eurobeträgen nur Zahlen in abgekürzter Schreibweise.

Gesamtkosten 25
Investitionsgesellschaft 20
davon Forster 10 (Kredit)
Rest kommt aus Otterschwing und Umgebung (Hirsch 2)
Otterschwing Gemeinde 1 (kann verrechnet werden)
Landkreis 0,5
EU-Zuschuss 2
KfW-Zuschuss 1,5

Zwei Millionen aus seiner Schatulle! Das könnte schwierig werden. Gerade entwickelt sich seine Ehefrau zu einer Finanzplanerin und will überall Einblick haben. Er könnte Hypotheken auf den alten Hölzle-Hof und das neue Haus aufnehmen, dazu noch der Verkauf zweier Wiesen. Das könnte klappen, er muss es nur geschickt anstellen. Der Gründungstermin der Investitionsgesellschaft ist ziemlich bald, und bis dahin muss Theo das Geld flüssig haben. Er denkt noch mal an die versprochene Rendite. Ja, das ist ein Geschäft, zu dem auch seine Marlene nicht nein sagen kann. Er ruft seine Frau an.

»Wir müssen eine informelle Einladung für Wagner und noch zwei Leute machen. Am besten schon gleich an diesem Wochenende.«

Marlene sagt erst einmal nichts.

»Schatz, ist irgendetwas?«, säuselt Theo.

»Nein, alles wie immer. Wie wäre es am Freitagabend so um sieben Uhr?«, antwortet Marlene.

»Freitag ist gut, acht Uhr ist besser.«

»Abendessen oder Happen?«

Marlene weiß genau, dass er sogenannte Happen hasst. Da hat er immer das Gefühl, endlos essen zu müssen, ohne satt zu werden. Am nächsten Morgen wiegt er dann gleich ein Kilo mehr, das er dann wieder mühsam abtrainieren muss. »Wenigstens eine Suppe vorher«, sagt er seiner Frau. Ein formelles Abendessen ist für diesen Anlass nicht geeignet. Dann würde Marlene die ganze Zeit in der Küche herumwuseln, Suppe und Häppchen konnte sie doch gut vorher zubereiten. Marlene soll schließlich weichgeklopft werden, und wer könnte das besser als Wagner und seine Unternehmensberater? Die würden das mit Marlene schon hinbekommen.

Er ruft Unternehmensberater Gottfried Schneider an und ordert ihn für das Treffen. Es gehe um das »Brunnenfest«, sagt ihm Theo und befiehlt ihm auch gleich noch, den Steuerberater Christian Wenig mitzubringen. Unternehmer Wagner schickt er eine E-Mail an seinen privaten Account mit dem Betreff: *Dringendes Treffen am Freitag*. Wagner bestätigt umgehend.

So, das Wichtigste ist erledigt!

Theo geht zurück in den Sitzungssaal, wo die Herren sich schon bei einem Gläschen Sekt zuprosten. Champagner gibt es im Rathaus nicht, das würde zu sehr nach Korruption aussehen. Hirsch achtet auf solche Dinge, um sich dann in der Öffentlichkeit als Saubermann zu präsentieren.

»Meine Herren«, Theobald Hirsch stellt sich in Position, »auf die goldene Zukunft von Otterschwing und der ganzen Fünfseenregion. Herzlichen Dank, dass Sie alle die Welt ein bisschen besser machen und so viel Engagement und Herzblut in die Pilsentherme gesteckt haben und weiterhin stecken. Gemeinsam werden wir Großes schaffen!« Theo hat eine kleine Träne im Auge, so gerührt ist er in diesem Augenblick.

Für die Herren ist das ein Zeichen zum Aufbruch.

Hirsch meldet sich ebenfalls ab. Er will zum Landrat und die finanzielle Zusage klarmachen. Danach muss er im Dorf die Runde drehen und mit dem einen oder anderen Gemeinderat ein paar Worte »unter vier Augen« sprechen. Schließlich soll bei der Präsentation des Projektes alles glattgehen und keiner vom Gemeinderat querschießen. Je nachdem, wie es läuft, wird er kurz vorher eine nicht-öffentliche Sitzung einberufen, um alle Bedenkenträger in der Gruppe noch mal richtig unter Druck zu setzen.

Redlich und der Architekt haben noch einen Termin mit dem jungen Stadtplaner, der für das Bauleitverfahren zuständig ist. Er muss die Änderung des Flächennutzungsplanes und den vorhabenbezogenen Bebauungsplan »Sondergebiet Pilsentherme« ausarbeiten. Auch eine Vor-Ort-Begehung ist angedacht.

Auf den Plänen sieht alles noch ganz gut aus. Der Stadtplaner hat den besten Einfall: Sie können eine Notanfahrt für die Feuerwehr und Rettungskräfte über das Gut vom Landgraf planen. Selbstverständlich soll der Weg erst einmal nur notdürftig ausgebaut werden. Der moderne Gebäudekomplex schwebt über den Abhang zum Mühlbach hin. Der Abhang wird praktischerweise als »Ausgleichsfläche« bewertet, das spart Geld. Sogar einen Straßennamenvorschlag notiert sich Redlich, »An der alten Weide«, denn die Weide soll unbedingt stehen bleiben. Er schlägt vor, hier einen Picknickplatz einzurichten. Sie fahren los, um den Ort zu besichtigen.

»Der Picknickplatz könnte neben der Weide platziert werden«, sagt der Stadtplaner. »Allerdings müsste der Findling hier weg und das Gelände etwas begradigt werden.« Alle drei nicken, Redlich notiert sich die Anmerkungen.

Die beiden Fachleute schlagen als Entwässerung offene Gräben vor, die dann mit einem Art Wasserspiel zum Mühlbach hin abgeleitet werden. Dazu eine üppige Eingrünung und Rasenpflastersteine für die Parkbuchten, um den Naturschutz zufriedenzustellen. Als die drei an die Stelle kommen, an der die Pilsentherme gebaut werden soll, runzelt der Stadtplaner die Stirn. Der Hang geht hier relativ steil abwärts, und das Gelände steigt an. Für die Freibecken und das Haupthaus muss jedoch eine ebene Fläche geschaffen werden. Die Bodenqualität hebt die Stimmung des Stadtplaners nicht gerade, denn es sieht ganz nach wenig haltbaren Böden aus.

»Hier müssen wir eine geologische Untersuchung in Auftrag geben«, diktiert er. Die Rutschfestigkeit des Hanges und die Wasserableitung müsse von Fachleuten gründlich untersucht werden.

»Das ist doch selbstverständlich!«, sagt Redlich. Die beiden Fachleute nicken nur dazu. Auch dem Stadtplaner ist das relativ egal. Schließlich macht er, was sein Auftraggeber, die Gemeinde Otterschwing, von ihm will.

Super, denkt Redlich.

Aber der junge Stadtplaner ist nicht so naiv, wie er angenommen hat. Mehr oder weniger offen spricht er bei der

Rückfahrt in Redlichs Auto unter vier Augen an, dass er dieses Projekt sehr wohl mit einer entsprechenden Expertise auch scheitern lassen könnte. Dann macht er eine Pause und sagt: »Mein VW-Bus ist langsam in die Jahre gekommen. Wissen Sie vielleicht eine gute Adresse?« Redlich versteht und sagt, dass der Bürgermeister über weitaus bessere Geschäftskontakte verfüge. Er denke, dass der Inhaber eines großen Autohauses auch darunter sei. Man melde sich, sagt er dem Planer.

Bürgermeister Hirsch sitzt mit dem Landrat auf der Außenterrasse des »Goldenen Hirsch«. Jetzt, am frühen Nachmittag, wärmt die Herbstsonne noch, und Hirsch ist in Hochstimmung. Die Luft ist klar, und zufrieden schweift sein Blick über die Landschaft. Er plaudert mit dem Landrat über dies und das und lässt wie nebenbei die Summe fallen, die vom Landkreis erwartet wird. Der Landrat erschrickt, als er hört, dass die Summe schon bald in den Investitionsfonds einbezahlt werden soll. Eine halbe Million, dazu braucht er einen Kreistagsbeschluss und Mittel im Haushalt. Vor Januar gehe gar nichts, sagt der Landrat, und zuerst müsse das Projekt im Gemeinderat abgesegnet sein. Bei Theo kommt das gar nicht gut an, schließlich hat er sein Wort gegeben. Erst Marlene, dann der Landrat – fehlt nur noch, dass ihm der Sepp in die Quere kommt.

Als er wieder ins Büro kommt, wartet die nächste unangenehme Überraschung auf ihn. Redlich berichtet ihm von den Bedenken des jungen Stadtplaners und seinem Autowunsch. Das muss er elegant an die Libellenmänner delegieren, dafür hat Hirsch keine Zeit. Bei seiner Dorfrunde bei den Gemeinderäten hat sich gezeigt, dass insbesondere bei den Alteingesessenen seine Pläne nicht sonderlich gut ankommen.

»Was brauchen mia a Therme, wo der See so nah ist?« »Des neumodische Zeug is nix für mi.« Die und viele ähnliche Sprüche hat er sich angehört. Einer hat ihm unterstellt, er, der Herr Bürgermeister, wolle ja nur den Nackerten zuschauen. »A Sünd is des!«, hat seine Frau noch beigesteuert.

Hirsch überlegt fieberhaft, was jetzt zu tun ist. In der Gemeinderatssitzung muss alles glattgehen, zwei Gegenstimmen hat er einkalkuliert, aber alles andere wäre höchst blamabel.

»Zefix, dass des solche Deppen sind«, murmelt er vor sich hin. Er braucht Ablenkung und steuert das Wirtshaus »Zum Goldenen Hirsch« an. Wenigstens die Wirtin, die Vroni, hat schon mal eine Wellness-Oase von innen gesehen.

»Und, wie hats dir getaugt?«, fragt er die Vroni.

»Ja mei, schee war's scho, des heiße Wasser. Man wird ja net jünger. Aber die vielen Lurer fand ich jetzt a net so schee.«

Bei dem Bledschneider Sepp läuft das Gehirn auf Hochtouren. Wie kann er dem Theo einen Strich durch die Rechnung machen? Kontakt hat er schon mit dem Kreisvorsitzenden vom Bund Naturschutz aufgenommen. Der ist zwar ein aufrechter Mann, aber als zögerlich und abwartend bekannt. Eher als Ausbund von Sepps Phantasie hat er das Bedrohungsszenario durch ein mögliches Großprojekt wie die Pilsentherme abgetan.

Sepp forstet seine Kontaktdatenbank durch. Für den Ameisenschutz gibt es einen bundesweiten Verein. Denn gerade für verschiedene Ameisenarten ist Otterschwings Natur bekannt. Hier kann er vielleicht entsprechende Aufmerksamkeit bekommen, allerdings ist der zuständige Herr gerade auf einer wichtigen Mission unterwegs und wuselt in Brüssel herum. Und die Rosenberger hat ihn auch noch nicht zurückgerufen, vielleicht sollte er ihr mal einen Überraschungsbesuch zu Hause abstatten. Bleibt noch Marlene. Die Fotos von Theo und der drallen Blonden am Ufer sind ganz gut geworden. Hier könnte er Unfrieden stiften, aber er scheut sich davor, die verräterischen Fotos einzusetzen. Marlene ist für den Sepp immer noch eine begehrenswerte Frau, die leider den falschen Mann geheiratet hat.

Auf jeden Fall muss Sepp Stimmung gegen Theos Therme machen. Er wird ein paar Hausbesuche machen müssen. Es graut ihm schon davor, auch die Grüne Rita mit einbeziehen zu müssen. Die Grüne Rita streitet sich mit jedem und allem und gibt Unsummen für Rechtsanwälte aus. Aber sie ist hartnäckig, auch wenn sie auf gänzlich verlorenem Posten steht. Freilich ist die Rita auch sonst wenig umgänglich, und Sepp hält sich eigentlich lieber vor ihr fern. Wer sie besucht, bekommt mit Sicherheit erst einmal ihren Tee aus selbstgepflückten Kräutern, der schauderhaft schmeckt, und muss sich erst einmal eine Stunde lang den Auszug aus der aktuellen Gerichtsstreiterei anhören. Aber es muss sein! Die Grüne Rita ist zwar eine stadtbekannte Nervensäge, würde aber sicher einen schönen Wirbel veranstalten. Er hat da schon eine Idee: eine Großdemo mit dem Motto »Rettet die Ameise – sie lebt klüger als der Mensch«.

Kapitel 10

Theobald Hirsch hat einen Termin mit Unternehmer Wagner. Eine Idee muss her, wie die Gemeinderäte auf Kurs gebracht werden können. Von den Vorzügen einer Therme haben im Dorf nur die wenigsten eine Ahnung, das muss man ihnen noch schmackhaft machen.

Wagner empfängt Hirsch in seinem Büro in der See-Villa. Er ist dem Hirsch noch ein wenig grantig, weil er ihn in Verdacht hat, mit seinem Ruderboot unterwegs gewesen zu sein. Nach dem Sommerfest war es nicht ordnungsgemäß an seinem Steg vertäut. Der Anruf eines Fischers brachte die Nachricht, dass es auf dem See treibe. Dem Fischer hatte er einen Hunderter zugesteckt und ihm gesagt, dass er Stillschweigen bewahren solle, als dieser ihm Nachhilfeunterricht in Sachen Knoten anbieten wollte. Freilich sah es so aus, als ob er, der Wagner, zu deppert wäre, um seine Boote richtig festzumachen. Dabei war er ein begeisterter Segler von Kindesbeinen an. Beschwören konnte er es nicht, er meinte aber, er habe den Theobald Hirsch zu später Stunde zum Steg hinausgehen sehen. Überhaupt hatte der Landbürgermeister beim Sommerfest keinen guten Eindruck hinterlassen. Er trank zu viel, und dauernd hatte er die dralle Blonde von der Metzgerei mit begehrlichen Blicken verfolgt.

Seine Geschäfte hat Hirsch wohl ebenfalls nicht im Griff, wenn er jetzt schon wieder seine Unterstützung braucht.

Nun denn, Wagner lässt Theo eine Viertelstunde warten. Hirsch muss auf dem kleinen Besucherstuhl vor seinem Schreibtisch Platz nehmen.

»Was willst denn jetzt schon wieder?«, raunzt Wagner.

Hirsch fühlt sich sichtlich unwohl, aber es hilft nichts. Dass er sich von so einem Emporkömmling wie dem Wagner schikanieren lassen musste, ist schon lange her. Theo setzt Wagners Benehmen auf seine interne Rechnung und zwingt sich, für die Sache ruhig zu bleiben. *Jetzt erst einmal einen auf Schönwetter machen*, denkt er, *abgerechnet wird später*.

Lang und breit berichtet er Wagner von der gelungenen Vorstellung des Architekten und von den tollen Plänen. Auch sei man im Amt schon ziemlich weit. Es gebe allerdings ein oder zwei kleine Hürden, die man sicher gemeinsam für die gute Sache aus dem Weg räumen könne.

Wagner nickt. »Um was geht es dabei konkret?«

Hirsch fängt an zu klagen, dass seine Gemeinderäte echte Hinterwäldler seien. »Eine Therme haben die noch nie von innen gesehen. Die meinen, das ist was für alte Omas mit Rheuma oder so! Die ganz Katholischen vermuten gar einen Sündenpfuhl.«

Dass er selber gerade einmal einen einzigen Thermenbesuch vorzuweisen hat, will er Wagner nicht erzählen. Hirsch hat sich in der Zeit, als Marlene in der Sauna war, mehr oder weniger durchgehend an der Strandbar aufgehalten. Sein Ding ist das jedenfalls nicht, denn in der Badehose, so seine Meinung, kommt seine Eleganz nicht so gut zur Geltung wie im Anzug.

Wagner dagegen ist ein ambitionierter Thermenbesucher. Hier zu missionieren, dafür ist er genau der Richtige.

»Ich hätt da schon eine Idee«, schlägt Wagner vor. »Wie wäre es, wenn wir eine Informationsreise für Interessierte planen? Mit dem Bus zur großen Spaßtherme vom Forster nach Niederbayern, mit anschließender Übernachtung im Thermenhotel und viel Drumherum?«

Hirsch sieht auf Anhieb die Möglichkeiten, die eine solche Reise bietet. Er steigt sofort ein. Mitfahren sollten die Gemeinderäte und auch die Geschäftsleute sowie ein paar der Investoren, die die Idee der Pilsentherme verkaufen müssen.

Wagner ruft seinen Spezl, den Bäderkönig Forster an. Der findet die Idee auch gut, hakt aber gleich nach, was die Finanzen angeht.

»Ganz umsonst geht's nicht«, sagt Forster. »Da müss ma schon aufpassen. Aber ich mach euch einen guten Preis, und eine Betriebsführung gibt's noch obendrauf. Sechzig Personen sind das Maximum.«

Hirsch überlegt. Einen kleinen Eigenanteil von fünfzig Euro pro Person kann jeder zahlen. Für die Gemeinderäte könnte das ja die Gemeindekasse übernehmen, schließlich kann man das als Sondersitzung deklarieren und die fällige Entschädigung gegenbuchen.

»Was hältst du davon, wenn der Sonderfonds der örtlichen Bank etwas für diese Kulturreise dazugibt?«, fragt Hirsch den Wagner. Der sitzt dort im Aufsichtsrat und nickt.

»Das lässt sich machen. Wir sollten auch den Landrat dazu einladen und vielleicht auch jemanden von der Presse. Wie wäre es mit Rainer Ortlieb?«

Hirsch sagt: »Der Rainer Ortlieb steht dem Libellenclub

nahe, aber er ist nicht zur Gänze in die Pläne eingebunden. Das könnte ein Risiko sein.«

»Trotzdem, eine gute Presse im Vorfeld könnte so manches in rechte Bahnen lenken. Vielleicht kann er ja mit seiner Frau als informeller Beobachter mitfahren«, gibt Wagner zu Bedenken. Hirsch ist trotzdem nicht wohl dabei. Was will der Wagner nur mit dem Schreiberling und seiner zickigen Frau? Wenn die Rosenberger zu früh Wind bekommt, sieht er Probleme auf sich zukommen.

»Das besprechen wir bei der nächsten Dienstagsrunde«, meint er. Außerdem muss er noch das nächste Thema anbringen.

»Einer von deinen Spezls hat doch ein großes Autohaus. Wir bräuchten da noch ein spezielles Sonderangebot für einen VW-Bus für unseren jungen Freund beim Planungsverband«, sagt Hirsch. Wagner runzelt die Stirn.

»Ist das wirklich nötig?«, fragt er Hirsch. »Keine Details, ich will es gar nicht so genau wissen.« Soweit Hirsch seinen Verwaltungsbeamten verstanden hat, ist das unabdingbar.

»Ja, das ist unbedingt nötig, und zwar relativ zügig.« Wagner seufzt, gibt sein Okay und verspricht, alles in die Wege zu leiten, sehr diskret, versteht sich. Für solche Fälle haben die Libellenmänner schließlich ihr Netzwerk aufgebaut.

Wie Hirsch beim Wagner rausgeht, fährt gerade Petra Rosenberger in ihrem blauen Polo vorbei. Sie ist auf Motivsuche für ein stimmungsvolles Landschaftsbild als Aufmacherfoto. *Was macht denn der Hirsch beim Wagner?*

Bei Petra gehen wieder einmal die roten Warnlichter an. Sie beschließt, nach Otterschwing weiterzufahren und sich in den Geschäften einmal umzuhören. Da kann sie nebenbei ein schönes Bild von der alten Weide mit dem Findling machen und bei dem Altbürgermeister Schmidt vorbeischauen. Sie hat noch ein paar Fragen wegen des Verschwindens seines Sohnes. Nachdem Petra ein paar schöne Seebilder nebst Alpenkette im Kasten hat, macht sie sich auf den Weg nach Otterschwing. Der Bledschneider will auch noch etwas von ihr. Sie schaut in ihren elektronischen Terminkalender. Das schafft sie heute nicht mehr, der Bledschneider muss warten. Beim ehemaligen Bauernhof von Johann Schmidt sieht alles ordentlich aus. Schmidt sitzt vor dem Haus auf seinem Bankerl.

»Frau Rosenberger«, sagt Schmidt und winkt ihr zu. »Kommen S' ein bisschen zu mir.« Er deutet auf die Bank.

Petra setzt sich und sagt: »Schön haben Sie es hier.«

Schmidt schweigt erst einmal, und Petra lässt ihm die Zeit. Der alte Herr braucht eine kleine Anlaufphase.

»Können S' mir einen guten Privatdetektiv empfehlen?«, fragt Schmidt. »So einen aus dem Internet?«

»Eine gute Idee«, lobt Petra, »aber nicht ganz billig.«

»I hob des Geld bald«, meint Schmidt. Petra ist ein wenig beleidigt, weil sich Schmidt nicht auf ihre Recherchen verlässt.

»Ich habe auch Neuigkeiten, aber das besprechen wir besser drinnen«, sagt sie. Schmidt geht mit ihr ins Haus.

»Jetzt lassen S' mich net zappeln«, sagt er noch im Flur. Petra berichtet ihm, dass die letzte Meldeadresse seines Sohnes in Berlin gewesen sei, und dass der Adi dort gelebt habe. Ein Auto sei dort auf ihn angemeldet gewesen.

Sie sagt: »Außerdem müsst ich wissen, ob der Adi zu der

Zeit eine Freundin gehabt hat. Eine entsprechende Notiz habe ich in einem Zeitungsarchiv gefunden.«

Schmidt brummt vor sich hin. Sein Sohn habe viel Zeit mit dem Theo und dem Sepp verbracht. Von einem Mädchen habe er nichts erfahren, aber seine Frau Marie habe seinerzeit im Jugendzimmer ein Heft mit selbstverfassten Liebesgedichten gefunden. Er fügt hinzu: »Möglich wäre es. Der Sepp oder der Theo müssten's wissen.«

Petra schlägt vor, einen Privatdetektiv aus Berlin zu nehmen, der auf internationale Aufträge spezialisiert ist. Der könnte vor Ort ansetzen. Sie verspricht, sich schlauzumachen. Ob der Herr Schmidt bei den beiden Herren einmal nachfragen könnte? Das wär schon wichtig, meint Petra. Schmidt schaut ganz unglücklich, aber wahrscheinlich würden die beiden der Journalistin nichts erzählen. Das muss er wohl selbst machen. Er muss ja eh demnächst in die Gemeindekanzlei, da kann er den Theo mal abpassen. Der Sepp ist ihm nicht geheuer, der kommt ihm zu g'spinnert vor. »Wenn Sie den Sepp übernehmen würden?«, lächelt er Petra an. Ja, versuchen kann sie das. Petra zeigt auf die Uhr und sagt: »Ich muss wieder los.« Sie will noch in die Gärtnerei und in die Metzgerei. Zuerst zum Gärtner, ein paar Blumen für daheim würden sich nett machen. Leider ist Petra die einzige Kundin in dem kleinen gekachelten Verkaufsraum. Sie sucht sich einen Strauß mit einer Sonnenblume aus und versucht, mit der Verkäuferin ins Gespräch zu kommen.

»Schöne Sträuße haben Sie da«, sagt sie. Die Verkäuferin reagiert nicht im mindesten.

»Viel zu tun?«

»Ja, wissen S' schon, sind zwei Beerdigungen.«

Weil Petra keine Ahnung hat, wer gestorben ist, sagt sie nur, dass ihr Vater auch in Otterschwing beerdigt wurde.

Da wird sie wohl nichts herausbekommen. Petra nimmt ihren Strauß, zahlt 13,50 Euro und geht. Als Nächstes will sie sich wieder die guten Wurstsemmeln herrichten lassen.

In der Metzgerei Meier begrüßt Petra der grinsende Saukopf. Bedient wird sie von der Chefin persönlich. Als Marlene Hirsch ins Geschäft kommt, wird sie gleich mit einem »Grüß Gott, Frau Bürgermeister« empfangen. Petra sieht die Begegnung als Wink des Schicksals. Da kann sie Marlene gleich zu Adi befragen. Sie grüßt sie ebenfalls herzlich und tritt dann an sie heran.

»Schön, dass ich Sie treffe! Hätten Sie noch eine Minute? Ich würde Sie gerne etwas Persönliches fragen.«

Marlene Hirsch ist erst irritiert, willigt dann aber ein. Petra tätigt ihre bescheidenen Single-Einkäufe, während Marlene eine umfangreiche Einkaufsliste abzuarbeiten hat. Offenbar werden im Hause Hirsch gerne Fleisch und Wurst gegessen. Vor der Metzgerei wartet Petra auf Marlene.

»Frau Hirsch, ich bin Petra Rosenberger vom *Seekurier*. Wir kennen uns vom Pilates«, sagt sie.

»Ja stimmt, aber oft waren Sie noch nicht da«, antwortet Marlene. »Sie wohnen doch schon immer in Otterschwing?«, fragt Petra. »Denn ich bin dem Altbürgermeister Schmidt in einer persönlichen Sache behilflich.«

»Ich bin eine Einheimische«, bestätigt Marlene. »Um was geht es denn?«

»Der Altbürgermeister Schmidt ist auf der Suche nach seinem Sohn Adi. Wie Sie sicher wissen, ist er verschwunden. Ich helfe bei der Suche.«

»Ja, der Adi, den hab ich kaum gekannt«, bedauert Marlene. »Ich weiß nur, dass er nach Berlin ist.« Allerdings leuchten Marlenes Augen ein wenig, als vom Adi die Rede ist.

»Hat er hier vielleicht eine Freundin gehabt?«

»Ich glaub nicht«, sagt Marlene und dreht sich dabei weg. Sie packt ihre Einkäufe und eilt davon.

Komisch, denkt Petra.

Derweil plant Theobald Hirsch die Kulturfahrt in die Therme. Das Busunternehmen macht der Gemeinde einen Sonderpreis, und auch der Landrat ist begeistert. Redlich, der an der Fahrt nicht teilnehmen will, hat schon ein tolles Programm entworfen. Jetzt macht der Bürgermeister noch mal die Runde zu seinen Gemeinderäten. Hier setzt er vor allem bei den Ehefrauen an, die er mit einer schicken Wellness-Reise ködert. Für die Katholischen hat er extra mit dem Pfarrer gesprochen, der am Sonntag in der Kirche predigen wird: »Am siebten Tage sollst du ruhen«, und am besten in heißem Thermalwasser. Gedankenverloren eilt Theo nach Hause. Nicht nur das Wasser ist heiß, denkt er bei sich, als er sich an Tinas Lustschreie erinnert: »Du bist ein ganz heißer Hirsch, ja, ja, ja!«

In der Küche trifft er Marlene. Sie scheint ihren eigenen Gedanken nachzuhängen.

»Heute hat sich eine Reporterin nach dem Adi erkundigt«, erzählt sie. Theo wird ganz ernst.

»Erzähl alles genau«, fordert er Marlene auf. Als er hört, dass die Petra Rosenberger dem alten Schmidt bei der Suche nach seinem Sohn behilflich ist, zieht sich sein Brustkorb zusammen. Er muss sich setzen.

»Du bist ja ganz blass«, sagt Marlene und bringt ihm ein Glas Wasser.

»Das ist nur, weil mir der Adi so fehlt.«

Er starrt an einen hellen Fleck in der Holzvertäfelung und überlegt, ob die Rosenberger ihm wirklich gefährlich werden kann.

»Schatz, was hältst du von einem schönen Wellness-Wochenende in der Therme? Wir planen eine Kulturfahrt mit dem Gemeinderat.«

»Gerne, wenn die Mädchen nicht gerade auf ein Reitturnier müssen«, baut sie schon mal vor und denkt aber: *Da wird sicher eines stattfinden, denn ein ganzes Wochenende lang Frau Bürgermeisterin spielen, darauf hab ich wenig Lust.*

Theo hat schon mit so einer verhaltenen Reaktion gerechnet und Tina als künftige Geschäftsfrau mit auf die Gästeliste gesetzt. Das ist zwar ein kleines Risiko, aber ohne seine Tina hält er ein ganzes Wochenende mit diesen Dorftrotteln und Geldfuzzis nicht durch. Die Tina versteht ihn, bei ihr fühlt er sich wohl. Wenigstens eine Nummer zwischendurch, das braucht er, um seine charmante Fassade aufrechtzuerhalten.

Bald ist alles bestens arrangiert, und der Bus startet am Samstag um sieben Uhr in der Früh in Otterschwing. Theo ist selbstverständlich mit im Bus und unterhält die Gäste. Immer wieder wiederholt er die gleichen Argumente und wandelt je nach Gesprächspartner die Vorteile ab. Als sie schließlich bei der Therme ankommen, ist Theo ganz erschöpft. Seine Tina hat sich bislang vorbildlich verhalten und ihm nur ab und zu aufmunternd zugezwinkert. Unternehmer Wagner und der Landrat übernehmen die Gruppe. Zur Betriebsführung wird Theo sich wieder dazugesellen, bis dahin will er sich auf seinem Zimmer entspannen. Unauffällig hat er es so arrangiert, dass sein Zimmer und das von Tina auf demselben Flur sind.

Tina begreift, was jetzt angesagt ist, und verkündet laut, dass sie ein wenig Kopfweh habe und sich erst mal kurz langmachen müsse.

Das Hotelzimmer ist ganz nach Tinas Geschmack, schön plüschig. Sie probiert gleich mal das breite Kingsize-Bett aus. Nachdem es auf dem Gang ruhig geworden ist, schleicht sie raus und klopft an Theos Zimmertür. Der hat sie schon erwartet. Abgesehen von diesem Intermezzo halten Theo und Tina angemessenen Abstand.

Die Reise wird ein Riesenerfolg für den Theo. Beim gemeinsamen Abendessen stimmen alle ein dreifaches Hoch auf die Pilsentherme an. Theo ist in Bestform, seine Augen glänzen, und sein Charme ist unwiderstehlich. Das muss sogar der Wagner anerkennen, dem die derben Sprüche von Theo manchmal einfach zu plump sind.

Bei der Heimfahrt ist klar: Der Pilsentherme steht nun nichts mehr im Weg. Trotzdem, wegen der Rosenberger muss Theo jetzt wirklich etwas unternehmen.

Empfangen werden die Heimkommenden von einer aufgebrachten Grünen Rita. Sie steht mit ihren Kampffreunden aus alten Achtundsechziger-Tagen an der Bushaltestelle und pfeift jeden Einzelnen, der aus dem Bus kommt, aus. Auf den Transparenten steht *Rettet die Ameise* und *Schützt unsere Heimat* sowie das alte Schild *Nieder mit dem Kapital*, das schon einige Einsätze hinter sich hat. Mehr konnte die Rita auf die Schnelle nicht zusammentragen, aber um die gute Stimmung kaputtzumachen, reicht es allemal.

Wie auf Kommando kommt es zum Platzregen, der sogar die Rita vertreibt. Theobald Hirsch redet nicht mehr mit der Rita, denn ihre Klagewut hat ihn schon früher persönlich getroffen. Er eilt nach Hause zu seiner Marlene und den Töchtern. Zum Glück ist die Gemeinderatssitzung noch in dieser Woche, da kann jetzt nicht mehr viel schiefgehen.

Kapitel 11

Am Montagmorgen geht Petra Rosenberger auf dem Weg in die Redaktion beim Bäcker vorbei. Sie schnappt aufgeregte Gesprächsfetzen auf, die sich um eine Grüne Rita aus Otterschwing drehen. Rainer Ortlieb ist noch nicht da, daher blättert Petra als Erstes die Post und Faxe im Eingangskorb durch. Bei der Einladung zur Gemeinderatssitzung Otterschwing stutzt sie. Im schönen Amtsdeutsch heißt es da: *Bauvoranfrage für die Flurnummern 118, 119, 121 und 121/3 mit einer Freizeiteinrichtung für die Öffentlichkeit sowie Aufstellung eines Bebauungsplanes Sondergebiet mit ergänzender Flächennutzungsplanänderung*. Also doch! Das kann nur die Therme sein. Jetzt muss sie erst einmal auf Rainer Ortlieb warten.

Petra ist ganz aufgewühlt und lenkt sich mit Routinearbeiten ab. Eigentlich wollte sie die ruhigen Vormittagsstunden dazu nutzen, mit drei Privatdetektiven in Berlin zu telefonieren. Am Wochenende hat sie daheim im Internet recherchiert, welche Detekteien da in Frage kommen würden. Das Angebot ist vielfältig. Und unbedingt muss sie sich jetzt mit dem Bledschneider Sepp treffen. Das duldet keinen Aufschub mehr. Petra überwindet sich und ruft ihn auf seinem Handy an. »The Person you have called is temporarily not available«, schallt es ihr blechern entgegen. Laut Telefonbuch wohnt der Bledschneider Sepp in der Uferstraße 3 in Otterschwing. Kurzentschlossen schreibt Petra eine Notiz für ihren Chef. Sie sei wegen eines wichtigen Termins außer Haus. Dann fährt sie nach Otterschwing. Der Uferweg ist tatsächlich nur ein kleiner Weg, der versteckt liegt und von der Rosenstraße abbiegt. Als sie schon glaubt, sich verirrt zu haben, taucht ein kleines Häuschen auf. Eine Hausnummer findet sie nicht, aber das verwilderte Anwesen passt zum Bledschneider. Das muss es sein.

Petra parkt ihren Polo auf dem Seitenstreifen und nimmt ihre Handtasche mit. Eine Klingel sucht sie vergeblich, deshalb tritt sie durch die schief hängende Gartentür auf die Haustür zu. Wenn der Bledschneider daheim ist, dann hat er sie schon längst bemerkt. Petra klopft an die Tür und ruft nach ihm. Nichts. Sie will sich noch ein wenig umschauen und läuft um das Haus herum.

Auf einmal rast ein Auto heran, biegt mit quietschenden Reifen in die Einfahrt des Hauses. Heraus springt der Waldschrat, und heute sieht er richtig bedrohlich aus. Mit einem Satz ist er bei Petra und reißt sie fast um. Petra ist so erschrocken, dass sie kaum Luft kriegt. Bledschneider hält sie von hinten fest und wirkt zornig. *Reden*, denkt sie, *du musst reden*. Endlich ist die Botschaft auch bei ihrem Mund angekommen.

»Ich bin mit guten Absichten gekommen. Bitte«, keucht sie, »tun Sie mir nichts. Bitte lassen Sie mich los.« Petra wird so abrupt losgelassen, dass sie hinfällt. Sie sieht den Bledschneider Sepp vor sich. Er hilft ihr nicht auf und entschuldigt sich nicht. Der wütende Mann sagt gar nichts. Petra muss ihn jetzt irgendwie zum Reden bringen. Sie wagt einen Schuss ins Blaue: »Ich bin wegen dem Adi da.«

Das wirkt. Der große Bär schrumpft wieder auf Normalgröße zusammen.

»Nichts für ungut«, murmelt er. »Hier wird öfter eingebrochen.« Er zeigt auf die verwitterte Gartenbank. »Setz di hi«, sagt er und verschwindet in seinem Haus. Petra ist zu zittrig, um davonzulaufen, und setzt sich. Der Bledschneider Sepp kommt mit zwei Gläsern Wasser und einer Tafel Schokolade wieder heraus.

»Trink erst mal was.« Er reicht Petra das Glas. Dazu hält er ihr die Schokotafel, Ganze Nuss, hin. Okay, jetzt muss Petra sich zusammenreißen. Das kann sie, schließlich ist sie ein Profi.

»Vielen Dank, Sepp«, sagt sie, denn wie sie sich erinnert, will der Herr Bledschneider nur mit seinem Vornamen angesprochen werden. Sie beginnt die Geschichte zu erzählen, warum sie sich um den Vermisstenfall Adi Schmidt kümmert. Der Vater, Johann Schmidt, habe sie gebeten, ihn zu fragen, ob er wisse, ob der Adi damals eine Freundin in Otterschwing und Umgebung hatte. Der Sepp murmelt leise vor sich hin, was eigentlich nur eine Art Selbstgespräch sein kann.

»Sepp, Sie waren doch sein bester Freund!«, appelliert Petra an ihn. Dann schweigt sie und isst ein Stück Schokolade. Der Sepp scheint sich auch zu beruhigen. Er stößt hervor: »Um den Adi kümmer ich mich. Geh in deine Redaktionsstube und kümmer du dich um den Theo. Da hast genug zu tun.«

»Wie meinst du das?«, fragt Petra nach. Sie stellt sich jetzt mal unwissend.

»Der macht alles kaputt, der flotte Theo in seinem Wahn, das ist ein echter Teufel!«, schreit der Sepp.

Petra bekommt wieder Angst. Sie will nur weg. Ganz langsam greift sie nach ihrer Tasche und steht auf.

»Jetzt ganz ruhig. Wir sprechen ein andermal über dieses Thema. Vielleicht kommen Sie heute Nachmittag mal in die Redaktion nach Fischau?«

Der Sepp schüttelt den Kopf. »Keine Zeugen. Um fünf Uhr beim Findling an der alten Weide«, ruft er Petra nach, die ihre ganze Willenskraft aufbringen muss, um nicht zu ihrem Auto zu rennen.

»Ist gut«, sagt sie. Um von dem Bledschneider Sepp wegzukommen, hätte sie ihm alles Mögliche versprochen. Mit zitternden Knien fährt sie wieder in den Ort. Jetzt erst einmal durchatmen. So kann sie nicht in die Redaktion zurückkommen.

Sie fährt zu ihrem Lieblingsort am Ammersee, dem abgelegenen Badeplatz. Dort geht sie zum Ufer, setzt sich eine Weile auf den Steg und schaut den Wellen zu, bis ihr kalt wird.

Mittlerweile geht es auf Mittag zu, und Petra wird von ihrem Smartphone wieder in die Realität katapultiert. *Redaktion Seekurier* steht auf dem Display. Sie drückt den Anruf weg und fährt zur Arbeit. Dort erwartet sie ein aufgebrachter Chef.

»Wo treibst dich denn rum?«, fragt Rainer Ortlieb ungehalten. »Wir haben hier eine Zeitung zu machen, Gnädigste!« Damit knallt er ihr einen Stapel Papier auf den Schreibtisch. Wenn Petra es bis um fünf Uhr zur alten Weide schaffen will, dann muss sie sich beeilen. Sie beginnt mit der Arbeit und schiebt alles andere erst einmal weg. Als Ortlieb zur Mittagspause geht, ruft sie ihre Freundin Birgit an. Die ist strikt dagegen, dass sich Petra noch einmal allein mit diesem Verrückten trifft. Aber Petra weiß, dass sie keinen Schritt weiterkommt, wenn sie nicht mehr Informationen erhält. Sie muss es tun, aber als Rückversicherung soll Birgit die Polizei informieren, falls sie sich nicht bis sieben Uhr bei ihr gemeldet hat.

Der Bledschneider Sepp sucht inzwischen interessantes Material für Petra zusammen. Eine detaillierte Karte, die Beschreibung der Ameisenart, die geltende Rechtslage und Ähnliches. Petra Rosenberger ist zwar ein Hasenfuß, aber sie ist zäh. Wie weit er bei ihr gehen kann, darüber ist er sich noch nicht im Klaren.

Auch Theobald Hirsch denkt an die Petra Rosenberger. Die Frau muss gestoppt werden. Nachdem seine Charmeoffensive bei ihr versagt, braucht auch er mehr Hintergrundinformation. Wo kann man bei ihr ansetzen? Da fällt dem Theo ein, dass die Rosenberger zusammen mit ihrer Mutter beim Libellenfest aufgekreuzt ist. Das könnte eine Schwachstelle sein.

Er geht ins Einwohnermeldeamt. Die langjährige Gemeindeangestellte hat ein Herz aus Gold und ein Gedächtnis wie ein Elefant. Nachdem Theo ihr Komplimente zu ihrem tollen Aussehen gemacht hat, fragt er sie ganz nebenbei nach der Familie Rosenberger. Und tatsächlich erfährt er eine Menge. Finanziell steht die alte Frau Rosenberger wohl ganz gut da, schließlich beziehe sie eine nicht unerhebliche

Witwenrente, und das Haus in Otterschwing habe der nette Neffe ihrer Cousine Erika zu einem guten Preis gekauft. Zur Tarnung hört Theo sich auch noch die Familiengeschichte der Cousine Erika an. In Gedanken geht Theo dabei aber seine Kontakte im Benedictum durch. Da fällt ihm die Anja ein. Die kümmert sich doch ehrenamtlich um die Senioren. Eigentlich könnte er die Anja auch auf den Altbürgermeister Schmidt ansetzen. Ja, das wären zwei Fliegen mit einer Klappe! Am besten, er ruft die Anja gleich mal an.

Er erzählt ihr, dass er sich große Sorgen um den Altbürgermeister mache. Der sei ihm doch neulich etwas verwirrt vorgekommen, und jetzt habe dieser die fixe Idee, seinen Sohn suchen zu lassen. Dabei wisse doch jeder, dass der Alte und sein Sohn nicht miteinander ausgekommen seien und der Adi bestimmt irgendwo an einem Strand in der Sonne liege und es sich gut gehen lasse. Und außerdem brauche er Informationen über die Familie Rosenberger.

Zufrieden lehnt sich Theo in seinem Bürostuhl zurück. Das läuft ja alles wie am Schnürchen. Trotz der blöden Aktion von der Grünen Rita ist für die Gemeinderatssitzung alles unter Dach und Fach. Und wenn der Bledschneider schon so verzweifelt ist, dass er die Rita einspannt, dann hat er, der Theo, das Spiel schon gewonnen. Er pfeift mal wieder diesen alten Marilyn-Monroe-Schlager vor sich hin.

Jetzt muss er noch schnell zur Bank und alles wegen der Hypotheken klarmachen. Dann fehlt nur noch die Unterschrift von Marlene, und seinem neuen Reichtum steht nichts mehr im Wege. Zwanzig Prozent Rendite und überhaupt kein Risiko dabei – solche Geschäfte gibt es nicht alle Tage.

Petra Rosenberger wurstelt sich durch den Tag. Die Gemeinderatssitzung in Otterschwing soll jetzt wohl sie übernehmen. Ortlieb tut ganz so, als ob er nicht genauer Bescheid wüsste. Das sei eine ganz normale Sitzung und Alltagsgeschäft, gibt er Petra zu verstehen. Nun denn, Petra schaut sich schon mal den Flächennutzungsplan an und stellt fest, dass die Therme wohl im Außenbereich von Otterschwing geplant werden soll. Jetzt versteht sie auch den Treffpunkt Alte Weide, den der Sepp vorgeschlagen hat, denn sie entnimmt den elektronischen Karten, dass hier wohl die Zufahrt zu dem ganzen Spektakel hinkommen wird.

Petra fährt noch schnell nach Hause und zieht eine Dose Pfefferspray aus dem Schrank, die sie noch aus ihrer Münchner Zeit hat. Sie wählt eine besonders stabile Handtasche und stopft eine kleine Kamera, Notfalltropfen, Schreibzeug und Aufnahmegerät sowie eine stabile Taschenlampe hinein. Das Handy steckt sie in die Hosentasche.

Als sie bei der Weide ankommt, steht der Sepp schon beim Findling. Auf Petra macht es fast den Eindruck, als ob der Sepp mit dem Findling spricht. Ein bisschen merkwürdig ist der Sepp tatsächlich, da muss sie den Gerüchten schon recht geben. Und die Aktion heute Vormittag – Petra ist immer noch schockiert, dass dieser scheinbar so friedliche Mann so bedrohlich werden kann. Er ist anscheinend zu Fuß gekommen, denn sein alter Lada ist nirgends zu sehen.

»Hallo!«, ruft Petra, um Sepp auf sich aufmerksam zu machen.

Der dreht sich langsam um und tätschelt den Findling wie zum Abschied. Er schlendert zu ihr.

»Schee, dass d' da bist. Heute war's ja scho a weng eng. Respekt!«

Petra nickt. »Ja damit habe ich gar nicht gerechnet. Wie konntest du eigentlich wissen, dass ich am Haus war?«

»Net so wichtig«, tut der Sepp ab. »Aber schau, Madel, du bist doch von der Zeitung. Hier soll dem Theo sein Leuchtturmprojekt entstehen, mit dem er sich direkt in den Himmel katapultieren will.« Der Sepp reißt theatralisch die Hände hoch. »I hab die Karten vorbereitet. Komm, ich zeig dir jetzt was ganz Wichtiges.«

Sepp wartet Petras Antwort gar nicht ab und geht voraus. Sie läuft hinterher. Im Gehen erklärt er ihr, wo was hinkommen soll. Als es zum Wäldchen geht, macht er vor einem Gestrüpp halt.

»Hast die Kamera dabei?«

Petra nickt und holt die kleine Kamera heraus.

»Jetzt pass mal auf.«

Sepp zieht am Gebüsch, und Petra sieht einen Ameisenhaufen. Sofort herrscht wilder Aufruhr im Ameisenland. Sepp nimmt sich eine Ameise auf die Hand.

»Das ist eine ganz besondere Art. Die kommt in Deutschland nur mehr an wenigen Orten vor. Und sie ist besonders geschützt. In der Roten Liste wird sie unter ›vom Aussterben bedroht‹ geführt. Und diese Ameisen sind dem Bauprojekt im Weg und sollen weg.«

Petra sieht die Ameisen an und macht pflichtschuldig ein paar Fotos. Allerdings hätte sie für die kleinen Tiere besser die große Spiegelreflexkamera mit dem großen Zoom dabeihaben sollen. Sie kennt sich mit Ameisen nicht aus, alles, was krabbelt, jagt ihr einen Schauer über den Rücken. Auch jetzt haben sich schon ihre Haare an den Armen aufgestellt. Als Petra die Fotos gemacht hat, tritt sie instinktiv ein paar Schritte zurück, verstaut die Kamera und holt ihr Aufnahmegerät heraus.

»Vielleicht sagen Sie was zu den Ameisen«, lächelt sie den Sepp aufmunternd an. »Ich bin in Biologie nicht so besonders gut gewesen.«

Der Sepp schüttelt den Kopf. »Na, in so a Ding red i net nei.«

Also gut, dann doch lieber die altbewährte Methode. Sie wühlt in ihrer Handtasche nach dem Stift und zieht den Block heraus. Dabei fällt ihr das Pfefferspray heraus.

Sepp tritt heran und pfeift.

»So ganz traust mir net.«

Petra murmelt etwas davon, dass sie das Spray immer dabeihabe und dass das nicht gegen den Sepp gehe.

Der Sepp fängt an zu diktieren.

»Bei dem Vorkommen handelt es sich um die Formica rufa, die Rote Waldameise. Sie zählt zu den besonders geschützten Tierarten. Jeder Eingriff in die Neststruktur ist strengstens untersagt.«

Sepp macht eine Pause und schaut mit liebevollem Blick auf den Ameisenhügel, dann stellt er sich in Positur und macht eine ausladende Geste. Er fährt fort: »In diesem hochsensiblen und absolut wertvollen Gebiet sollen bald die Bagger rollen, damit ein paar Menschen sich in warmes Wasser legen können. Hier im Gebiet der Waldameise soll die Pumpstation für das heiße Wasser gebaut werden. Weiter vorne am Hang soll die Therme errichtet werden. Der Hang ist dafür nicht geeignet, denn in früheren Zeiten kam es dort zu kleinen Erdrutschen. Die Natur von Otterschwing ist unser größtes Kapital. Das soll jetzt einfach weggeworfen werden, damit ein paar Großkopferte noch mehr Geld scheffeln können. Ungeklärt sind auch die Gefahren für die Menschen und Häuser. Lokale Erdbeben, Rissbildungen und mehr sind da zu erwarten.«

Für den Sepp waren das jetzt schon ziemlich viele Worte.

»Reicht das?«

»Ich denke schon«, sagt Petra. »Wenn ich noch Fragen habe, kann ich Sie ja anrufen.«

Etwas langsamer marschieren die beiden wieder auf die alte Weide zu. Die Aussicht ist wirklich traumhaft, im Hintergrund spitzen die Alpen heraus, an ein paar Stellen kann man weit über das Land blicken. Die Vögel zwitschern, und die untergehende Sonne malt die Wolken an.

Petra kann schon verstehen, warum der Bledschneider Sepp sich für dieses schöne Fleckchen Erde so einsetzt.

Bei der Weide angekommen, macht Petra noch einmal einen Versuch, das Thema Adalbert Schmidt anzusprechen.

»Dein Jugendfreund, der Adi, weißt du, was mit dem ist und wo der steckt?«, fragt sie.

»Der Adi ist näher, als du denkst«, antwortet Sepp ausweichend.

»Mich würd schon interessieren, warum der Kontakt abgerissen ist. Also ich seh meine Jugendfreundinnen immer noch ab und zu. Da gibt es ja auch noch die Klassentreffen. Ist der Adi denn jemals zu einem gekommen? Was ist denn damals passiert?«

Der Sepp überlegt, dann nimmt er aus seinem Rucksack

eine kleine Decke heraus. Einladend drapiert er sie unter der Weide mit Blick auf den Findling.

»Das ist eine lange Gschicht. Wenn du dich so sehr für den oiden Schmarrn interessierst, dann setz ma uns a bisserl.«

Petra zögert. So nah will sie dem Sepp eigentlich nicht sein. Was ist, wenn er wieder wütend wird?

»Ich tu dir nix.« Sepp klopft auf die Decke.

Petra setzt sich zu ihm hin. Ihr Herz klopft schneller.

Sepp trinkt erst mal einen Schluck Wasser aus seiner Flasche. Vom vielen Reden ist seine Kehle ganz rau.

»Wir waren wirklich gute Freunde damals, der Adi, der Theo und ich. Mir ham im Sandkasten scho miteinander gespielt, und der Theo und ich waren ganz oft beim Adi daheim. Sei Mutter war eine ganz liebe Frau, die hatte ein großes Herz. Mir san richtige Lausbuben g'wesen, haben allerhand ausgeheckt. Der Wald war unsere Welt, kein Baum zu hoch, keine Strecke zu weit. Dann sind wir miteinander ins Gymnasium gekommen, mussten immer mit dem Bus in die Kreisstadt fahren. Nur der Adi kam aus einem guten Haus, der Theo und ich waren arme Schlucker. Eigentlich hätten wir zwei gar nicht aufs Gymnasium sollen, Hauptschule ist ja für unsereins nach dem bayerischen Bildungskanon vorgesehen. Aber die Eltern vom Adi, insbesondere der Vater, haben sich für uns eingesetzt und öfters unsere Schulbücher gekauft und das Geld für den Bus bezahlt. Der Adi war nämlich ein Einzelkind, und die Mutter vom Adi hat immer Angst um ihn g'habt. Der Theo und ich sollten auf ihn aufpassen, das war so ausg'macht. Der Theo war in der Schule faul, aber ziemlich schnell hat er sich Respekt verschafft. Er hat uns auch a bisserl a Taschengeld ein'bracht, denn der Adi war wirklich gut in den Sprachen und ich in Mathe und in den Naturwissenschaften. Unsere Hausaufgaben hat der Theo gewinnbringend an Mitschüler verkauft, so dass wir immer eine Kriegskasse hatten, um wieder was Neues anstellen zu können. Als wir in die Pubertät kamen, hat es die ersten Differenzen gegeben. Der Adi hat bei der Schülerzeitung mitgemacht und sich für Politik interessiert. Auf einmal kam er dann mit den Parolen der Linken. Er kam immer mit so einem Palästinensertuch um den Hals in die Schule. Der Adi hat viel gelesen. Mit Hesse fing es an, und schließlich landete er bei Karl Marx und so. Er hat dann auf den Theo runterg'schaut, ihn einen ignoranten Deppen g'nannt. Der Theo wollt den Adi nicht als Geldquelle verlieren, da hat er mitg'macht. Irgendwann hat der Theo dann die Schule g'schmissen und eine Lehrstelle bei einem Versicherungsbüro angefangen. Vom ersten Geld hat sich der Theo ein Moped gekauft und eine richtig coole Lederjacke. Ja, der schöne Theo hatte nur Geld und Weiber im Kopf. Ich hab mit dem Adi Abitur gemacht. Nächtelang haben wir diskutiert, hier draußen am Lagerfeuer. Über Gott und die Welt haben wir philosophiert. Und dann musste der Adi zur Bundeswehr, den Theo ham's ausgemustert, und i hab verweigert damals. Der Adi wollt a verweigern, aber des hat der Vater nicht zugelassen. Des hat der Adi seinem Vater nie verzieh'n. I hab dann zwei Jahre Dienst gemacht im Altenheim, war a scheene Zeit damals. I hab viel gelernt über die Endlichkeit des Lebens und die Natur der Menschen. Seitdem san mir die Tiere, die Bäume und die Blumen lieber. Den Menschen kann man nicht trauen, das sind die schlimmsten Raubtiere unseres Planeten.«

Der Sepp macht eine Pause und schaut auf den Findling. Er überlegt, ob er der Petra die Geschichte mit dem Anschlag erzählen soll.

Petra denkt an das, was der Johann Schmidt erzählt hat. Sie baut Sepp eine Brücke.

»Ich hab gehört, es gab da noch einen Vorfall an einer Lechfeldkaserne.«

»Wer hat das erzählt?«

»Der Johann Schmidt denkt, dass das der Grund ist, warum der Adi nicht mehr heimkommt. Ich hab das recherchiert, die Sache ist verjährt. Jetzt kann dem Adi nichts mehr passieren.«

»Der Adi war so voll Wut auf die Bundeswehr. Die Bundeswehr hat ihm ziemlich zugesetzt, er hat kaum noch geschlafen und war dünn wie ein Strich in der Landschaft. Der Theo und ich wollten ihm irgendwie helfen. Als er dann mit der Idee kam, einen Anschlag zu verüben, wollten wir ihm die Sache ausreden. Aber der Adi ließ sich nicht stoppen, immer und immer wieder fing er davon an. Und mir ham damals große Angst gehabt vor dem Dritten Weltkrieg. Es herrschte der Kalte Krieg. Die Bedrohung war da, und die Pershings waren ja auch in greifbarer Nähe stationiert. Wenn es losgegangen wär, dann wären wir hier als Erste dran gewesen. Ich hab sogar eine Fluchtroute in die Berge ausgearbeitet für den Fall der Fälle. Dann ham mir die Sache durchgezogen, aber es ging total schief. Dilettanten waren wir, durch und durch. Und dann hat der Adi noch seine Uhr verloren, mit Gravur. Er hat das als Chance gesehen, von der Bundeswehr wegzukommen. Der Vater vom Adi hat schließlich zugestimmt, dass der Adi nach Berlin flieht und mir ham zusammengehalten. Es ist nichts rausgekommen. Blieb noch die Fahnenflucht vom Adi. Der Adi sollt sich in Berlin einen Anwalt nehmen und sich dann stellen, wenn Gras über die Sache gewachsen wär. Ich war auch einmal bei ihm in Berlin, der Theo ist nie hingefahren. Der Adi hat sich in Berlin ganz wohl gefühlt, ist bei den Autonomen untergetaucht und hat sich in einem besetzten Haus eingenistet. Später wollt er dann noch mal nach Hause kommen. Seine Mutter war krank, und an der hing er doch. Er hat so einen grasgrünen angemalten Opel Kadett gehabt.«

»Also war der Adi noch mal in Otterschwing? Wann war das?«

Da klingelt Petras Handy. Siedend heiß fällt ihr die Abmachung mit ihrer Freundin ein. Mensch, schon so spät! Die Zeit ist rasend schnell vergangen.

»Da muss ich rangehen, sonst kommt die Polizei«, sagt sie dem Sepp und steht auf, um kurz Entwarnung zu geben.

Als sie sich wieder zum Sepp umdreht, hat der schon alles zusammengepackt und ist am Gehen.

»So ein Mist!«, denkt Petra. Das Gespräch ist zu Ende, obwohl es jetzt gerade so gut lief. Aber vielleicht hat ja jemand das Auto damals gesehen. Ein grüner bemalter Kadett, das gab es sicher nicht so oft in dieser konservativen Gegend. Das ist ein Ansatzpunkt.

Kapitel 12

Petra fährt an diesem Abend noch nicht gleich nach Hause. Sie macht einen Abstecher ins Benedictum, denn sie will nach ihrer Mutter schauen. Seitdem sich Gertraud mit dem Herrn Günther angefreundet hat, läuft es um einiges entspannter für Petra. Ob die beiden tatsächlich so etwas wie eine Liebesbeziehung haben, darüber kann sie bislang nur spekulieren.

Als Petra vor dem Appartement steht, wird die Tür aufgerissen. Gertraud schimpft laut und drängt eine aufgedonnerte blondierte Frau um die fünfzig zur Tür heraus. Als sie Petra sieht, ruft Gertraud: »Wenn du mit der unter einer Decke steckst, dann kannst du gleich wieder gehen!«

Die Dame sieht Petra an und sagt dann laut: »Ich komme wieder, wenn Sie sich beruhigt haben.« Petra würdigt sie keines Blickes. Sie ist alarmiert. Was geht hier vor? Sie zieht die Tür hinter sich zu und geht zu ihrer Mutter.

»Mama, was ist denn los? Ist was passiert? Wer war diese Frau?«

Gertraud setzt sich und fängt an zu weinen.

»Die sagt, ich darf den Herrn Günther nicht mehr sehen«, schluchzt sie. »Und ich soll in eine spezielle Einrichtung.« Danach ist aus Gertraud kein vernünftiges Wort mehr herauszubringen. Petra gibt sich stundenlang alle Mühe, um ihre Mutter wieder zu beruhigen. Ihr selbst zittern nach dem anstrengenden Tag die Knie und jetzt auch noch das. Petra sucht im Adressbuch ihrer Mutter die Telefonnummer von Herrn Günther heraus. Morgen wird sie ihn anrufen, aber heute will sie nur noch nach Hause, ein heißes Bad nehmen und danach eine Heile-Welt-Schnulze im Fernsehen anschauen.

Der nächste Morgen beginnt für Petra nach einer unruhigen Nacht mit einer weiteren unangenehmen Überraschung. Als sie aus der Haustür tritt, stolpert sie fast über etwas Weiches. Bei näherer Betrachtung entpuppt sich das Weiche als verwesende Ratte, die einen abartigen Gestank absondert. Augenblicklich setzt bei Petra ein Würgereflex ein. Sie schafft es gerade noch zurück ins Haus auf die Toilette. Leicht schwindlig bleibt sie neben der Kloschüssel auf dem Boden sitzen. Wer tut ihr so etwas an? Dass die Ratte ein Zufall ist, daran glaubt sie nicht. Erst der wütende Waldschrat, dann ihre weinende Mutter und nun die tote Ratte. Irgendjemand will sie einschüchtern.

Petra ruft bei der Polizeistation an und schildert den Vorfall mit der Ratte. Dort wimmelt der Beamte sie ab. Dafür seien sie nicht zuständig. Für die Tierkadaverbeseitigung könne sie sich an die Gemeindeverwaltung wenden. Petra will das tote Tier nicht noch mal sehen. Ihr fällt der Bledschneider Sepp ein. Wenn er ihr das tote Tier hingelegt hat, dann wird sie es an seiner Reaktion merken.

Zum Glück geht er heute gleich an sein Handy. Petra sagt ihm, dass sie ein kleines Problem habe. Ein totes Tier liege vor ihrer Haustür, ob der Sepp denn davon irgendetwas wisse? Der Sepp beteuert, dass er mit solchen Aktionen nichts zu tun habe. Er könne jetzt aber nicht gleich kommen, würde das Tier aber im Laufe des Vormittags entfernen. Petra seufzt. Dann muss sie die Wohnung durch die Terrassentür verlassen, kann aber dann nicht abschließen. Sie ringt mit sich. Noch mal durch die Haustür mit Blick auf die Ratte oder riskieren, dass die Wohnung offen bleibt? Sie entscheidet sich für die Terrassentür und schließt ihr Schlafzimmer extra ab.

Kaum in der Redaktion des *Seekuriers* angekommen, wartet schon ein langer Zettel mit Rückrufen auf sie. Sie legt den Zettel auf die Seite. Jetzt muss sie erst einmal klären, was im Benedictum los ist. Sie wählt die Nummer von Herrn Günther. Der hat schon auf Petras Anruf gewartet, denn Gertraud hat ihn heute Morgen beim Frühstück bereits informiert. So wie er es sich zusammenreimt, sei wohl eine amtliche Vertreterin, eine Anja Schwarz, bei Gertraud gewesen. Diese habe viele vertrauliche Fragen gestellt und Gertraud dann eingeschüchtert. Nein, bei ihm sei die Frau nicht gewesen. Herr Günther verspricht Petra, sich bei der Heimleitung nach dieser Frau Schwarz zu erkundigen. Und selbstverständlich werde er der Gertraud beistehen. Petra vertraut darauf, dass Herr Günther als Jurist hier genau die richtigen Schritte unternimmt. Schließlich muss sie ihre Arbeit machen, und außerdem wartet der Johann Schmidt noch auf Ergebnisse.

Als Rainer Ortlieb in ihr Büro kommt, hält Petra ihn auf. Sie habe sehr interessante Aspekte zur geplanten Therme in Otterschwing erfahren, sagt sie. Ortlieb will sofort wissen, wer ihre Quelle ist. Normalerweise hätte sie das mit ihm offen besprochen, doch nach den Ereignissen der letzten Tage ist sie jetzt lieber vorsichtig. Petra schlägt vor, einen entsprechenden Artikel als Vorbericht zur Gemeinderatssitzung am Donnerstag zu bringen.

Davon will Ortlieb nichts wissen. Er betont, dass ihm der Herr Landrat und Bürgermeister Hirsch versichert hätten, dass mit der Planung alles in bester Ordnung sei und auf alle Belange Rücksicht genommen werde.

»Du kannst beim Artikel über die Gemeinderatssitzung einen kleinen Absatz darauf verwenden«, meint er gönnerhaft. Da platzt Petra der Kragen. Dafür hat sie nicht die ganzen Strapazen über sich ergehen lassen, um an die Informationen zu kommen.

»Langsam bekomme ich den Eindruck, dass du selbst von der Pilsentherme profitierst. Erst leugnest du, dass ein solches Projekt gebaut wird, und dann soll alles ganz in Ordnung sein? Für mich sieht das hier nach einer gekauften Berichterstattung aus. Bist du ein Journalist oder ein PR-Mann?«

Rainer Ortlieb verschlägt es erst mal die Sprache. Zu nah kommt Petra der Wahrheit. Das darf jetzt auf keinen Fall herauskommen, aber einen Gegenartikel kann er keinesfalls dulden.

»Ich bin hier der Chef und habe weit mehr Erfahrung in der Kommunalpolitik als du. Das hat alles schon seine Richtigkeit, und außerdem müssen wir auch daran denken, dass uns die Anzeigenkunden wohlgesinnt bleiben. Von einer solchen Therme profitiert die Wirtschaft hier in der Umgebung, das wird uns jede Menge gutbezahlter Anzeigen einbringen. Muss ich dich erst daran erinnern, wie schlecht die Bilanzen unseres Blattes aussehen?«

Da ist es wieder, das ultimative Totschlagargument, denkt Petra. Anzeigen und Anzeigenkunden gehen vor, und das soll eine freie Presse sein? Sie merkt, dass sie jetzt nichts erreichen kann, daher rudert sie zurück. Für sich beschließt sie aber, den Artikel trotzdem schon mal auszuarbeiten. Vielleicht kann sie ihn einer größeren Zeitung unter einem Pseudonym anbieten, vielleicht sogar ihrem ehemaligen Blatt. Trotz allem müssen die Seiten des *Seekuriers* mit Inhalt gefüllt werden. Petra macht sich an die Routinearbeiten.

Inzwischen ist der Bledschneider Sepp bei Petras Wohnung angekommen. Um die Ratte zu beseitigen, hat er eine Schaufel, einen Eimer und Handschuhe mitgebracht. Der Geruch macht ihm nichts aus. Er schaut das Tier genauer an. Im Maul entdeckt er eine Nachricht aus zusammengeklebten Zeitungsbuchstaben. Vorsichtig holt er den Zettel heraus. *Das passiert Schnüfflern!* Der Bledschneider Sepp verstaut den Zettel in einem der kleinen Zipp-Beutel, die er meistens dabeihat. Er hat eine starke Vermutung, wer der Zeitungsschreiberin diese nette Botschaft zukommen ließ. Vorerst will er Petra davon nichts sagen, beschließt aber, öfter einmal an ihrem Haus Streife zu fahren. Außerdem plant er eine kleine Racheaktion. Dazu muss er noch ein paar Fotoabzüge machen.

Im Amt wartet Theobald Hirsch auf den Bericht von der Anja. Statt anzurufen, kommt sie gleich persönlich vorbei. Verführerisch setzt sie sich auf die Kante des Besucherstuhls und lässt ihren Rock hochrutschen. Für Tändeleien ist Theo jetzt aber ganz und gar nicht in Stimmung. Seine Tina erweist sich als sexuell ziemlich anspruchsvoll, und auch seine Ehefrau Marlene muss wegen der anstehenden Unterschriften noch bei Laune gehalten werden. Er macht Anja schöne Komplimente und bringt dann sofort das Gespräch auf den neuen Pfarrer, der sehr nett und volksnah sein soll. Anja setzt sich daraufhin züchtig auf den Stuhl und beginnt von den Vorzügen des Pfarrers zu schwärmen. Abrupt unterbricht sie sich und schaut Theo dann tief in die Augen. »Dann stimmt es also. Du hast was mit der Metzgereiverkäuferin. Lüg mich nicht an, mir kannst du es doch sagen.«

Theo will das Verhältnis auf keinen Fall zugeben, aber sein Glitzern in den Augen verrät ihn.

»Brauchst mir nichts sagen, du bist verliebt. Aber warum interessiert dich dann die Rosenberger?«

»Das ist was völlig anderes. Was Politisches«, wiegelt er ab.

Anja Schwarz kann berichten, dass sie die Mutter von der Rosenberger ordentlich eingeschüchtert habe. So ganz richtig ticke die nicht mehr, und dann bahne sich ein unzüchtiges Verhältnis mit einem Senior an. In diesem Alter gehöre sich das nicht! Sie habe der alten Dame klar gesagt, dass sie sich den Mann aus den Kopf schlagen müsse, sonst versündige sie sich und müsse in der Hölle schmoren. Und was wohl der selige Gatte zu so einem selbstsüchtigen Handeln sagen würde. Die alte Dame solle sich schämen! Es sei ja nur zu ihrem Besten, ob sie schon mal daran gedacht habe, dass es sich hier um einen ausgebufften Heiratsschwindler handeln könnte? Anja wirkt selbst ganz empört, als sie das erzählt.

»Gut gemacht! Ganz meine Meinung. Da hast ein gutes Werk getan, Anja«, sagt Theo. »Und was ist mit unserem anderen Problemfall, dem Johann Schmidt?«

Tja, da ist Anja noch nicht weit gekommen. Der Schmidt habe ihr die Tür nicht aufgemacht und sei auch nicht ans Telefon gegangen. Aber den erwische sie noch, da ist Anja sicher. Zum Glück klingelt dann das Handy von der Anja – der Pfarrer, sie muss sofort los.

Unterdessen hat auch Rainer Ortlieb einen Termin mit Unternehmer Hans Wagner. Der Libellenclub plant wieder eine Wohltätigkeitsveranstaltung. Diesmal soll der Schwimmunterricht für Kinder aus Kinderheimen finanziert werden. Denn auch die Kleinen sollen das nasse Element lieben lernen, waren sich alle einig im Libellenclub. Schließlich würden die Kinder die Nutzer der Pilsentherme von morgen sein. Am Rande des Termins berichtet Ortlieb, dass sich Petra Rosenberger seltsam benehme. Auch habe sie eine Informationsquelle, die sie auch ihm gegenüber nicht offengelegt habe.

»Kannst du die Rosenberger nicht einfach mal eine Weile auf Fortbildung schicken?«, schlägt Wagner vor. »Soll auch nicht zu deinem Schaden sein, mein Unternehmen würde dann mehrere große Anzeigen im *Seekurier* schalten.«

Ortlieb verspricht, zu schauen, ob nicht ein geeigneter Kurs zu finden sei, auch wenn er dann die Arbeit von Petra mit übernehmen müsse. Er könne noch einen Praktikanten brauchen, lässt er Wagner wissen. Am besten wäre jemand, der auch fotografieren kann.

In der Redaktion des *Seekuriers* wird Ortlieb schnell im Internet fündig. In Kulmbach wird nächste Woche ein Kurs angeboten, bei dem noch Plätze frei sind. Das wäre weit genug weg. Ortlieb reserviert schon mal einen Platz für Petra und druckt die Unterlagen aus. Er will Petra zum Gespräch bitten, aber die winkt ab. »Keine Zeit!«, sagt sie. »Ich muss dringend noch mal weg. Es ist was mit meiner Mutter.«

Petra will ins Benedictum, doch vorher schaut sie bei sich daheim vorbei. Die Ratte ist weg, dem Bledschneider Sepp sei Dank. Sie schließt die Haustür auf und betet, dass noch alles unversehrt ist. Ganz vorsichtig öffnet sie die Tür. In der Wohnung ist es kalt, denn die Terrassentür stand sperrangelweit offen und jetzt im Herbst sind die Temperaturen nur mehr mit direkter Sonnenbestrahlung angenehm. Auf den ersten Blick scheint alles unberührt zu sein. Misstrauisch öffnet sie ein paar Türen, aber alles ist wie immer.

Ich muss aufpassen, dass ich keinen Verfolgungswahn bekomme, sagt sie zu sich selbst. Aber die Bedrohung spürt sie noch in ihrer Wohnung, auch wenn es keinen konkreten Anlass gibt. Sie schließt die Terrassentür wieder und nimmt sich vor, einen starken Riegel zu besorgen und außerdem einen Bewegungsmelder zu installieren. Ihre Freundin Birgit ist handwerklich geschickt, die kann ihr sicher helfen. Dann fährt Petra ins Benedictum.

In der Eingangshalle trifft sie auf Herrn Günther. Der macht ein ernstes Gesicht und sagt: »Nicht hier«, als sie sich nach seinem Gespräch mit der Heimleitung erkundigt.

»Wir können auch gerne noch eine Runde spazieren gehen«, schlägt Petra vor. »Sollen wir Gertraud dazu holen?«

Herr Günther schüttelt den Kopf. Nein, Gertraud sei ganz durcheinander und brauche noch viel Ruhe. Das hat Petra befürchtet.

Die beiden verlassen die Halle getrennt, Treffpunkt ist der

Eingang zum kleinen Wäldchen in der Nähe des Benedictums. Dort geht es zu einem englischen Landschaftspark, in dem Petra gerne spazieren geht, denn immer wieder gibt es Neues zu entdecken. Kurz nach ihr trifft Herr Günther ein. Schweigend gehen sie erst einmal los. Auf einer Bank mit Aussicht auf die Voralpenlandschaft nehmen sie Platz.

Dann berichtet ihr Herr Günther: »Die Frau Schwarz, die Ihre Mutter besucht hat, ist die Vorsitzende des Frauenbundes in Otterschwing und betreut ehrenamtlich im Benedictum die Senioren, die aus Otterschwing dorthin gezogen sind. Gertraud hatte sie wohl bisher nicht auf der Liste, da sei wohl ein Fehler passiert. Offenbar hat die Heimleitung ihr aus der Heimakte vorgelesen. Da sind wohl ein paar psychische Auffälligkeiten registriert. Mir ist an Gertraud etwas Derartiges noch nicht aufgefallen. Klar, ihr fallen manchmal ein paar Begriffe nicht mehr ein, aber das ist noch lange kein Zeichen von Demenz.«

»Meine Mutter war nach dem plötzlichen Tod meines Vaters ganz durcheinander. Das hat ihr schwer zugesetzt, so ein Exitus aus heiterem Himmel. Und dann hat sie ihn auch noch im Keller gefunden. Deshalb waren mein Bruder und ich ja der Meinung, dass sie besser ins Benedictum zieht, wo sie unter Menschen ist. Später bin ich ja extra hierhergezogen, um mich mehr um sie kümmern zu können. Aber in letzter Zeit ist Gertraud geradezu aufgeblüht. Sie tun ihr gut.« Petra legt eine Hand auf den Arm von Herrn Günther.

»Da ist noch etwas. Frau Schwarz hat wohl Gertraud gegenüber angedeutet, dass sich eine Beziehung in ihrem Alter nicht mehr schickt, und ihr zudem unterstellt, dass ich ein Heiratsschwindler sei, der es nur auf ihr Geld abgesehen habe.« Herr Günther sieht ganz bekümmert aus. So ein Vorwurf ist eine ernste Sache. »Wie kommt die Frau auf so etwas?« Herr Günther ist ganz verzweifelt.

Zu Petra sagt er: »Ich zeige Ihnen gerne meine Pensionsabrechnungen und die Kontoauszüge. Finanziell habe ich keine Sorgen. Aber bei einer Heirat müsste Gertraud auf ihre Witwenrente verzichten.«

»Wer spricht denn von Heirat?« Petra ist echt erstaunt, dass die beiden offenbar schon so weit sind.

»Ich will Gertraud nicht verlieren, und wenn sie nicht mit mir in Sünde zusammen sein kann, dann würde ich gerne mit ihr diesen Schritt gehen«, sagt Herr Günther leise. Petra ist ganz gerührt, wie viel die beiden füreinander empfinden. An der Aufrichtigkeit von Herrn Günther zweifelt Petra nicht. Die Bigotterie ist in Oberbayern gerade bei den älteren Herrschaften noch stark ausgeprägt. Aber Heirat, das geht Petra doch einen Schritt zu weit. Und außerdem, warum soll ihre Mutter auf ihre Witwenbezüge verzichten? Nur weil eine ehrenamtliche Seniorenbetreuerin gemein zu ihr ist? Das wäre ja noch schöner! Irgendwie hat Petra auch den Verdacht, dass das alles mit den Vorfällen der letzten Tage zusammenhängt.

Zu Herrn Günther sagt sie: »Also Ihre finanziellen Verhältnisse würden mich schon interessieren, schließlich möchte ich wissen, ob Gertraud bei Ihnen in guten Händen ist. Aber eine Heirat erscheint mir doch verfrüht. Und auch unnötig, wir leben nicht mehr im neunzehnten Jahrhundert. Mit der Zeit wird Gertraud sich wieder beruhigen, und das Benedictum wird Sie beide schon nicht vor die Tür setzen, nur weil sich hier ein spätes Glück findet. Das kommt schon alles wieder ins Lot.«

Außerdem will Petra Herrn Günther noch über die Entwicklungen im Fall Adi Schmidt informieren. Sie gibt ihm die Beschreibung des Autos. Vielleicht kann sich die alte Lehrerin erinnern? Außerdem soll jetzt ein Privatdetektiv eingeschaltet werden.

»Himmel, das muss ich dringend erledigen!«, entfährt es Petra. Zeit zum Aufbruch.

Langsam gehen die beiden wieder zurück. Herr Günther hat demnächst wieder einen Schachabend bei seinem Freund von der Bundeswehr geplant. Er verspricht, sich bei Petra zu melden. Sie schaut noch bei ihrer Mutter vorbei und macht mit ihr ein Kreuzworträtsel, um sie auf andere Gedanken zu bringen. Leider hat Herr Günther recht, ihre Mutter zeigt Nerven. Das ist gar nicht gut!

Schließlich fährt Petra nach Hause, hat dabei aber ein mulmiges Gefühl. Was, wenn wieder so ein Tier vor ihrer Türe liegt? Sie muss mit ihrer Freundin telefonieren. Vielleicht kann Birgit am Wochenende zu ihr kommen? Sie braucht Verstärkung, denn dass sich etwas zusammenbraut, spürt Petra deutlich.

Der Bledschneider Sepp hat sich die Bilder vorgenommen, die er im Sommer von dem Theo und der Tina gemacht hat. Zwei Fotos sind dabei, die er mit einem Nachbearbeitungsprogramm so hinbekommt, dass beide deutlich zu sehen sind. Auch die Posen der beiden sind zweifelsfrei zu erkennen. Das kann sich auch Marlene nicht schönreden, sagt er zu sich. Er steckt die Fotos in einen neutralen braunen

Umschlag ohne Namen. Jetzt muss er die Bilder zu Marlene bringen, aber so, dass sie nicht bemerkt, wer ihr diese zusteckt. Er will sie nicht düpieren, sie soll nur Gutes von ihm denken. Das ist dem Sepp sehr wichtig. Er steigt in seinen Lada und fährt eine Dorfrunde. Das Angeberauto von Theo steht vor der Gemeindekanzlei, und Tina bedient in der Metzgerei. Marlene ist zu Fuß im Ort unterwegs.

Jetzt ist die Luft rein, denn er weiß, dass die beiden Mädchen um diese Zeit meistens bei ihren Pferden sind. Sepp parkt den Lada und macht sich zu Fuß zum Haus von Marlene und Theo auf. Ohne Zeugen steckt er den Umschlag in den Briefkasten. So wie er den Theo kennt, wird er sicher nicht selbst an den Briefkasten gehen.

Außerdem muss er noch bei der Grünen Rita vorbei. Sepp hat ein Bürgerbegehren im Sinn, und Rita hat schon Unterschriftenlisten herumgehen lassen. Sie ist zu Hause und bittet ihn in die Küche. Die Möblierung ist aus uralten Beständen zusammengetragen und alle Abstellflächen sind mit Krügen, Heilmitteln und ähnlichem Zeug zugestellt. *Hoffentlich ist wenigstens die Tasse sauber*, denkt sich Sepp. Zunächst muss er sich erst einmal das Gejammer anhören, denn Rita hat in letzter Zeit allerlei Klagen. Das Ganze endet immer in einem drohendem Untergangsszenario und »die da oben« seien sowieso schuld an allem.

Sepp kommt nach einer halben Stunde auf das aktuelle Problem zu sprechen. Rita zieht aus einer Schublade ein paar angeschmuddelte Blätter heraus. Sepp zählt die Unterschriften, kommt aber nur auf dreiunddreißig.

»Das sind noch viel zu wenige«, sagt er zu Rita. Die zuckt mit den Schultern.

»Viele wollen nicht unterschreiben. Die finden das Ganze eine gute Sache. Da hat wohl die Bäderfahrt ganze Arbeit geleistet.«

Das wird nicht reichen. Von dem Ameisenschutzbeauftragten hat Sepp keine positiven Nachrichten bekommen. Die Ameisenart im Otterschwinger Wald sei zwar äußerst nützlich und schützenswert, aber sie könne auch ohne größere Probleme umgesiedelt werden. Ein Vetorecht wird die Naturschutzbehörde daher nicht vorbringen, aber verschiedene Auflagen könnten gemacht werden.

Was also ist noch zu tun? Rita schlägt einen Infostand vor, das geht allerdings erst, wenn der Beschluss im Otterschwinger Gemeinderat gefasst worden ist.

»Die Sitzung ist ja schon nächste Woche!«, jammert Rita. Selbstverständlich sagt sie ihr Kommen zur Sitzung zu, trotz ihrer Leiden wird sie sich das nicht nehmen lassen. Einige ihrer Freundinnen wollen auch mitgehen.

»Wir werden dort schon Stimmung machen«, verspricht sie dem Sepp. Enttäuscht verabschiedet der sich.

Als Marlene vom Einkaufen kommt, leert sie den Briefkasten. Sie holt den braunen Umschlag heraus und nimmt ihn mit ins Haus. Als sie ihre Einkäufe verstaut hat, öffnet sie den Umschlag. Dann muss Marlene sich erst einmal hinsetzen. Also doch! Ihr Mann hat wieder eine Affäre und dann noch mit dieser billigen Metzgereiverkäuferin. Das kann doch alles nicht wahr sein! Gerade in letzter Zeit war Theo doch so umgänglich, geradezu aufmerksam. Marlene ballt die Faust. Sie wird von ihrem Mann belogen und betrogen, daran gibt es keinen Zweifel mehr. Aber damit muss jetzt

Schluss sein! Die Mädchen sind schon groß, und eine Scheidung wäre nicht mehr das Schlimmste. Sie kann so nicht mehr weitermachen, das ist Marlene ganz klar. Aber wie jetzt vorgehen? Am besten, sie bereitet still und heimlich ihren Absprung vor, bringt schon mal Geld und Vermögen auf ihre Seite. Denn eines weiß Marlene sicher: Eine Scheidung in Freundschaft würde es nicht geben. Theo würde sie sicher wieder mit all seinen Beteuerungen umstimmen wollen, die nichts wert waren. Freilich liebt sie den Theo, aber jetzt gilt es, für sich selbst zu sorgen. Er oder ich, ist die Frage, und die kann Marlene inzwischen kristallklar beantworten.

Als ihre Mädchen vom Reitstall kommen, hat Marlene sich schon wieder gefasst. Die Fotos hat sie schnell zurück in den Umschlag geschoben und mit spitzen Fingern im Waschkeller hinter dem Bleichmittel versteckt. Mit halbem Ohr hört sie ihren Töchtern zu.

»Stimmt es, dass wir eine Therme bekommen?«, fragt sie Franziska.

»Da musst du deinen Vater fragen«, sagt sie ihr. Die beiden finden die Aussicht auf eine Therme super und machen schon Zukunftspläne.

»Ich muss noch mal weg«, sagt sie.

Marlene geht los und legt ein ordentliches Tempo vor. Am Ende landet sie bei ihrem Elternhaus, einem ehemaligen Bauernhof. Sie hat sich hier immer wohl gefühlt. Sie geht um den Hof herum, und langsam wird es dunkel. Sie fasst einen weiteren Entschluss: Den Hölzle-Hof wird sie sich wieder herrichten. Sie sieht schon die roten Geranien am Balkon und sich selbst als glückliche Hühnerhalterin. Einen Stall voll Geflügel wollte Marlene schon immer.

Mit neuem Mut geht Marlene heim. Dort trifft sie auf einen ungehaltenen Ehemann. Theo hat Hunger, seine Frau ist nicht da, und sein Abendbrot steht nicht auf dem Tisch. Er würde vor dem vollen Kühlschrank verhungern, scherzt Marlene immer. Heute ist ihr aber nicht nach friedlichem Abendessen. Sie ruft ihre Töchter in die Küche, die sollen sich heute einmal um alles kümmern.

Theo muss den ganzen Abend noch wichtige Telefonate führen. Morgen ist die Gemeinderatssitzung, das weiß Marlene. Er erzählt ihr schließlich etwas von einem dringenden Vier-Augen-Gespräch und dass er noch mal raus müsse.

Wieder eine Lüge mehr, denkt sich Marlene. Sie hat sich fest vorgenommen, sich einen genauen Überblick über die Finanzangelegenheiten zu verschaffen. Theo will in die Pilsentherme investieren, da braucht er wieder ihr Geld. Aber diesmal wird sie für sich sorgen. Morgen geht sie zum Hölzle-Hof und schaut sich dort einmal um. Dann muss sie den Finanzbedarf für die Renovierung kalkulieren. Da fällt ihr der Bledschneider Sepp ein. Der hat zwischen seinen Einsätzen als Ökoaktivist hier und da mal auf dem Bau ausgeholfen, und ein geschickter, akkurater Handwerker soll er auch sein. Nur dem Theo wird das nicht schmecken, aber das soll nicht seine Entscheidung sein.

Der Tag der Gemeinderatssitzung beginnt mit dem ersten zähen Morgennebel. Der Sommer ist nun im schönen Ottenschwing, das ansonsten von der Sonne verwöhnt wird, endgültig passé. Jetzt steht der Winter vor der Tür, und wer mit den Vorbereitungsarbeiten noch nicht fertig ist, muss sich sputen. Petra Rosenberger drückt der Nebel auf die Laune, außerdem verwandelt er ihre Haare im Handumdrehen in ein krauses Etwas. Das ist die schlimmste Jahreszeit für sie. Vor allem die Aussicht, dass sie jetzt wieder monatelang durchhalten muss, bis es wieder Sommer wird, macht ihr schwer zu schaffen. Ab Silvester geht es wieder dem Sommer entgegen, so lautet ihr Ermutigungsspruch, um über den Herbst und Winter zu kommen.

In der Redaktion des *Seekurier* wartet schon Rainer Ortlieb. Er bringt Petra ungefragt einen Kaffee und setzt sich auf die Schreibtischkante.

»Schau, ich hab hier etwas für dich, das wird dich aufmuntern.« Ortlieb wedelt mit Papier.

Petra mag keine Überraschungen, und was soll sie heute noch aufmuntern? Auf ihr Grummeln fährt Ortlieb fort: »Eine Woche Fortbildung in Kulmbach. Kreative Themenfindung für Lokalredakteure. Das ist doch genau das, was wir hier brauchen. Und weil du es dir wirklich verdient hast, möchte ich, dass du den Kurs besuchst. Zahlt alles der *Seekurier*. Na, wie findest du das?«

Ortlieb strahlt Petra an.

»Generell wäre das ja was für mich. Aber wann soll das denn sein?«

»Gleich nächste Woche, ich hab dich schon mal angemeldet.«

Nächste Woche, das geht jetzt gar nicht. Ihre Mutter ist in einem instabilen Zustand, die kann sie jetzt nicht allein lassen.

»Das ist ja wirklich eine tolle Idee von dir, Rainer«, lobt Petra, »aber zurzeit kann ich unmöglich weg. Meiner Mutter geht es nicht gut, ich muss mich kümmern. Und außerdem liegt hier jede Menge Arbeit, das schaffst du alleine gar nicht. Im Frühjahr würde ich diesen Kurs gerne besuchen.«

Rainer Ortlieb versucht noch mal, den Kurs anzupreisen, aber Petra bleibt standhaft. Wie zum Beweis klingelt auch schon ihr Telefon, die Nummer des Benedictums wird angezeigt. Sie bedeutet ihrem Kollegen, dass sie das Telefonat annehmen muss, und scheucht ihn vom Schreibtisch hoch.

Ortlieb geht in sein Büro und sagt den Kurs ab. Offenbar ist Petra ausreichend mit privaten Problemen eingedeckt, das kann er an Unternehmer Wagner melden. Petra kündigt an, dass sie heute früher Schluss machen müsse. Vor der Sitzung in Otterschwing will sie noch ins Benedictum.

In Otterschwing sind an diesem Donnerstag alle schwer beschäftigt. Theo geht mit Georg Redlich noch mal die Sitzungsunterlagen durch. Alle Referenten werden um achtzehn Uhr in der Gemeindekanzlei erwartet, ab neunzehn Uhr fünfzehn ist Einlass in den Sitzungssaal, eine Viertelstunde später startet die Sitzung.

Tina arbeitet in der Metzgerei, aber heute ist sie müde. Die nächtlichen Stelldicheins mit Theo zerren an ihrer Kraft. Und gestern war der Theo zuerst nicht in Stimmung, sie hat einen beträchtlichen Aufwand betreiben müssen, um eine eher müde Nummer hinzubekommen. Aber weil der große Tag von Theo anstand, hat sie vollen Einsatz gezeigt. Tina hofft, dass sich das ganze Theater für sie auszahlen wird. Ein eigenes Geschäft und Gattin des kommenden Landrates Theobald Hirsch – das ist ihr Ziel. Hofiert werden von all den blasierten Weibern, die in der Metzgerei auf sie heruntersehen. Das ist die Sternstunde, die Tina bald erleben will. Jetzt aber muss sie sich zusammenreißen, denn die Chefin treibt sie zur Eile. Tina kann es kaum erwarten, aus der Metzgerei herauszukommen. Es muss bald etwas passieren, schließlich wird sie nicht jünger.

Zur Gemeinderatssitzung werden noch weitere Stühle von den beiden Gemeindearbeitern Toni und Hiasl herangeschleppt. Theobald Hirsch rechnet mit bis zu fünfzig Besuchern. Normalerweise kommen immer nur eine Handvoll Leute, das sind die Bauherren, die Idealisten und die Unentwegten. Klar ist, dass aus dem Libellenclub niemand kommen wird. Das wäre doch zu auffällig. Theo hofft, dass viele Geschäftsleute auftauchen und positive Stimmung verbreiten werden. Wenn die Leute sich auch nur den kleinsten persönlichen Gewinn versprechen, sind sie sofort bereit zu allen möglichen Zugeständnissen. Theo nennt das bei sich das FDP-Phänomen. Die Partei versprach Steuersenkungen für den Mittelstand und jeder, der einen Flachbildfernseher auf Pump gekauft hatte, hielt sich plötzlich für einen Großverdiener. Aber die Pilsentherme ist ein tolles Projekt, das Theo ohne schlechtes Gewissen anpreisen kann. Deshalb kann er sich mit Pathos in die Schlacht werfen.

Kurz vor achtzehn Uhr ist alles bereit. Theo fährt noch schnell nach Hause und zieht den parteiübergreifenden Einheitslook der bayerischen Berufspolitiker an: Trachtenjanker und -weste, dazu eine schwarze Wollhose. Theo sprüht sogar noch extra ein wenig von seinem guten Herrenduft auf und dreht sich vor dem großen Kleiderspiegel. Perfekt!

Hunger hat er heute nicht, Aufregung schlägt ihm immer auf den Magen. Aber er hat schon mal bei der Vroni im

»Hirsch« einen Tisch reservieren lassen und dafür gesorgt, dass auch nach elf Uhr noch eine deftige Mitternachtssuppe gereicht wird.

Pünktlich treffen der Architekt Roger von Zinnen, der junge Stadtplaner mit seinem neuen schwarzen VW-Bus und der Bodengutachter sowie Unternehmensberater Gottfried Schneider und Steuerberater Christian Wenig ein. Die beiden Herren Landgraf, Vater und Sohn, sind angekündigt sowie ein Vertreter des Bäderkönigs Roland Forster. Auch einige Pressevertreter werden heute erwartet. Normalerweise kommt nur die Rosenberger vom *Seekurier*, aber die Pilsentherme wird auch andere Zeitungen interessieren, die ansonsten nur am Rande über Otterschwing berichten. Für Theo läuft alles wie am Schnürchen. Das Modell der Therme soll vom Architekten präsentiert werden, und der Städteplaner wird im Anschluss die rechtlichen Schritte darlegen. Das Abstimmungsergebnis steht für Theo schon im Vorhinein fest. Er rechnet mit drei Gegenstimmen vom Lager der Neuzugezogenen, die um ihre Ruhe fürchten. Alle anderen sind auf Kurs, und damit wird die Therme gebaut werden.

Tatsächlich läuft die Sitzung für Theo, der ganz souverän schwierigen Fragen ausweicht, genau wie erwartet. Die Stänkerer – Rita und Gefolge – können gegen die vielen Befürworter im Saal nichts ausrichten, und den Bledschneider Sepp verweist er gleich zu Anfang aus dem Sitzungssaal, da er so frech ist und ein Transparent mit einer Ameise hochhält. Aber auch diese unschöne Szene schmälert den Erfolg des Abends nicht. Der Entwurf der Therme ruft breite Zustimmung hervor. Das Modell wird von allen Seiten bewundert. So schön hatten es sich viele gar nicht vorgestellt. »Fügt sich ganz hervorragend in unsere Landschaft ein«, so der Tenor. Bedenken gibt es kaum, nur einer fragt nach, wer der große Investor sei. Hier darf Theo die Katze aus dem Sack lassen und kündigt mit breitem Lächeln an, dass der erfolgreiche und renommierte Herr Forster aus Niederbayern in Otterschwing investieren will. Das sei ein ganz besonderer Erfolg, auf den er und seine Mannschaft sehr stolz seien. Die Abstimmung verläuft wie erwartet, und als der Hauptteil vorbei ist, strömen die meisten Zuhörer nach draußen.

Die Rosenberger bleibt wie gewohnt da und hört sich auch alle anderen Punkte an. Sie hat das Modell der Pilsentherme noch schnell mit ihrem Handy fotografiert. Aber die Sitzung zieht sich zum Glück nicht in die Länge. Um kurz nach zehn lässt Theo bei der Vroni die Sektkorken knallen.

Bei Sepp ist die Enttäuschung groß, aber im Grunde hat er es nicht anders erwartet. Man muss diesen Einfaltspinseln nur genug Honig ums Maul schmieren und mit Geldscheinen winken, dann ist die Zerstörung der Heimat durch so einen Monsterbau egal.

Kapitel 13

Nach den aufregenden Wochen im Herbst ist es in der Redaktion des *Seekurier* wieder ruhiger geworden. Petra Rosenberger hat über die Pläne zum Bau der Pilsentherme berichtet. Den Protest einiger Naturschützer hat sie immerhin im *Seekurier* unterbringen können. Die Sorge um die Ameisen indes interessierte außer dem Bledschneider Sepp niemanden von Belang. Von der unteren Naturschutzbehörde kam nur die Auflage, im besonderen Maße auf den Schutzraum der Tiere zu achten. Ein Bürgerbegehren scheiterte schon im Vorfeld der Planung, da sich nicht genügend Bürger in Otterschwing gegen das Projekt aussprachen. Die Pilsentherme durfte also gebaut werden, derzeit sind die Finanzgespräche und die Grundstücksverhandlungen im Gange.

Petra Rosenberger fühlt sich in ihrer Wohnung wieder wohl. Mit Hilfe ihrer Freundin Birgit hat sie einiges in puncto Sicherheit verbessern können. Nachdem sie die Wogen im Benedictum wieder glätten konnte, hat sich ihre Mutter Gertraud wieder beruhigt. Herr Günther scheint nach wie vor ernste Absichten zu haben. In einer ruhigen Minute präsentiert er ihr wie angekündigt seine Bankunterlagen. Alles sehr in Ordnung, findet Petra, aber eine Heirat hält sie nach wie vor für Unsinn. Vielmehr schlägt sie vor, dass die beiden einen gemeinsamen Urlaub machen sollten. Fernab vom Benedictum könnten sie einmal nur für sich sein. Mutter Gertraud findet diese Idee zunächst charmant, aber dann funkt ihr Bruder wieder dazwischen. Julian ruft eines Abends aufgebracht bei Petra an. Seine Mutter und ein anderer Mann und dann womöglich noch Geld ausgeben für unsinnige Reisen! Das könne nur in einer Katastrophe enden, und außerdem wäre es seiner Meinung nach angebracht, dass die Mutter doch vor allem ihre Enkelkinder unterstützt, anstatt in ihrem fortgeschrittenen Alter noch in der Weltgeschichte herumzureisen. Petra wird richtig wütend. Immer geht es bei Julian nur darum, möglichst viel Geld aus ihrer Mutter herauszupressen. Mit Enkelkindern ist wohl gemeint, dass Gertraud die ohnehin gutgefüllte Brieftasche ihres Sohnes weiter füllen soll. Schließlich reißt ihr der Geduldsfaden. Sie wird laut am Telefon.

»Eifersüchtiger Gockel! Gönnst deiner Mutter ihr spätes Glück wohl nicht?« Daraufhin legt Julian wortlos auf. Die Vorstellung, dass seine Mutter vielleicht noch Sex haben könnte, war für ihn als Pubertierenden schon nicht mehr im Bereich des Möglichen.

Im Fall von Adi Schmidts Verschwinden ermittelt jetzt eine Detektei aus Berlin. Die Suche ist zwar teuer, aber Schmidt hat ohne zu murren den Vertrag unterschrieben. Petra hat mehrmals mit dem Detektiv Harry Kleinschmidt telefoniert und ihm alles mitgeteilt, was sie bislang in Erfahrung bringen konnte. Harry Kleinschmidt soll sich um Informationen aus Berlin kümmern und internationale Datenbanken durchstöbern. Auf seinen Vorschlag hin erstellt Petra eine Art Flugblatt. Auch eine Belohnung für Informationen setzt Vater Schmidt aus. Tausend Euro für jede brauchbare Spur. Ein altes Passfoto von Adi hat Petra schon, jetzt benötigt sie noch ein Bild eines vergleichbaren Autos. Da fällt ihr ein, dass Rainer Ortlieb vor einigen Monaten eine Reportage über Oldtimer gemacht hat. Sie sucht sich den Artikel aus dem Archiv und bittet Ortlieb, dem Autohändler ihr Kommen anzukündigen. Ortlieb weiß von der Suche nach Adi, belächelt sie aber.

»Hast du nichts Besseres zu tun?«, neckt er Petra. Aber das macht ihr nichts aus. Sie will wissen, wo dieser Adi steckt, und sie wird es herausfinden.

Der Oldtimerhändler empfängt Petra in seinem kleinen Büro und bietet ihr erst einmal einen Rundgang durch sein Reich an. Autos in allen Stufen der Wiederherstellung lagern bei ihm. Leider versteht sie von all dem technischen Kram, den der Händler und Restaurator ihr erzählt, nur wenig. Da sieht sie einen weniger ansehnlichen Wagen mit einem Opel-Zeichen.

»Können wir den mal genauer anschauen?«, fragt sie.

»Ist nichts Besonderes, nur ein alter Opel Kadett«, antwortet der Händler.

»Bingo! Genau so einen suche ich. Welches Baujahr hat der?«, ruft Petra.

Der Händler weiß es nicht ganz genau, aber er hat ein Bestimmungsbuch in seinem Büro liegen. Gebaut wurde dieser Wagen 1970. Das könnte so ein Modell sein, das Adi damals gefahren hat. Petra fotografiert das Auto von allen

Seiten und bedankt sich recht herzlich. Sie muss die Fotos dem Bledschneider Sepp zeigen, der hat das Auto damals gesehen. Der Sepp war nach dem Scheitern seines Engagements gegen die Pilsentherme eine Zeitlang verschwunden – Einsatz im Ausland, hat man ihr erzählt. Unlängst hat sie ihn erst wieder in seinem Lada fahren sehen. Petra hofft, dass er ihr nicht mehr böse ist, weil sie sein Anliegen nicht im gewünschten Licht bringen konnte. Aber sie hat wirklich alles versucht. Im *Seekurier* kam sie nicht weiter, und ihre Kollegen der überregionalen Presse wollten sich auch nicht damit beschäftigen. Die Erfolgsmeldung, dass die Pilsentherme gebaut wird, reichte offenbar bei ihren schwer gestressten Kollegen aus der Hauptstadt aus.

Sie hinterlässt dem Bledschneider Sepp eine Nachricht auf seinem Anrufbeantworter. Ansonsten bereitet sie das Flugblatt schon mal vor.

Bei den Eheleuten Theo und Marlene Hirsch herrscht seit den Finanzgesprächen dicke Luft. Marlene lässt sich auch durch alle Tricks, die Theo aus dem Hut zieht, nicht davon abbringen, dass der alte Hölzle-Hof wieder hergerichtet werden soll. Sie erzählt dem Theo, dass hier Ferienwohnungen für die Gäste der Pilsentherme entstehen sollen. Schließlich könne man als Familie doch noch mehr von der kommenden Attraktion profitieren, und sie fühle sich noch jung genug, um etwas Neues anzufangen. Mutter und Hausfrau zu sein, reiche ihr nicht mehr. Drei Wohnungen könne man ohne großen Aufwand in den Wohntrakt bauen und zwei weitere beim Ausbau der Tenne herrichten. Zunächst soll das Ganze in zwei Schritten angegangen werden. Die beiden

Wiesen der Eheleute, die für die Therme gebraucht werden, werden als Bauerwartungsland zu einem guten Preis in die Betreibergesellschaft der Pilsentherme eingebracht. Auf das neue Haus soll eine Hypothek aufgenommen werden, die mit einer entsprechenden Lebensversicherung von Theo abgesichert wird. Dafür soll der Hof dann gänzlich auf Marlene eingetragen werden, und hunderttausend Euro vom Festgeldkonto bekommt sie für die ersten Renovierungsarbeiten. Mehr kann Theo ihr nicht anbieten, denn er hat große Mühe, die geforderten Einlagekosten aufzubringen. So viel verdient er als Bürgermeister ja nun auch nicht, und einschränken mag Theo sich nicht. Außerdem ist demnächst wieder mal ein teures Schmuckstück für die Tina fällig. Sparen kann man an den hohen Ausgaben für die beiden Töchter. Der Reitsport ist einfach zu teuer.

»Nur vorübergehend«, erklärt er den beiden. Die zu erwartenden Ausbildungskosten würden schließlich einen großen Batzen Geld verschlingen, auch wenn beide Mädchen noch nicht genau wussten, was sie einmal werden wollten. Wenn das Projekt laufe, falle ja wieder genügend Geld ab, und dafür müsse nun mal jeder Opfer bringen. Das gefällt den beiden Töchtern ganz und gar nicht. Wenn ihr Vater auftaucht, verlassen beide wortlos das Zimmer. Dass seine Frau so gemein ist und nur an sich selber denkt, findet Theo wirklich unmöglich. Nachdrücklich sagt Marlene ihm, dass der Notartermin für den Hof vor dem Banktermin für die Therme kommt. Dieses Misstrauen kränkt Theo, schließlich ist er als Bürgermeister von Otterschwing ein Mann von Ehre. Das hat er niemals von Marlene erwartet, seine Tina ist da ganz anders. Mit Müh und Not kann er schließlich die angedachte Summe für die Betreibergesellschaft aufbringen, die in aller Stille gegründet wird.

Marlene ist jetzt jeden Tag auf dem alten Hof und werkelt vor sich hin. Vor dem Renovieren muss erst einmal gründlich entrümpelt werden. Das ist eine Arbeit, die Marlene richtig schwerfällt. Viele Erinnerungen werden in ihr wach, auch von glücklichen Zeiten, die sie auf dem Hof verbracht hat. Als sie sich die Dachkammer vornimmt, stößt Marlene auf eine kleine Blechkiste, die sie nicht recht zuordnen kann. Sie ist an zwei Stellen schon angerostet. Außerdem ist sie mit einem Miniaturvorhängeschloss gesichert. Wenn man die Blechkiste schüttelt, dann klappert es. Vielleicht sind alte Münzen drin, hofft Marlene. Sie geht mit der Kiste nach unten in den alten Schuppen, in dem noch das Werkzeug ihres Vaters hängt. Nach kurzem Suchen findet sie die große Kneifzange. Sie spannt die Blechkiste in die Hobelbank ein, und es gelingt ihr, das Schloss zu knacken. An Ort und Stelle öffnet sie die Dose. Aber statt der erwarteten Münzen findet sie nur wertlosen Krimskrams und eine alte Uhr mit abgerissenem Armband. Marlene ist enttäuscht, steckt aber die Uhr ein. Die will sie bei Licht noch einmal genauer betrachten.

In der Küche macht sie sich einen Tee und holt dann das Schmuckstück heraus. Eine Herrenuhr, ein altes, aber solides Modell. Sieht aus wie ein Geschenk zur Firmung, denkt Marlene. Auf der Rückseite ist etwas graviert, aber sie muss die Uhr erst einmal putzen. So kann man nichts lesen. *Morgen bring ich Politur mit*, merkt sie sich und legt die Uhr erst einmal beiseite. Denn jetzt muss sie langsam zum Pilates-Kurs nach Fischau.

Dort trifft Marlene auf Petra, die sich an ihre sportlichen Vorsätze aus dem Sommer erinnert. Diesmal lächelt Marlene sie nett an.

Petra reagiert sofort und beginnt ein Gespräch. Dabei erfährt sie, dass Marlene in den alten Hölzle-Hof Ferienwohnungen einbauen will. Hilfsbereit bietet Petra an, Marlene die Daten der Dame zu besorgen, die sich beim Tourismusverband um die Klassifizierung der Ferienwohnungen kümmert. Sie verspricht, die Adresse auf dem Hof vorbeizubringen. Schließlich würde sie sich das alte Anwesen gern anschauen, wenn Marlene nichts dagegen hätte. Sie verabreden sich für den nächsten Tag gegen drei Uhr am Nachmittag.

Am Mittwoch fährt Petra nach Otterschwing. Zuerst ist sie mit Johann Schmidt verabredet. Er erwartet Petra schon und winkt sie in die Küche. Sie zeigt ihm den Flugblattentwurf und die Bilder von dem alten Opel auf ihrem neuen Tablet. Schmidt kann zu dem Auto leider nichts sagen. Er überlegt, ob die Belohnungssumme nicht zu niedrig angesetzt ist, und ob die Leute wirklich eine Nummer in Berlin anrufen würden. Denn alle Kontakte sollen bei der Privatdetektei Kleinschmidt aufschlagen. Eine Nummer aus der Gegend wäre sicher besser, meint Petra. Aber ihre eigene Telefonnummer will sie nicht hergeben, denn sie sei zu wenig zu Hause, meint sie. Auch eine Mobilfunknummer erscheint zu wenig seriös. Und weil der Johann Schmidt äußerst ungern telefoniert, will er es auch nicht machen.

»Wenn mein Kollege, der Herr Ortlieb, nichts dagegen hat, dann können wir ja auch die Redaktionsnummer vom

Seekurier nehmen«, schlägt Petra vor. Das wäre die beste Lösung.

Als sie wieder in ihr Auto steigt, ruft Petra noch mal beim Sepp an. Sie lässt es lange läuten und will schon fast auflegen, als er sich meldet. Petra entschuldigt sich zunächst für die Störung und fragt ihn, ob er ihr in Sachen Adi Schmidt noch einmal helfen könne. Der Sepp antwortet etwas Unverständliches, das nimmt Petra als Ja. Es gehe um das Auto, sagt sie ihm. Ob sie ihm ein Bild mailen dürfe? Denn zu seinem Haus will Petra nicht mehr fahren. Seit dem letzten Zusammenstoß meidet sie das Anwesen. Der Schreck steckt noch in ihren Gliedern, und Petra spürt, dass sie immer noch nicht aus der Schusslinie ist. Nur zu gern wüsste sie, wer hinter den Bedrohungen steckt.

Als Petra den alten Bauernhof erreicht, sieht sie schon Marlene, die in einer alten Latzhose herumwerkelt. Marlene bittet sie in die Küche und bietet eine Tasse Tee an. Sie nehmen am Küchentisch Platz. Da fällt Petras Blick auf die Uhr.

Marlene nimmt sie und sagt: »Die alte Uhr habe ich in einem Blechkistchen auf dem Dachboden gefunden. Hatte schon gehofft, dort wär ein Schatz versteckt. In die Uhr ist etwas graviert, man kann es noch nicht lesen. Dafür habe ich heute Politur besorgt.« Sie holt aus ihrem Einkaufskorb eine kleine Flasche Silberpolitur und einen weichen Lappen. Liebevoll reibt Marlene die Rückseite der Armbanduhr ein. Während das Mittel wirkt, unterhalten sich die beiden über dies und das. Schließlich nimmt Marlene wieder ihren Lappen und poliert. Jetzt kann man die Gravur deutlich lesen:

Für Adalbert.

Petra schaut gebannt auf die Uhr. Das war ohne Zweifel die verloren geglaubte Armbanduhr vom Adi. Wie kam sie auf den Hölzle-Hof?

»Haben Sie die Blechschachtel noch?«, erkundigt sich Petra so ruhig wie möglich bei Marlene. »Ich würde die Uhr gerne mitnehmen und jemandem zeigen.«

Marlene ist einverstanden, aber die Blechschachtel hat sie schon in den Container geschmissen. Und der ist ausgerechnet heute Morgen abgeholt worden. Petra steckt die Uhr ein und meint, dass sie noch Zeit für einen kleinen Rundgang habe. Während Marlene sie durch das Haus führt und erklärt, wie die Umgestaltung aussehen soll, erkundigt sich Petra nebenbei, wann der Hof zuletzt bewohnt war. Sie schlägt Marlene eine Art Hausporträt vor, aber das ist ihr zu viel Aufmerksamkeit.

»Mein Mann und ich haben am Anfang unserer Ehe mit auf dem Hof gewohnt, bis wir uns eine eigene Wohnung leisten konnten. Meine Eltern haben hier bis zu ihrem Tod gelebt. Seitdem steht der Hof leer.«

Natürlich klingelt jetzt wieder Petras Handy. Sie bedankt sich bei Marlene.

In der Redaktion holt sie sich die Erlaubnis von Rainer Ortlieb, dass die Redaktion als Telefonzentrale fungieren darf. »Da ruft eh keiner an«, meint Ortlieb.

Vom Bledschneider Sepp bekommt sie eine positive Rückmeldung. Sie macht das Flugblatt fertig und ändert noch die Belohnungssumme auf dreitausend Euro. So viel ist es dem Johann Schmidt wert, wenn es sich um eine heiße Spur handelt. Außerdem hat Petra einen gefühligen Artikel für den

Seekurier geschrieben, auch das Flugblatt wird abgebildet. Sie geht in die Kopierzentrale Fischau und lässt sich tausend Flugblätter kopieren. Einen Schwung will sie nach Otterschwing zu Johann Schmidt bringen, dann kann sie ihm auch gleich die Armbanduhr zeigen. Ein paar Flugblätter nimmt sie aber noch mit ins Benedictum für das schwarze Brett, und den beiden Turteltäubchen will sie auch welche bringen.

Als Petra am Abend endlich zu Hause ist, ruft Kleinschmidt an. Sie lauscht gespannt den Worten des Detektivs. Er hat eine angenehme Telefonstimme.

»Ich habe nach langem Suchen eine Spur. Es ist mir gelungen, Nachbarn ausfindig zu machen, die damals im selben Haus wie der Adalbert Schmidt gewohnt haben. Allerdings bestehen sie auf einem persönlichen Treffen. Dies ist für nächsten Freitag anberaumt.« Hier macht der Detektiv eine kleine Pause, und Petra lobt ihn entsprechend. Dann fährt er fort: »In den Datenbanken habe ich keine Spur von dem Vermissten gefunden.« Petra berichtet von ihrer Autospur.

»Fragen Sie doch bitte direkt beim örtlichen Polizeirevier nach, vielleicht ist das Auto damals aufgefallen?«, bittet sie Harry Kleinschmidt.

Petras Erledigungszettel wird immer länger. Dann meldet sich ihre Freundin Birgit, die zurzeit wieder vollauf mit ihrem Privatleben beschäftigt ist. Ein Mann aus der Onlinedating-Börse hat sich nicht gleich als absoluter Volltrottel unmöglich gemacht und erscheint ihrer Freundin Birgit jetzt als vielversprechender Kandidat. Über eine Stunde hört sich Petra geduldig jede Äußerung an, die der Mann schriftlich und mündlich von sich gegeben hat. Davon wird Petra ganz müde. Sie macht sich gerade für die Nacht fertig, als plötzlich ihr Bewegungsmelder anspringt. Schleicht jemand ums Haus? Ihr Herz klopft laut. Als sie zaghaft durch das Fenster nach draußen späht, sieht sie eine der vielen Katzen vorbeihuschen. Fehlalarm, bestimmt hat das Tier den Sensor ausgelöst, beruhigt sich Petra.

Petra fährt am Samstag wieder nach Otterschwing. Sie will Johann Schmidt die Uhr zeigen, die sie in einen kleinen Gefrierbeutel gesteckt hat. Außerdem hat sie die Flugblätter dabei. Johann Schmidt schaut sich die Flugblätter an und bringt ein »Danke schön!« heraus, was für den wortkargen Mann schon viel ist. Dann zeigt Petra ihm die Uhr. Er reißt ihr die Tüte fast aus der Hand, dann betastet er sie von allen Seiten und hält sie ganz vorsichtig. Dann sinkt er in sich zusammen. Eine ganze Weile sagt er nichts, aber seine Schultern beginnen zu beben. Er weint.

»Ist das die Uhr, die Ihre Frau Ihrem Sohn geschenkt hat?«, fragt Petra vorsichtig nach.

Johann Schmidt nickt nur und macht eine Handbewegung. Sie soll jetzt gehen, das versteht sie auch ohne Worte. Petra packt ihre Sachen zusammen. Beim Hinausgehen will sie den alten Mann noch trösten, doch der zuckt bei ihrer Berührung zusammen.

»Ich komm dann am Dienstag wieder«, sagt sie ihm. Die Uhr, die angeblich bei dem Vorfall am Lechfeld verlorengegangen sein soll, war die ganze Zeit in anderen Händen. Das muss der alte Vater jetzt erst einmal verarbeiten. Schmidt hält Petra dann doch noch auf, als sie gerade zur Tür raus will. »Wo hast du die Uhr her?«, schreit er ihr nach.

Sie dreht sich um. »Die Uhr wurde im alten Hölzle-Hof gefunden.« Sie sieht nicht mehr, dass eine radikale Veränderung mit dem alten Mann vorgeht. Sein Gesicht wird blass vor Wut, denn jetzt weiß er, wer die Uhr in seinem Besitz hatte.

Kapitel 14

Über Weihnachten und Neujahr hat Petra frei und verbringt ein paar entspannte Tage. Silvester feiert sie mit Birgit in München. Die ist wieder solo, denn der letzte Dating-Kandidat war zwar vielversprechend, konnte sich aber nicht auf eine neue Frau einlassen. Petra hat das kommen sehen und bewundert insgeheim ihre Freundin für ihren Optimismus in Sachen Partnersuche. Hoffentlich findet sie in diesem Jahr den Richtigen, wünscht sich Petra für Birgit. Sie selbst hat sich für das kommende Jahr zwei Ziele gesteckt: den Vermisstenfall Adi Schmidt endlich aufklären und Kontakte zu überregionalen Blättern aufbauen. Ihre Zeit beim *Seekurier* will sie für Fortbildungen nutzen. Redakteurin bei einer so kleinen Zeitung will sie nicht ihr Leben lang bleiben, und ihre Mutter hat ja nun mit dem Herrn Günther eine Stütze gefunden. Das sind vielversprechende Aussichten für das neue Jahr, findet Petra.

Aus dem besinnlichen Weihnachtstaumel erwacht Mitte Januar auch der *Seekurier*, als die politischen Gemeinden wieder zu arbeiten beginnen. Ein Glück, findet Petra, denn ihr liegen die rührseligen Advents- und Weihnachtsgeschichten nicht besonders. Jeder noch so kleine Christkindlmarkt bekommt einen lobenden Artikel im *Seekurier*, derweil es sich meist um mehr oder weniger gepflegte Trinkrunden mit Glühwein, Hinkelstein und Ähnlichem handelt. Am Jahresende war Rainer Ortlieb mit den Umsätzen der kleinen Zeitung recht zufrieden. Der Libellenclub hat fleißig inseriert, und daher gibt es sogar eine kleine Weihnachtsgratifikation für alle Mitarbeiter. Außerdem kündigt Ortlieb an, dass man sich in Zukunft verstärkt um Praktikanten bemühen wird. Die seien schließlich noch günstiger als freie Mitarbeiter, denn die meisten würden umsonst arbeiten. Petra stöhnt jetzt schon bei dem Gedanken, aber natürlich muss man auch beim *Seekurier* mit der Zeit gehen. Kreative Arbeit wird immer schlechter bezahlt, und die Zeitungen kämpfen ums Überleben. Petra kann von Glück reden, dass sie damals noch einen ordentlichen Arbeitsvertrag bekommen hat. Dieser fordert aber eine strikte Loyalität zum Arbeitgeber.

Bald steht auch das kommende Großereignis auf dem Plan: der Spatenstich der Pilsentherme.

Seit Wochen planen der Pressereferent des Landratsamtes und der Verwaltungschef von Otterschwing, Georg Redlich, die Feierlichkeiten, die an einem Freitag stattfinden sollen. An diesem großen Tag soll auch das Bayerische Fernsehen kommen. Das ist ganz nach dem Geschmack von Otterschwings Bürgermeister Theobald Hirsch, der sich für äußerst fotogen hält und sich daher bei jedem Fototermin mit aufs Bild mogelt. Rainer Ortlieb übernimmt die Vorberichterstattung, was bedeutet, dass er die schönen Pressetexte aus dem Landratsamt eins zu eins abdruckt.

An einem kalten Februartag ist es dann so weit. Ortlieb liegt leider mit Grippe zu Hause, daher muss Petra Rosenberger auf den Termin gehen. Mit dabei hat sie den neuen Praktikanten, der leidlich passable Fotos zusammenbringt.

Sie fährt mit ihm nach Otterschwing zur alten Weide. Dort steht bereits ein Feuerwehrmann als Ordner und weist ihnen einen Parkplatz auf einer zugefrorenen Wiese zu. Die Wiese ist schon halb voll mit großen Modellen der bayerischen Autobauer. Auch die Kollegen von Rundfunk und Fernsehen sind mit ihren praktischen VW-Bussen schon vorgefahren. Den Bürgermeister Theobald Hirsch sieht Petra noch nicht. Der Pressereferent des Landrates, der beflissen hochglänzende Pressemappen austeilt, steht allerdings schon bereit. Dazu hat er sich einen ganz besonderen Gimmick ausgedacht: In kleiner Auflage gibt es den namensgebenden alten Dampfer im Miniaturformat als Schlüsselanhänger. Mit großer Gestik überreicht er einen davon Petra, der Praktikant geht aber leer aus. Für zwei Uhr ist der Spatenstich terminiert, danach ist ein kleiner Umtrunk direkt vor Ort vorgesehen. Die Wiese an der Hangkante ist mit einem Plastikband abgesperrt, zwei kleine Partyzelte flattern im kalten Ostwind.

Kurz vor zwei kommt der 7er BMW des Landrates angefahren. Dahinter folgt ebenfalls eine dunkle Limousine, ein Jaguar. Petra fällt das Nummernschild aus Niederbayern auf. Das wird wohl der geheimnisvolle Bäderkönig Roland Forster sein. Sie weist ihren Praktikanten an, besonders auf den Bäderkönig zu achten und wenn möglich ein gutes Bild von ihm zu schießen. Die Herren steigen aus und haben allesamt ein angeknipstes falsches Lächeln auf den Lippen. Der Landrat sucht den Schulterschluss zu Theobald Hirsch, der heute feinen Zwirn und einen modern geschnittenen Wollmantel trägt. Architekt Roger von Zinnen ist wie üblich ganz in Schwarz ausstaffiert, alle anderen tragen den üblichen Pseudo-Trachtenlook.

Der Pressereferent eilt heran. Die Herren gehen zum abgesperrten Areal und nicken beim Gehen nach allen Seiten. Viele Otterschwinger und einige Libellenmänner kommen, um sich den Spatenstich anzuschauen. Weiter hinten am Waldrand bemerkt Petra einen Tumult. Sie sieht eine kleine buntgekleidete Truppe mit Transparenten, die aber vom extra angeheuerten Sicherheitsdienst am Passieren gehindert wird. Die Indianertaktik vom Bledschneider Sepp geht nicht auf, denn die Rufe der Gegner werden vom Ostwind verschluckt. Als die Herren sich im Halbrund aufstellen und vom Pressereferenten und seiner Assistentin fabrikneue Schaufeln in die Hand gedrückt bekommen, bricht bei ihren Kollegen Hektik aus. Insbesondere die Kameramänner fahren rücksichtslos die Ellenbogen aus, um den besten Standplatz zu bekommen. Petra gibt ihrem Praktikanten einen Anstupser und deutet nach vorne. Als der Jüngling das Gesicht verzieht, schaut sie ihn mit ihrem strengsten Gesicht an. Das wirkt auch ohne Worte, und der Praktikant kämpft sich nach vorne. Petra holt Block und Stift aus der Tasche, in der schon die Pressemappe steckt. Bevor es zum symbolischen Spatenstich kommt, stehen erst einmal Reden auf dem Programm. Es beginnt der Landrat, der seine altbekannte Rede vom Leuchtturmprojekt hält. Die haben die Leute hier bestimmt schon zehnmal gehört. Es wird getuschelt. Dann ist der Architekt dran, der zum Glück nur kurz auf seinen genialen Entwurf eingeht. Das letzte Wort hat Theobald Hirsch.

Doch bevor der richtig loslegen kann, tritt auf einmal Altbürgermeister Johann Schmidt ins Bild. Petra denkt zuerst, dass der Schmidt dem Theo zu seinem Erfolg gratulieren will. Aber nein. Schmidt steht vor Theo und gibt ihm eine saubere Watschen, wie ihr Kollege vom BR kommentiert. Sofort eilen Sicherheitsleute herbei. Der Theo macht eine beschwichtigende Geste. Schmidt nutzt die Gelegenheit und schnappt sich das Mikrofon.

»Hier auf diesen Wiesen haben mein Sohn, der Adi, und der hier anwesende Bürgermeister von Otterschwing, der Theo, als Kinder immer gespielt. Wie ihr wisst, ist der Adi verschwunden. Nur der flotte Theo steht noch hier, und wie immer lügt er, dass sich die Balken biegen. Er ist an allem schuld.« Weiter kommt der Schmidt nicht, denn jemand hat geistesgegenwärtig die Mikrofonanlage ausgeschaltet, und die Sicherheitsleute nehmen den alten Herrn am Arm und führen ihn zur Seite. Der Theo, auf dessen Wange sich ein roter Handabdruck zeigt, braucht ein wenig, um sich zu sammeln. Dann gibt er ein Zeichen für den Tontechniker und spricht von dem hochgeschätzten Altbürgermeister Schmidt, der zwei Wiesen für die Pilsentherme hergegeben hat. Leider sei dieser in letzter Zeit wohl immer verwirrter, das sei tragisch, aber nun mal der Lauf der Zeit. Natürlich bittet er darum, den Vorfall aus Rücksicht auf den kranken alten Mann nicht zu thematisieren und schafft dann noch, ganz Profi, den Schwenk zum fröhlichen Feiern.

Petra steht wie vom Donner gerührt da. Dann überwiegt der antrainierte Impuls, die Geschichte zu Ende zu bringen. Sie betet, dass ihr Praktikant alles richtiggemacht und Bilder der Ohrfeige im Kasten hat. Als sich die Herren in Fotopositur stellen, läuft sie los, um nach Johann Schmidt zu schauen. Sie kommt zu spät, denn der alte Mann liegt schon im Sanka, der wie bei allen größeren Ereignissen immer bereitsteht. Schmidt bekommt gerade eine Beruhigungsspritze und fällt in Sekundenschnelle in sich zusammen.

»Ich komme ins Krankenhaus nach«, ruft sie in den offenen Wagen und erkundigt sich bei den Sanitätern, wohin Schmidt gebracht wird. Es geht ins Krankenhaus nach Frausching. Dann wendet sich Petra wieder dem anderen Geschehen zu. Bäderkönig Roland Forster steigt bereits zurück in seinen Wagen und braust davon. Theobald Hirsch sitzt auf einem Plastikstuhl und wird gerade von einer Maskenbildnerin der Fernsehkollegen geschminkt. Der rote Handabdruck ist kaum mehr zu sehen. Hirsch will noch Interviews geben. Petra stellt sich dazu. Da ist sie jetzt echt gespannt, ob er noch etwas zu diesem Vorfall sagt. Sie zupft Theo am Ärmel, um seine Aufmerksamkeit zu bekommen.

»Herr Hirsch, was war denn da los?«

Theobald Hirsch sieht Petra und zischt ihr nur zu: »Das haben Sie angerichtet! Mit Ihrer Einmischung gefährden Sie Menschenleben.«

Petra wird beiseite gedrängt. Sie bekommt noch mit, wie Theobald Hirsch sich in die Brust wirft und seinen Stolz und seine Freude über das Projekt Pilsentherme kundtut.

»So ein eitler Pfau und eiskalt wie eine Hundeschnauze«, murmelt Petra vor sich hin. Inzwischen ist ihr Praktikant wieder neben ihr und erwartet eine Ansage. Hier können sie jetzt nichts mehr tun, deshalb gibt Petra die Order aus: »Ab in die Redaktion.« Sie fahren zurück und sichten als Erstes die Bilder. Leider hat der Praktikant die Wichtigkeit von Schmidts Auftritt nicht richtig eingeschätzt. Hier ist kein einziges brauchbares Bild dabei, dafür sind ihm die gestellten Aufnahmen der Grundsteinlegung glänzend gelungen. Petra schreibt aus den Informationen der Pressemappe und ihren Aufzeichnungen einen Artikel. Den Angriff von Schmidt auf Hirsch thematisiert sie am Rande. So ganz kann sie die Sache nicht einschätzen, und es plagt sie die Sorge um den Altbürgermeister. Als die Zeitung fertig zum Druck ist, macht Petra sich auf den Weg ins Krankenhaus.

Dort will man sie erst nicht zu Schmidt lassen, dann werden ihr doch fünf Minuten gewährt.

Ganz klein sieht der alte Mann zwischen den weißen Krankenhauslaken aus. Sie setzt sich zu ihm ans Bett und nimmt seine Hand.

»Herr Schmidt, was wollten Sie denn beim Theo Hirsch? Dem haben Sie ja einen ordentlichen Schlag verpasst.«

»Der Theo hat die Uhr von meinem Adi gehabt. Der Adi hätt gar nicht fliehen müssen. Der Theo ist ein böser Mensch«, flüstert er ihr zu.

Da steht schon die Krankenschwester in der Tür und bittet Petra hinaus. Ein Arzt ist natürlich nicht zu sprechen, aber die Stationsschwester gibt Petra eine Telefonnummer. »Rufen Sie morgen mal an.«

Theobald Hirsch und seinen Freunden ist das Feiern auch vergangen. Johann Schmidts Auftritt überschattet die ganze Show.

»Hast du deine Leut nicht im Griff?«, raunzt der Landrat den Theo an. »Wenn du mein Nachfolger werden willst, solltest du keine Leichen im Keller haben.«

Die Pilsentherme soll die Eintrittskarte von Bürgermeister Hirsch sein, um in der Landespolitik wahrgenommen zu werden. Und jetzt das! Theo kann sich nicht erklären, warum der alte Schmidt so wütend auf ihn ist. Das verletzt ihn tief, denn schließlich war der alte Schmidt mal wie ein Vater für ihn. Erwartet hatte Theo von Schmidt ein Schulterklopfen und endlich die Anerkennung, dass er, der Theo, der bessere Sohn sei. Stattdessen bekam er eine Watschen, die immer noch in seinem Gesicht brennt, auch wenn die Maskenbildnerin ganze Arbeit geleistet hat und außer einer kleinen Schwellung nichts zu sehen ist. So kann er jetzt nicht heimfahren, er muss noch zur Tina. Die wird ihn trösten. Sie allein kennt sein ganzes Genie und würdigt seine Persönlichkeit. Bei ihm daheim ist die Stimmung noch sehr angespannt. Seine Frau Marlene geht ganz in ihrem Projekt auf, den alten Hölzle-Hof wieder schön herzurichten, und ist statt daheim am Herd auf der Baustelle zu finden. Theo hat genug von der schnellen Küche seiner Frau. Eine Leberkässemmel zu Mittag empfindet er als Beleidigung. Seine beiden Töchter sind ihm auch keine Hilfe. Im Gegenteil. Ständig wird ihm die Tür vor der Nase zugeschlagen. Wichtige Treffen stehen angeblich stets an, wenn Theo ihre Mithilfe im Haushalt einfordert. Weil Theo alle flüssigen Mittel in die Pilsentherme gesteckt hat, kann er nicht wie sonst großzügig Geschenke verteilen. Das ist hart für ihn, denn er fühlt sich wieder in seine Jugendzeit versetzt, als er noch jede Mark zweimal umdrehen musste. Seine Familie steht der lukrativen Geldanlage eher skeptisch gegenüber, nur seine Tina glaubt bedingungslos an ihn. Sie signalisiert ihm jedoch per SMS, dass sie erst später für ihn Zeit haben wird. Also dann doch zur Vroni.

Theo lässt sich von Georg Redlich zum Gasthof »Zum goldenen Hirsch« fahren. Doch auch dort hat Theo kein Glück, denn der Gasthof hat wegen Betriebsausflug geschlossen. Heute Morgen dachte Theo noch, dass dieser Tag für ihn einer der besten seines Lebens werden würde. Und jetzt? Die Backe brennt wie Feuer, und sein Ziehvater hat ihn vor laufender Kamera blamiert.

Theo fährt mit Redlich zurück zur Gemeindekanzlei und setzt sich in sein Büro. Dort hat er für besondere Notfälle eine Flasche Williamsbirne stehen. Er nötigt Redlich dazu, mit ihm anzustoßen, aber dieser benetzt gerade mal die Lippen mit dem Schnaps und stellt das Glas mit dem Hinweis ab, dass es noch viel Arbeit gebe. Theo bleibt allein in seinem Büro zurück. Die Rosenberger mit ihrer Schnüffelei und der Bledschneider mit seinen Ameisen, diese beiden macht Theo für den schalen Geschmack in seinem Mund verantwortlich. Dafür werden die zwei bezahlen! Gleich morgen wird er einen Schlachtplan ausarbeiten.

Der Tag endet auch für die beiden Hassobjekte von Theobald Hirsch nicht besonders prickelnd. Petra Rosenberger macht sich Vorwürfe. Hat sie es in ihrer journalistischen Neugier zu weit getrieben mit Johann Schmidt? Ist sie gar schon auf dem Niveau der Privatsender angelangt? Sie beschließt, sich Rat bei ihrer Mutter und Herrn Günther einzuholen. Die Suche nach dem Adi muss bald Ergebnisse zeigen, ansonsten war alles für die Katz.

Beim Bledschneider Sepp herrscht ebenfalls Katzenjammer. Bei der Protestaktion im Wald hat sich eine ältere Mitstreiterin den Knöchel verknackst, und Sepp hat jetzt

Stunden mit ihr in der Notaufnahme des Frauschinger Krankenhauses verbracht. Dabei hat er mitbekommen, dass auch der Altbürgermeister Johann Schmidt eingeliefert worden ist. Auch Sepp macht sich Vorwürfe. So weit hätte es niemals kommen dürfen. An allem ist nur der Theo schuld, darin ist er sich mit Johann Schmidt einig.

Kapitel 15

Petra Rosenberger sitzt in ihrer Mittagspause an einer windgeschützten Hausmauer. Der Frühling kommt, sie braucht schon keine dicke Jacke mehr. Da ruft Harry Kleinschmidt sie an. »Das Treffen mit den ehemaligen Nachbarn war zwar mühsam, aber es gibt Neuigkeiten. In Kurzform: Im Leben von Adalbert Schmidt gab es eine Frau, und zudem soll sie schwanger gewesen sein. Man erinnerte sich daran, dass der Adi nach Bayern fahren wollte, aber anscheinend kam er nicht mehr zurück. Ich schreib Ihnen einen ausführlichen Bericht.«

Die Nachricht von Kleinschmidt passt zu einem Anruf, der kürzlich auf das Flugblatt hin einging. Nach der Sache beim Spatenstich war Petra schon drauf und dran gewesen, das Projekt aufzugeben. Aber Johann Schmidt ist inzwischen wieder fleißig am Werkeln auf seinem Hof. Natürlich gab es nach der Watschen Ärger, und Johann Schmidt drohte gar ein Aufenthalt in der geschlossenen Psychiatrie. Aber so weit ging es dann doch nicht. Theobald Hirsch erstattete keine Anzeige und setzte sich für den Altbürgermeister ein. Freilich war nicht Menschenfreundlichkeit die Motivation des Bürgermeisters. Eine Entmündigung hätte auch die Grundstücksgeschäfte der Gemeinde mit dem alten Herrn in Frage gestellt oder aber zumindest in ein schlechtes Licht gerückt. Das kann Theobald Hirsch nicht riskieren, daher hält er sich zurück.

Er setzt vielmehr auf die Strategie, mit beiläufigen Bemerkungen das Ansehen des alten Schmidt zu beschädigen. Einmal in der Woche schaut die Anja Schwarz nach Johann Schmidt, das hatte Theobald Hirsch sich ausbedungen. Auf diese Weise bleibt er auf dem neuesten Stand, und das elegant unter dem Deckmantel der christlichen Nächstenliebe. Schließlich muss er sich als Bürgermeister um alle seine Bürger, insbesondere um die Alten und Kranken, kümmern.

Doch Johann Schmidt ist auf der Hut. An ihm waren damals die Gerüchte um die Affäre von der Anja und dem Theo nicht vorbeigegangen. Dass die Anja ein falsches Luder ist, wie er sie im Stillen bei sich nennt, davon geht er aus. Für die Besuche der Anja bereitet Schmidt sich immer minutiös vor. Alle Akten und Informationen zum Vermisstenfall lässt er in einem Kastl im Hobbykeller verschwinden und legt dafür in der Küche ein paar Gesundheitszeitschriften aus der Apotheke aus. Außerdem beschränkt er sich beim Gespräch mit der Anja auf die rentnertypischen Themen: kleine Wehwehchen, wer ist krank, wer ist gestorben, wie wird das Wetter? Dazu lässt er sich noch ein paar völlig unnütze Hilfsaufträge für die Anja einfallen, damit sie beschäftigt ist. Neulich hat er ihr vorgejammert, dass er so ein Kirschkernkissen brauche. Aber unbedingt eines in Dunkelgrün mit einem applizierten Hirsch mit Karomuster, weil so eines hätt ihm seine Frau einmal genäht und so weiter. Die Anja war daraufhin gut unterwegs, um ein solches Kissen aufzutreiben. Letztlich hat sie die Hülle dann selbst genäht, nachdem sie in Fischau im Stoffgeschäft ein paar Reste erstanden hatte. Mit Theo spricht sie daher wochenlang nur über den zu applizierenden Hirsch, so dass der schon ganz narrisch wird. Weil Anja glaubt, der Theo sei eifersüchtig, näht sie ihm auch ein solches Kissen. Dafür verwendet sie einen Hüllenstoff in Burgund und goldene Stoffe für den Hirsch.

»Das passt zu dir«, sagt sie zu Theo, als sie ihm das Kissen bringt. Der weiß gar nicht, was er mit so einem Kissen anfangen soll.

»Fehlt nur noch das Krönchen«, meint er und beleidigt damit die Anja in ihrer Hausfrauenehre.

»Kannst ja selber spionieren gehen«, giftet sie. »Der Johann ist jedenfalls noch ganz richtig im Oberstübchen, und ein sehr netter einsamer alter Herr. Und vielleicht hat der ja doch nicht so unrecht gehabt?« Sie zwinkert ihm vielsagend zu.

»Ah geh, Anja, bist doch die Beste«, versucht der Theo sie wieder in die Spur zu bringen. »Tust ja auch ein gutes Werk bei dem alten Mann«, sagt er ihr. »Hast was gut bei mir«, brummelt er noch, bevor er sie aus dem Büro bittet. »Termine! Die Pilsentherme, du verstehst schon«, macht er bedauernde Zeichen.

Weil die Anja immer mal wieder am Hof vom Schmidt vorbeifährt, hat sich die »Suchtruppe Adi« inzwischen ein neues Stammquartier gesucht. Auf Petras Vorschlag hin treffen sich nun alle bei Herrn Günther im Benedictum. Sein Appartement ist etwas größer als das ihrer Mutter Gertraud, und außerdem steht Herr Günther nicht so unter Beobachtung. Petra hat heute eine Spur hereinbekommen, und auch vom Detektiv aus Berlin gab es nun so etwas wie einen Abschlussbericht. Das Treffen ist um siebzehn Uhr anberaumt, so dass Petra direkt von der Arbeit kommen kann. Sie schafft es, überpünktlich die Redaktion zu verlassen, und eilt ins Benedictum.

Erst holt sie ihre Mutter ab, die heute wieder wie aus dem Ei gepellt aussieht in einem Twinset in Eisblau nebst gutgeschnittener Jeans. Zusammen gehen sie in das Appartement von Herrn Günther. Dort warten schon die beiden Herren, Johann Schmidt und Herr Günther, auf die beiden Damen. Herr Günther hat ein Flipchart ausgeliehen und führt außerdem eine genaue Auflistung aller bisherigen Spuren. Heute wollen sie sich alle auf den neuesten Stand bringen. In der Runde beginnt Herr Günther.

Vorfall an der Lechfeldkaserne

»Wie mir mein Schachpartner mitteilte, wurde der Vorfall als dilettantisch bewertet, aber die Täter hatten angeblich genaue Kenntnisse der Örtlichkeiten. Man ging daher bei der Bundeswehr davon aus, dass einer der Rekruten beteiligt war oder zumindest seine Kenntnisse offenbart hatte. Der Verdacht fiel schnell auf Adalbert Schmidt, da er nach dieser Sache nicht mehr zum Dienst erschienen ist. Die Ermittlungen der Bundeswehrpolizei verliefen im Sande. Beweismittel oder sonstige Hinweise wurden jedoch nicht gefunden. Man ging davon aus, dass mindestens zwei Personen beteiligt waren. Wie wir vom Sepp Bledschneider und vom Johann wissen, haben er und Theobald Hirsch damals mitgemacht. Die Uhr mit der Gravur, die Adi verloren hat, ist nicht am Tatort gefunden worden. Vielmehr ist diese vor kurzem auf dem alten Hölzle-Hof wieder aufgetaucht. Daher besteht Grund zur Annahme, dass entweder der Sepp oder der Theo die Uhr an sich genommen haben. Weil der Theo uneingeschränkten Zugang zum Hölzle-Hof hatte, ist es sehr wahrscheinlich, dass er die Uhr dort deponiert hat.«

Johann unterbricht kurz den Vortrag. »Der Theo hat damals nichts davon gesagt, dass er die Uhr hat. Er hat die Sache aber so aufgebauscht, dass wir es für das Beste hielten, dass der Adi nach Berlin geht. Der Theo wollte den Adi aus dem Weg räumen, so seh ich das.«

Herr Günther geht ans Flipchart und schreibt auf: *Die Uhr vom Adi hat der Theo an sich genommen und im Hölzle-Hof versteckt. Motivation?*

Dann beginnt Herr Günther mit Punkt zwei: »Adi kommt nach Berlin und schlüpft in der autonomen Szene unter. Dazu hat unser Detektiv Harry Kleinschmidt einiges herausgefunden. Wie er ermittelt hat, ging Adi dort eine enge Beziehung zu einer jungen Frau ein, die ebenfalls ursprünglich aus Oberbayern stammt. Seinen Lebensunterhalt verdiente Adi mit Texten, die er unter dem Namen Bert Schmitter verfasste. Mit der jungen Frau zog er in eine Wohnung in der Hasenheide 3, Berlin-Kreuzberg. Von Petras Freundin wissen wir, dass ein Auto auf ihn gemeldet war. Da die Versicherung irgendwann nicht mehr bezahlt wurde, ist das Auto schließlich auf Anordnung der Berliner Polizei verschrottet worden. Harry Kleinschmidt hat noch in Erfahrung gebracht, dass der Adi mit seinem Auto nach Bayern fahren wollte. Die Mutter war schwerkrank, offenbar wollte er ihr noch einen letzten Besuch abstatten. Allerdings wurde das Auto in Berlin gefunden und nicht hier. Nach dem geplanten Heimatbesuch verliert sich jede Spur. Die junge Frau, mit der Adi damals zusammenlebte, hat der Detektiv noch nicht gefunden. Von Nachbarn hat er erfahren, dass sie wohl ein paar Monate nach Adis Verschwinden umgezogen ist. Außerdem soll sie schwanger gewesen sein. Kontakt hatte der Adi in Berlin wohl noch mit seinen beiden Jugendfreunden, dem Sepp Bledschneider und dem Theobald Hirsch.«

Zu Punkt 3, Adis Heimaturlaub, meldet sich Petra. Sie hat die Rückmeldungen auf die Flugblätter geprüft. Das Auto mit dem Berliner Kennzeichen ist mehrfach in Otterschwing und Umgebung gesehen worden. Auch hat sich eine ehemalige Schulkameradin gemeldet, bei der sich der Adi telefonisch angekündigt hatte. »Er sei in der Gegend«, hatte er ihr erzählt. Zum ausgemachten Treffpunkt ist der Adi aber nie erschienen. Dass Adi sich mit seinen Jugendfreunden getroffen hat, gilt als wahrscheinlich.

Hier unterbricht Herr Günther Petras Ausführungen. Als offene Fragen schreibt er Zeitpunkt und Ort des Verschwindens auf das Flipchart:

Motiv des Verschwindens: Schwangerschaft der Frau?

Dagegen protestiert Johann Schmidt energisch. Das hätt sein Bua nie g'macht, der sei schließlich immer ganz narrisch auf Kinder g'wesn und wollte schon als Jugendlicher eine Fußballmannschaft zeugen.

Auch Gertraud mischt sich ein. Nach dem, was ihr die pensionierte Lehrerin erzählt habe, wäre so ein Verhalten überhaupt nicht typisch für den Adi. Vielmehr, so spinnt sie den Faden weiter, wollte der Adi sich wahrscheinlich mit seinem Vater aussprechen und stolz seinen Nachwuchs ankündigen. Weiter kommt Gertraud nicht, denn inzwischen ist der Gedanke an einen möglichen Enkel dem Johann ziemlich an die Nieren gegangen. Tränen laufen ihm übers Gesicht. Gertraud blitzt Herrn Günther an und sagt, dass sie mit Petra noch etwas »unter vier Augen« zu besprechen habe. Petra hat den Wink schon verstanden und packt ihre Sachen zusammen.

Sie gehen auf Gertrauds Zimmer. Petra hat wieder Bedenken, ob der Johann das alles durchstehen kann.

»Keine Sorge«, meint Gertraud, »der Günther kümmert sich, und er kann recht gut mit dem Johann.« Aber Gertraud ist auch aufgewühlt. Sie bittet Petra, doch beiden ein Schlückchen Nusslikör einzuschenken.

»Weißt du, vielleicht ist es positiv zu sehen, dass es noch Hoffnung für den Johann gibt. Dass der Adi lebt, glaube ich eigentlich nicht mehr, aber vielleicht gibt es einen Enkel.« Gertraud sieht Petra an. »Und für dich wird es langsam Zeit mit dem Kinderkriegen. Ich hätt' schon gern noch einen Enkel.«

Für Petra ist das ein heikler Punkt, und die Bemerkung ihrer Mutter schmerzt. Sie will diese Diskussion nicht mit ihr führen, daher sagt sie, dass sie jetzt noch schnell zum Supermarkt muss. Dreiviertel acht, das schafft sie gerade noch. Und danach ein schöner Krimi im Fernsehen, das ist heute die richtige Entspannung!

Kapitel 16

Inzwischen schreitet der Frühling voran. Die Vögel zwitschern in der Früh, und die Natur verströmt einen frischen Duft. In Fischau präsentiert sich an föhnigen Tagen stolz das Alpenpanorama. Die Bergkette mit dem Zugspitzmassiv ist majestätisch mit Schnee bedeckt und erscheint zum Greifen nah. Darunter der blitzblaue See, den die Abendsonne zuweilen in ein weiches rosa-oranges Licht taucht.

Als Petra an einem schönen Märzsonntag mit Birgit den Uferweg geht, kann sie sich gar nicht sattsehen. Ihre Freundin bringt bald die Sprache auf die neue Pilsentherme. Sie begrüßt die Aussicht, dass es in Petras Nähe bald eine solche Therme geben wird. Baden in heißem Thermalwasser und Saunieren in einer schönen Landschaft findet Birgit äußerst reizvoll. Petra sieht das Ganze kritisch, denn zum einen wird ein unberührtes Fleckchen Natur zerstört, und zum anderen bemerkt sie, dass sie die vielen Sommertouristen, die alljährlich ins Fünfseenland einfallen, ganz und gar nicht vermisst. Finanziell ist das Ganze für die Gemeinde Otterschwing ein ziemliches Risiko, aber der flotte Theo hat ja wieder genug Schmäh verbreitet, dass alle ganz eingelullt sind von seinen schönen Worten. Dass eigentlich der Libellenclub dahintersteht, weiß sie inzwischen, informell natürlich. Die

Pläne für die Pilsentherme werden weiter vorangetrieben. Ein aufgrund von Bürgereinwänden beim Planungsverfahren angefertigtes Bodengutachten kommt zum Schluss, dass der Hang, an dem die Pilsentherme gebaut wird, der Belastung standhalten wird. Demnächst ist die Änderung des Flächennutzungsplanes perfekt, der Bebauungsplan amtlich genehmigt, und dann werden die großen Bagger anrollen. Erste Probebohrungen sind schon im Gange. Bislang mit einem sehr guten Ergebnis, wie Theobald Hirsch jüngst bei der Gemeinderatssitzung berichtet hat. Bald sollen nun die Ameisen umgesiedelt werden. Etwas verwundert erzählt Petra ihrer Freundin, dass sie den alten Lada vom Sepp Bledschneider jetzt öfter am Hölzle-Hof stehen sieht. Aber Birgit ist an diesen Lokalnachrichten nicht sonderlich interessiert. Sie hat über ihr Dating-Portal einen attraktiven Mann kennengelernt, der einen anderen Fehler hat: Er will sich nicht festlegen. Eine On-Off-Beziehung nennt Birgit das. Petra denkt hingegen, dass der Mann einen anderen Fehler hat, er steckt bereits in einer festen Beziehung, und nebenbei hält er sich Birgit für ein Abenteuer warm.

Petra spürt die laue Frühlingsluft und den herannahenden Sommer auch in ihren Knochen. Eine gewisse Sehnsucht stellt sich ein, aber demnächst ist sie ja auf einer Journalistenfortbildung. Vielleicht lernt sie dort jemanden kennen. In Fischau und Umgebung jedenfalls hat Petra schon alle in Frage kommenden Single-Männer abgecheckt. Durch die Vermisstensache Adi ist Petra öfter einmal mit einem den Polizisten im Ort ein Bier trinken gegangen, aber außer netten Gesprächen und einem verunglückten Kuss vor der Kneipe war nichts.

Im Vermisstenfall Adi arbeitet die Privat-Soko weiterhin fleißig. Der Privatdetektiv wurde nochmals beauftragt, Näheres über die schwangere Frau und den möglichen Enkel herauszufinden. Der Polizist will noch einmal alle Meldungen zu dem Auto durchgehen. Demnächst steht noch ein Gespräch mit Theobald Hirsch und dem Bledschneider Sepp an. Vorher will Petra aber noch mal Marlene Hirsch ausfragen. Auch im Benedictum wird weitergeforscht. Jetzt ist es nur noch eine Frage der Zeit, bis feststeht, was mit dem Adi passiert ist. Nach Ostern, das sie mit ihrer Mutter Gertraud und dem netten Herrn Günther begeht, zeigen die Wettervorhersagen Dauerregen an.

Unterdessen wird in Otterschwing bereits an der Pilsentherme gebaut. An der alten Weide fahren schwere Baufahrzeuge vorbei, der Feldweg versinkt im Matsch, und mit der Ruhe am Findling ist es auch vorbei. Die Bauarbeiter haben das Plätzchen an der alten Weide als Brotzeitplatz in Beschlag genommen, und überall liegt Müll herum.

Dem Bledschneider Sepp, der frühmorgens und spätabends seine Kontrollfahrten und -spaziergänge unternimmt, blutet das Herz. Immer wieder sammelt er alle herumliegenden Flaschen und Papierl sowie leere Zigarettenpackungen auf. Für die Kippen hat er den Bauarbeitern schon einen großen Ascheneimer hingestellt, den er mit einem Stein beschwert hat.

Er verliert den Kontakt zu Adi, eine Zwiesprache am Findling ist nicht mehr möglich. Zu viele Störungen liegen in der Luft. Dabei hätt er grad jetzt den Rat seines alten Freundes bitter nötig. Auf Bitten von Marlene hilft er ihr ab und an auf dem alten Hölzle-Hof, und er weiß inzwischen, dass die Uhr vom Adi dort gefunden wurde. Dass er auch in Verdacht steht, mit der Uhr und damit mit dem Verschwinden von Adi etwas zu tun zu haben, ist ihm klar. Denn Marlene trifft Petra Rosenberger beim Pilates-Kurs. Theobald Hirsch läuft mit stolzgeschwellter Brust durch den Ort und lässt sich als Retter von Otterschwing feiern. Auch seine Pläne mit der Landratskandidatur sind schon durchgesickert. Dass der Haussegen bei Theo Hirsch daheim schiefhängt, weiß der Sepp auch. Für einen, der sich aus allem Zwischenmenschlichen raushalten will, sind das ganz schön viele Verstrickungen. Nach wie vor fährt er noch Kontrolle bei Petra Rosenbergers Haus. Neulich erst hat er wieder einen toten Tierkadaver vor ihrer Haustür entfernt, zum Glück bevor Petra es bemerkt hat. Irgendjemand will ihr immer noch Angst einjagen, und dass dieser jemand nur der Theobald Hirsch sein kann, ist für den Bledschneider Sepp sonnenklar. Noch scheut er sich davor, sein größtes Geheimnis preiszugeben. Denn er trägt eine große Schuld, und gerade jetzt will er vor Marlene in einem guten Licht dastehen. Aber das Ganze macht ihn unruhig. Er spürt, dass bald mehr Dynamik in die Sache kommen wird. Trotzdem hält er sich von Johann Schmidt und Petra Rosenberger fern. Er ist noch nicht bereit.

Theobald Hirsch hat viel Arbeit im Gemeindeamt. Der Bau eines so großen Projektes bringt ständig neue Probleme mit sich. Fast jeden Tag ist er auf der Baustelle. Dass er dabei an dem Findling an der alten Weide vorbeifahren muss, gibt ihm jedes Mal wieder einen Stich. Jedes Mal fühlt er noch die Watschen, die ihm sein Förderer Johann Schmidt gegeben hat. Schon mehrmals hat er sich auf den Beifahrersitz gesetzt und den Kosmetikspiegel heruntergeklappt, weil er meinte, der Abdruck der Hand wäre zu sehen. *Hoffentlich geht die ganze Sache gut aus*, denkt er dabei. Theo hat auch schon einen hieb- und stichfesten Plan, wie er die letzten Spuren, die ihn mit dem Adi in Verbindung bringen, beseitigen könnte. Jeden Tag regnet es, aber die Arbeiten an der Baustelle gehen unvermindert voran. Bald steht schon die Bodenplatte, und die ersten Betonsäulen werden auch gegossen. Jeden Tag schaut Theo dreimal auf seine Wetter-App, aber eine Entspannung der Wetterlage ist nicht in Sicht.

Nach einer Woche Dauerregen spricht ihn der Bauleiter besorgt an. Er habe das Gefühl, dass der Untergrund doch nicht so standfest sei. Ob hier schon einmal ein Erdrutsch stattgefunden hätte? Theo denkt nach und weiß natürlich, dass das Gutachten für die Gemeinde geschönt wurde. Der Boden könnte rutschen, das ist ihm klar, aber das durfte natürlich nicht bekannt werden. Er empfiehlt dem Bauleiter, mit Sandsäcken zu arbeiten und mit einer Plane das Erdreich an der Hangkante abzudecken. Das sollte genügen, meint Hirsch.

Auch beim Dienstagstreffen bei der Vroni wird die Wetterlage thematisiert. Derzeit kommen hauptsächlich die Geldgeber zu den Treffen, um sich zu informieren, wie der Bau vorangeht. Dabei ist es so wie an jedem Stammtisch, jeder hat schon mal gebaut, und alle haben echt gutgemeinte Ratschläge für Theobald Hirsch, die er dann dem Bauleiter und dem Architekten verklickern soll. Theo findet das ziemlich anstrengend, zum Glück wartet nach den Treffen immer seine Tina auf ihn. Inzwischen ist zwar der Lack etwas ab, aber nach wie vor ist sie im Bett seine Traumfrau. So ein Gefühl wie bei der Tina hat sich noch bei keiner anderen eingestellt. Mit seiner Frau ist es anders. Gelegentlich schläft er auch mit Marlene, besonders wenn sie wieder wegen seiner Investition in die Pilsentherme völlig unleidlich ist. Das hilft meistens, und Theo macht das gar nichts aus. Denn Marlene ist doch sein großer Halt im Leben, und seine Ehe sieht er durch den Seitensprung nicht gefährdet. Zum Glück pusselt Marlene zurzeit meistens auf dem alten Hölzle-Hof herum, und inzwischen findet Theo das in Ordnung. Aber auf sein warmes Abendessen hat er bestanden. Und nachdem auch die Mädchen wenigstens einmal am Tag etwas Vernünftiges essen müssen, hat Marlene nachgegeben und ist jetzt immer rechtzeitig zum Kochen zu Hause. Um den Hölzle-Hof macht Theo lieber einen großen Bogen, denn sonst fällt der Marlene noch ein, dass er auch zupacken könnte. Das ist natürlich mit seiner Stellung als Bürgermeister und als kommender Landrat absolut nicht vereinbar, dass er unter den Anweisungen seiner Frau arbeitet. Deshalb hat man sich im Hause Hirsch arrangiert. Der Hölzle-Hof ist allein Marlenes Projekt und die Pilsentherme das von Theo. So ist er mit der Gesamtsituation einigermaßen zufrieden, allerdings traut er der Petra Rosenberger, Klatschbase und Schmierfink, nicht über den Weg. Gott sei Dank ist sie gerade zur Fortbildung geschickt worden, wie er von Rainer Ortlieb erfahren hat. Vermutlich hätte sie sonst schon wieder herumgeschnüffelt und den alten Johann Schmidt gegen ihn aufgehetzt. Vor seinen Augen sieht Theo schon die Überschrift: *Hält der Bo-*

den? Tja, das ist eine gute Frage, und vorsorglich geht Theo heimlich in die Pfarrkirche und zündet ein paar Lichterl an. Gottes Unterstützung kann er jetzt wirklich brauchen, damit Petrus nicht pausenlos einen Kübel Wasser nach dem anderen über sie alle hier ausgießt. So jedenfalls formuliert es eine der Maries, die Theo in der Kirche antrifft. Natürlich trägt sie gleich eine Bitte an den Bürgermeister heran. Die Lautsprecheranlage sei schon alt und hätt immer wieder Aussetzer, da bräucht es dringend eine neue Anlage. Wenn das bei einer Beerdigung passiert, wär des wirklich a Schand. Theo will sich damit nicht belasten.

»Die alte tut's doch noch«, meint er und eilt zum Ausgang. Er sieht nicht mehr, wie die Marie über ihn den Kopf schüttelt und leise eine wenig gottgefällige Verwünschung murmelt.

Petra ist glücklich, dass sie der Enge der Redaktion eine Weile entronnen ist. Sie fährt in die Provinz zur Fortbildung »Themenfindung für Lokalredakteure«. Außerdem regnet es ohne Unterlass, und der See liegt grau in grau. Weil das Wetter so schlecht ist, nimmt Petra die Bahn. Das entpuppt sich als schlechte Entscheidung, denn durch die Verspätung des ersten Zuges bekommt sie den Anschlusszug nicht mehr. Nach viermaligem Umsteigen und endloser Warterei kommt sie endlich an. Vom Bahnhof ins Hotel leistet sie sich ein Taxi. Sie hat ein Doppelzimmer im zweiten Stock eines kleinen Landhotels im Fachwerkstil. Eigentlich wollte sie noch das kleine Städtchen erkunden, aber mittlerweile ist es schon dunkel draußen, und Petra hat Hunger.

An der Rezeption nennt man ihr ein Lokal, das gute Hausmannskost serviert. Ausgestattet mit einem kleinen Plan läuft Petra los und verirrt sich auch gleich wieder. Nach mehrmaligem Fragen kommt sie an die richtige Adresse und tritt durch die Tür.

Das Lokal ist gut besetzt, einen einzelnen freien Tisch gibt es nicht mehr. Der Kellner eilt herbei und winkt sie zu einem Zweiertisch, an dem ein Mann sitzt. Petra setzt sich mit einer entschuldigenden Geste und studiert ausgiebig die Speisekarte. Am Ende nimmt sie doch das Tagesgericht, Bratwurst mit Kraut und Bratkartoffeln. Dazu bestellt sie ein Pils. Der Mann gegenüber bekommt gerade sein Essen serviert, daher entsteht eine peinliche Stille am Tisch. Zwischen zwei Bissen stellt er sich vor.

»Hallo, ich bin der Jochen.«

»Ich bin die Petra.«

Jochen fordert sie auf, ein bisschen etwas zu erzählen, denn er sei ja grad anderweitig beschäftigt und deutet dabei mit der vollen Gabel auf seinen Teller. Petra erzählt ihm nur das Nötigste. Sie sei hier zu einem Seminar, das morgen anfängt. Das Wetter sei scheußlich, und die Anfahrt mit dem Zug war es auch und so weiter. Dann kommt zum Glück ihr Essen, und sie lässt es sich schmecken. Das Kraut ist mit Speck und Schmalz abgeschmeckt, die Bratkartoffeln sind krossgebraten und die Bratwurst so richtig gut gewürzt. Mit Fett hat der Koch nicht gespart.

Sie ist so konzentriert auf ihr Essen, dass ihr gar nicht auffällt, dass Jochen sie intensiv beobachtet. Als sie es merkt, treibt es Petra die Röte ins Gesicht. Jochen winkt den Kellner herbei.

»Zwei Willi«, sagt er. Als sie protestiert, schaut er nur vielsagend zu ihrem Teller. Den Schnaps kann sie zur Verdauung gut gebrauchen.

Dann stellt sich heraus, dass der Jochen ein ganz guter Unterhalter ist. Er ist weit herumgekommen und hat dabei viele Geschichten eingesammelt, die er jetzt zum Besten gibt. Petra lacht oft und fühlt sich ganz beschwingt. Dann erzählt er, dass er eine Zeitlang Autos für Geschäfts- und Privatleute nach Berlin gefahren hat. Viele wollten oder konnten seinerzeit nicht durch die Zone fahren. Geheimnisträger, Verwandte von Geheimnisträgern und auch Firmenchefs durften nur nach Berlin fliegen. Dann stutzt er und erzählt Petra, dass er auch schon mal in Fischau war. Er habe einen Auftrag angenommen, der damals sonderbar auf ihn gewirkt habe. Durch einen anonymen Kontakt hatte er die Aufgabe, einen alten auffällig farbigen Opel Kadett von Fischau nach Berlin zu fahren. Die Schlüssel für das Auto, das innen zugemüllt war, steckten in der Sonnenblende, dazu fünfhundert Mark in bar, was damals eine ansehnliche Summe Geld war.

Petra ist elektrisiert und versucht, sich das nicht anmerken zu lassen. Sie will jedes Detail wissen, an das sich Jochen erinnert. Der wusste nur noch, dass das Auto damals auf einem Touristenparkplatz stand, offen war und dass im Kofferraum eine Reisetasche mit Männerkleidung lag. Selbstverständlich habe er das kontrolliert, denn die DDR-Grenzer waren völlig humorlos. Die Buchung war, wie damals üblich, per Fax gekommen, und die Überführung sollte vor allem schnell und diskret erledigt werden. Bei diesem Auftrag habe er ein komisches Gefühl gehabt, deshalb erinnere er sich noch genau.

Petra schaut Jochen an und sagt, dass diese Informationen jetzt sehr wichtig seien bei einer Sache, in der sie jemandem behilflich sei. Sie bittet Jochen, sich einen Augenblick zu gedulden und sucht in ihrem Smartphone das Plakat mit dem Auto. Sie zieht ihm das Auto größer. Könnte es so ein Fahrzeug gewesen sein? Jochen ist sich auf Anhieb sicher, mit Autos kennt er sich aus. Petra bittet ihn, daheim alles noch einmal durchzugehen.

»Es ist auch eine Belohnung ausgeschrieben!«, sagt sie Jochen als Extramotivation und bittet ihn um seine E-Mail-Adresse und seine Handynummer. Jochen will unbedingt Genaueres zu der Sache wissen, aber sie sagt ihm nur, dass sie als Journalistin wegen des Quellenschutzes nicht mehr sagen kann. Sie mailt ihm gleich im Lokal noch das Plakat via Smartphone und sagt ihm, dass sie die ganze Woche in der Stadt sei. Aber jetzt ist es schon spät, und Petra will ins Hotel zurück. Jochen, ganz Gentleman, begleitet sie bis zur Tür und verabschiedet sich dann höflich.

In Petras Kopf kreisen die Gedanken. *Ja, das kann die Lösung sein. Adi fährt von Berlin nach Otterschwing. Dort stößt ihm etwas zu. Um die Sache zu vertuschen und eine falsche Spur zu legen, lässt jemand – der Mörder? – das Auto wieder nach Berlin bringen.*

Der Gedanke, dass sie vielleicht einem Mörder auf der Spur ist, verursacht ihr ein ziemlich flaues Gefühl im Magen. Sie trinkt ein Glas Wasser und zieht ein langweiliges Buch heraus, welches sie immer dann liest, wenn sie Probleme mit dem Einschlafen hat. Nach ein paar Seiten ist sie so müde, dass das problemlos klappt.

Am nächsten Morgen erlebt Petra die nächste Überraschung.

Nach dem Frühstück geht sie in den ausgeschilderten Seminarraum im Nebengebäude des Hotels. Dort sitzen schon einige andere Seminarteilnehmer, zumeist junge Volontärinnen. Zwei ältere Frauen sind noch dabei. Der Seminarleiter kommt etwas verspätet durch die Tür und ist ein alter Bekannter von Petra. Etwas älter zwar und deutlich ordentlicher angezogener als früher, steht Sebastian vor der Gruppe. Mit Sebastian war Petra während ihres Volontariats mehrfach zusammen auf Ausbildungsseminaren. Sie haben sich immer gut verstanden, viel zusammen gelacht, und Sebastian hat mit Vorliebe in den Pausen die alten Haudegen imitiert, die ihnen das Geschäft des Zeitungmachens beibringen wollten. Und jetzt steht er selbst als Referent da und stellt sich vor.

»Mein Name ist Sebastian Eberdinger. Ich arbeite als freier Journalist für den *Spiegel*, *Die Zeit* und einige andere renommierte Blätter. Leider ist der angekündigte Referent krank geworden, und man hat mich gebeten, kurzfristig einzuspringen.«

Dann stellen sich alle Seminarteilnehmer der Reihe nach vor. Petra ist es ein wenig peinlich, zu sagen, dass sie für eines der kleinsten Provinzblätter Bayerns arbeitet. Sebastian arbeitet für den *Spiegel* und sie beim *Seekurier*. Zum Glück sind die jungen Kollegen so aufgeregt, dass ihre Unsicherheit nicht auffällt. Sebastian schaut ihr tief in die Augen und nickt ihr aufmunternd zu. Vielleicht erinnert er sich gar nicht mehr an sie?

Aber schon meint Sebastian: »Ah Frau Rosenberger, wir kennen uns doch von früheren Seminaren?« Petra nickt nur und formt lautlos das Wort »später«. Sebastian legt gleich los und hat sich für das Seminar gut vorbereitet. Bald sind alle intensiv am Arbeiten, um die Aufgaben möglichst gut zu erledigen. Als Auflockerungsübung sollen sie dann alle ein Haiku zum Thema Urlaub schreiben. Petra formuliert:

Eine Rose blüht
in Griechenland so weiß
Es ist dort sehr heiß.

Das ist ja nur eine Fingerübung, und schließlich muss Petra irgendetwas abliefern. Folglich bleibt ihr Werk dann auch unkommentiert von Sebastian, der sie nur vielsagend anlächelt. Die jungen Frauen strengen sich alle mächtig an und sinken vor Ehrfurcht vor dem *Spiegel*-Autor fasst auf den Boden.

In der Kaffeepause winkt Sebastian Petra zu sich.

»Was machst denn du hier als Teilnehmerin? Warst du nicht bei einem großen Münchner Blatt? Und jetzt der *Seekurier*, was ist passiert?« Dann mustert Sebastian Petra von unten nach oben. Als er oben ankommt, beginnt sein Mund wie von selbst zu lächeln.

»Du hast dich aber gut gehalten. Schön, dich hierzuhaben!«, sagt er feierlich.

»Ich freu mich auch, dich zu sehen. Du hast recht, das ist eine lange Geschichte. Wenn es dich interessiert, kann ich dir heute Abend bei einem Glas Wein meinen Werdegang erzählen. Und du – freier Journalist, der sich mit Seminaren über Wasser hält, wie geht's bei dir?«, kontert Petra. Von Sebastian lässt sie sich nicht die Butter vom Brot nehmen, schließlich hat sie ihr Handwerk gründlich und gut gelernt. Und sie kennt ja noch ganz andere Seiten von ihm. Er hat sich auch gut gehalten, die Reife steht ihm gut. Als Petra ihm einen anzüglichen Blick zuwirft, lacht Sebastian und macht eine Friedensgeste.

»Okay, um sieben an der Rezeption? Ich hab auch ein Zimmer hier.« Er zwinkert ihr vielsagend zu. Petra bekommt ein kleines Kribbeln im Bauch wie nach dem Genuss von zwei Gläsern Champagner. *Ich muss unbedingt mit Birgit telefonieren*, denkt sie sich. Sie braucht jetzt dringend ein paar Dating-Tipps von ihrer Freundin. Beim Gedanken an ihre mitgebrachte Garderobe kommt ihr die Idee, einen kleinen Einkaufsbummel zu machen, denn sie hat ausschließlich praktische und vernünftige Anziehsachen eingepackt. Bei Sebastian und ihr hat es früher ganz schön geknistert. *Spiegel*-Autor? Das trifft sich doch gut! »Themenfindung für Lokalredakteure« sollte nicht mehr lange ihr Metier bleiben.

Mit Grausen denkt sie wieder an die Sommerreportagen vom letzten Jahr. Wirklich Kritisches bleibt im Lokalen oft ausgespart. Man trifft schließlich Monat für Monat und Jahr für Jahr auf die immer gleichen Amts- und Würdenträger. Petra hat manchmal das Gefühl, dass sie »die tragenden Säulen der Gesellschaft« öfter sieht als diese ihre Familien zu Hause. Dabei fällt ihr Bürgermeister Theobald Hirsch ein. Sie bekommt dasselbe flaue Gefühl wie gestern Abend. Der Hirsch ist kein sympathischer Mensch, so viel ist sicher, aber ist er auch ein Mörder? Auf ihre To-Do-Liste setzt Petra auch einen Anruf bei Herrn Günther. Die Sache mit dem Auto muss sie dringend mit ihm besprechen.

In der Seminarpause am Nachmittag flitzt Petra schnell in ihr Zimmer, um Birgit anzurufen. Leider ist bei ihr immer belegt, aber Herr Günther meldet sich. Petra schildert ihm kurz die neueste Entwicklung. Auch er ist besorgt.

»Pass gut auf dich auf, Mädchen«, gibt er ihr väterlich mit auf den Weg. Dann eilt Petra wieder in den Seminarraum, wo schon wieder fleißig gearbeitet wird. Sebastian teilt zum Schluss noch die hiesige Regionalzeitung aus und ordnet Hausaufgaben an. Hausaufgaben? Wann soll sie das denn machen? Als ob Sebastian ihre Gedanken gelesen hätte, sagt er streng zu allen, dass die Fortbildung kein Urlaub sei und die Woche effektiv genutzt werden müsse.

Petra eilt zurück in ihr Zimmer und geht zuerst einmal ihre Garderobe durch. Aber außer einer nett geschnittenen Jeans hat sie wirklich nichts dabei, was ansprechend wirkt. Es hilft nichts, sie muss schnell los. Auf dem Weg ruft sie gleichzeitig Birgit an. Als diese endlich abnimmt, verhaspelt Petra sich derart, dass ihre Freundin sie unterbrechen muss.

»Ein Mann?«

»Woher weißt du?«

»Jemand, den ich kenne?«

»Ja, stell dir vor, der Seminarleiter ist Sebastian Eberdinger.«

»Sebastian Eberdinger? Der ist eine heiße Nummer.«

»Bin gerade auf dem Weg in die Boutique.«

»Kauf etwas, was unauffällig sexy ist. Ich steh dir via WhatsApp als Beratung zur Verfügung.«

Das angepriesene Geschäft erweist sich als Enttäuschung. Hier gibt es die gleichen Teile, die sie dabeihat.

Sie bummelt zurück und kommt dabei an einem Second-Hand-Laden vorbei. Kurzentschlossen geht Petra hinein.

Der Verkäuferin, Typ Oma rustikal, sagt sie ohne große Hoffnung, was sie sucht. Aber tatsächlich fördert die Oma nach einigem Suchen ein hübsches Top aus den vollgestopften Regalen zutage. In der improvisierten Umkleide probiert Petra es an. Die Oma nickt anerkennend, und Birgit streckt den Daumen hoch. Petra kauft es. Jetzt schnell wieder ins Hotel, umziehen und herrichten. Vorher noch rasch die E-Mails checken, es könnte ja sein, dass dem Geschichtenerzähler von gestern noch etwas eingefallen ist. Doch da tut sich nichts, und Petra macht sich ausgehfein. Während sie sich schminkt, telefoniert sie noch mit Birgit über Lautsprecher. Ihre Freundin spricht ihr Mut zu und fordert sie auf, eindeutige Signale zu senden und sich nicht so kratzbürstig zu benehmen. *Kratzbürstig?* Petra empfindet sich als sachlich. Sie ist fast beleidigt, aber die bekommt zum Glück noch die Kurve und murmelt etwas wie »von der Männerperspektive aus gesehen«.

Petra zwingt sich, bis Punkt sieben Uhr in ihrem Zimmer zu bleiben. Dann geht sie die Treppen hinunter an die Rezeption, und das neue Top zeigt zum Glück die richtige Wirkung bei Sebastian. Sie sieht es an seiner linken Augenbraue, die er leicht hochzieht. Das wird ein guter Abend! Alles ist möglich. Mit Sebastian liegt Petra auf einer Wellenlänge, er mag sie so, wie sie ist.

Es wird spät, aber mehr als eine lange Umarmung vor Petras Zimmertür gibt es nicht.

Petra kommt beim Zähneputzen der Einfall, dass man die Frau, mit der Adi damals in Berlin lebte, in einer der Berliner Zeitungen suchen könnte. Außerdem könnte sich vielleicht der *Spiegel* für die oberbayerische Provinzposse um den

Thermenbau interessieren. Das würden die Themen sein, die sie noch mit Sebastian zu besprechen hat. Petra strafft sich. Nun denn, dann mal los zu den Vorschlägen für Artikel während der heißen Sommertage und Saure-Gurken-Zeiten. Beim Unterricht muss Petra offenbaren, dass sie nicht dazu gekommen ist, ihre Hausaufgaben zu machen. Sebastian kennt den Grund, dennoch bekommt sie einen Tadel. Er wolle Berufliches von Privatem trennen, hat Sebastian gesagt. Aber gleich so? Na gut, dann muss man eben sehen, ob Sebastian tatsächlich über so gute Kontakte verfügt, wie er behauptet.

In der Mittagspause hält Petra ein Nickerchen und erteilt Sebastian auf die Frage nach einer gemeinsamen Abendgestaltung eine nette Absage. Sie habe noch zu tun, Hausaufgaben und so. Aber morgen würde sie gerne den Abend mit ihm verbringen.

Doch dazu kommt es nicht, denn Jochen meldet sich am nächsten Tag per E-Mail.

Gleiches Lokal, um acht? Ich hab was für dich.

Petra sagt sofort zu und Sebastian ab mit der Begründung, es handle sich um etwas Berufliches.

Jochen sitzt an demselben Zweiertisch, und auch heute hat das Lokal wieder eine Auswahl deftiger Gerichte auf Lager. Petra entscheidet sich für saures Züngerl mit Semmelknödel. Jochen erzählt ihr, dass er ein ziemlicher Schlamper sei und wenig wegwerfe. Er sei bei seiner Mutter zu Besuch gewesen und habe die Kisten auf dem Dachboden durchsucht. Mit einem Lächeln zieht Jochen ein schon ziemlich ausgeblichenes Thermo-Fax-Papier in einer Klarsichthülle heraus.

»Das ist das Fax von damals«, grinst er stolz.

»Das ist ja ein Ding! Kann man die Fax-Adresse noch erkennen?«

Zu zweit beugen sie sich über das Papier. Die Ziffern sind fast nicht mehr zu lesen.

»Das muss ich bei besserem Licht anschauen. In Fischau habe ich auch Kontakte zu einem Polizisten, vielleicht kann der das Dokument im Labor untersuchen lassen.« Endlich ein konkreter Anhaltspunkt! Petra ist so froh, dass sie Jochen spontan umarmt.

Dabei bemerkt sie nicht, dass sie von der Tür aus beobachtet wird. Sebastian sieht die beiden und stürzt wieder hinaus. *Etwas Berufliches!* Er ballt die Fäuste.

Die nächsten Tage im Seminar benehmen sich beide unterkühlt, und Sebastian spart nicht an Kritik. Dann macht Petra einen Schritt auf Sebastian zu und bittet ihn am letzten Abend noch um ein Gespräch. Es gehe um etwas Berufliches. Sebastian wird bei diesen Worten ganz blass, aber seine Neugier siegt.

Um halb acht treffen sie sich im Foyer des Hotels, und Sebastian steuert eine kleine Pilsbar an, die den Charme einer Bahnhofskneipe ausstrahlt. Petra erzählt ihm die Geschichte vom verschwundenen Adi und kommt zum Schluss auf den neuesten Hinweis zu sprechen.

»Aber du hättest deinem Informanten nicht gleich um den Hals fallen müssen«, merkt Sebastian an. Petra stutzt.

»Das war doch nur ganz freundschaftlich, weil Jochen mit dem Fax einen ganz entscheidenden Puzzlestein gefunden hat«, stellt sie klar. Sebastian taut danach merklich auf und schlägt vor, das Lokal zu wechseln. Petra bringt ihre Bitte vor, eine Suchanzeige nach Adis Freundin in den Berliner Zeitungen zu veröffentlichen. Sebastian sichert ihr zu, sich für sie einzusetzen. Sie soll ihm den Text und die Fotos senden. Er zieht eine Visitenkarte heraus.

»Ich lebe übrigens alleine«, sagt er ihr. »Du kannst Tag und Nacht anrufen.«

Für die Thermenstory bleibt indes keine Zeit mehr, das will Petra später nachholen. Sie muss erst mal alles genau zusammenschreiben und noch mehr Informationen zu Tage fördern. Die Rückreise mit der Bahn läuft etwas besser als die Hinfahrt, aber Petra ist mit ihren Gedanken bei dem merkwürdigen Verhalten von Sebastian. Sie wird nicht schlau aus der ganzen Geschichte, die zwar gut anfing, aber nicht richtig in Fahrt kam.

Daheim in Fischau regnet es immer noch ohne Unterlass. Erste Sandsäcke liegen bereit, und der See hat die Seeanlagen bis zur Bahnlinie bereits geflutet.

»So ein Sauwetter«, schimpfen die anderen Fahrgäste vor sich hin. Petra will erst einmal heim, gemütlich heiß baden und dann ausgiebig mit Birgit plauschen. Vielleicht kann ihre Freundin das Durcheinander ordnen.

Kapitel 17

Bürgermeister Hirsch steht in Gummistiefeln und Regenjacke auf der Baustelle der Pilsentherme. Ein scharfer Ostwind bläst ihm ins Gesicht. Die Bauarbeiten ruhen derzeit, das macht bei dem Dauerregen keinen Sinn. Dennoch tigert Hirsch über das Gelände, auch der Kapo der Maurer kommt jeden Tag. Die Bodenplatte steht auf Pfählen, der erste Stock ist auch schon fast fertig. Der Kapo inspiziert gerade den Rohbau zum Abhang hin. Hirsch segelt bei dem Versuch, zu ihm zu gelangen, beinahe den Abhang runter.

»Verdammt rutschig!«, flucht Theo.

Der Kapo macht ein ziemlich sorgenvolles Gesicht.

»Der Boden ist nicht gut!«

»Was soll das heißen, der Boden ist nicht gut? Jetzt red schon!«, herrscht Theo den Mann an.

Der Kapo stochert mit einer Stange im Untergrund und schaut immer wieder sorgenvoll zum Himmel.

»Hält vielleicht noch zwei Tage Regen aus, dann war's das.« Er macht eine Drehbewegung zum Abhang hin.

»Dann rutscht der ganze Rohbau den Bach hinunter, und dann adieu Therme!«

»Was soll das Geunke?« Theo ist jetzt richtig wütend. »Steh net so blöd rum, sondern mach endlich was!«

»Das Wasser fließt nun mal, was soll ich da machen?« Der Kapo breitet die Arme aus und zuckt mit den Schultern.

Theo hat genug gesehen. Er geht mühsam bergauf zum Bauwagen. Dort ruft er als Erstes den Architekten von Zinnen an.

»Sofort zur Baustelle! Alarm!«

Dann wählt er die Nummer vom Georg Redlich. Der soll recherchieren, wie man den Rohbau stützen kann, und vor allem soll er beim amtlichen Wetterdienst die genauen Prognosen der nächsten Tage einholen. Außerdem ruft er noch den Feuerwehrkommandanten zur Baustelle. Dann piepst er noch die beiden Bauhofmitarbeiter, den Toni und den Hiasl an. Der Hiasl meldet sich mit: »Bauhof Otterschwing.«

Dabei spricht er wieder so undeutlich, dass Theo die Leberkässemmel, die der Hiasl wohl gerade hinunterschlingt, fast riechen kann.

»Scho wieder Brotzeiten. Jetzat stopf net so vui in di nei, kimm liaber mit dem Toni und dem großen Unimog zur Baustelle. G'schwind!«

Der Hiasl kommt nach einer knappen halben Stunde in aller Ruhe mit dem Toni zur Baustelle. Als die Bauhofarbeiter den Schlamassel sehen, wollen sie gar nicht aus dem Unimog aussteigen. Doch der Theo reißt die Tür vom Unimog auf.

»Habts ihr die Schaufeln dabei?«

Der Toni schüttelt den Kopf. Theo ringt mit den Händen. »Dann Marsch zurück, holt alles Werkzeug!«

»Des sieht net guad aus« ist alles, was der Toni noch sagt, dann wenden sie.

Derweil kommt der Architekt Roger von Zinnen angefahren und bleibt prompt mit seinem schwarzen BMW im Matsch stecken. Er legt zuerst eine Gummimatte vor den Wagen, dann zieht er die feinen Lederschuhe aus und steigt in Gummistiefel. Nach und nach treffen noch Georg Redlich und der Feuerwehrkommandant ein. Alle stehen in Wind und Regen auf einer kleinen Anhöhe und schauen zu, wie das Wasser in braunen Flüsschen den Abhang hinunterrinnt. Von Zinnen übernimmt das Kommando:

»Lagebesprechung im Bauwagen!«

Es dauert eine Weile, bis alle die nassen Jacken verstaut haben. Im Bauwagen riecht es bald nach ungelüfteter Teenagerbude, aber das fällt keinem der Männer auf. Redlich hat keine guten Nachrichten.

Das Wetteramt sagt mindestens weitere vier Regentage mit einer hohen Niederschlagsdichte voraus. Gerade in Otterschwing scheinen sich die Schlechtwetterwolken zu einer Dauerparty verabredet zu haben. Die Wassermassen eindämmen, das wäre eine Idee. Von Zinnen und Redlich beugen sich über den Schnittplan und überlegen, wo am besten Sandsäcke aufgestapelt werden können.

»Wie viele Sandsäcke sind bereit?«, wird der Feuerwehrkommandant gefragt. Der sagt, dass man vom letzten Hochwasser im vergangenen Jahr noch zweihundert Stück gelagert habe, allerdings ohne Sand, versteht sich. Der müsste erst noch in die Säcke geschaufelt werden.

»Dann ruf deine Leute. Jetzt muss es zackig gehen.«

Der Kommandant nickt und verspricht, in zwei Stunden mit zwei Einsatzwagen vor Ort zu sein. Auch die Bauhofarbeiter sollen mitmachen und schon mal mit dem Unimog Sand aus der gemeindeeigenen Kiesgrube holen. Aber erst müssen sie noch den BMW von dem Zinnen aus dem Dreck ziehen. Dann sind alle weg, und Theo bleibt mit dem Kapo zurück. Der traut sich nicht weg von der Baustelle. Theo streift wieder seinen Regenmantel über und schreitet um den Rohbau. Das Wasser läuft ihm in den Kragen, unermüdlich strömt der Regen, der Rohbau steht in einem graubraunen Matsch. Das Rauschen des kleinen Bächleins hört man jetzt deutlich, denn mittlerweile ist es ziemlich angeschwollen. Kurz denkt Theo an den kleinen Goldfisch, den er letztes Jahr gerettet hat.

Der Kapo hat Mitleid mit dem ziellos umherstreifenden Theo und winkt ihn heran. Er zieht einen Flachmann heraus und bietet ihn Theo an. »Medizin«, sagt er. Theo nimmt einen großen Schluck, und der selbstgebrannte Sliwowitz erwärmt ihn kurz.

Theo geht zum Findling und stellt sich bei der Weide unter. Der Stein steht unbeeindruckt im Regen. Er hört irgendetwas wispern, doch durch den lauten Wind und den Regen ist er sich nicht sicher.

Er wendet sich ab und ruft in der Metzgerei an. Schön, dass Tina sich meldet. Für Theo ist das ein gutes Omen, und er bestellt eine herzhafte Brotzeit für dreißig Mann. Nebenbei verabredet er sich auf ein kleines Stelldichein.

»Mein Held, du schaffst das!«, haucht ihm Tina noch zu. Dann kommt Leben auf die Baustelle, die Feuerwehr rückt mit zwei Wagen an, sie parken aber ein Stück weiter unten. Dann kommen die beiden Bauhofmitarbeiter mit dem Unimog und laden eine Fuhre Sand ab. Schaufeln haben sie auch dabei. Als Erstes wird von den Helfern, wie in der Katastrophenübung geprobt, eine Kette gebildet. Der Kapo steht an der Stelle, wo nach dem Expertenrat die Sandsäcke aufgeschichtet werden sollen. Theo reiht sich auch in die Helferkette ein, und dann läuft die Maschinerie. Sandsack um Sandsack wird gefüllt und weitergereicht.

Nach zwei Stunden sind alle Sandsäcke aufgebraucht, und die kleine Schutzmauer steht. Genau rechtzeitig kommt der Metzgermeister angefahren und bringt die Brotzeit für die Männer. Weil in dem Regen niemand essen kann, beschließt der Feuerwehrkommandant, die Brotzeit ins trockene Feuerwehrhaus zu verlegen. Dort hält man alles für einen abendlichen Umtrunk vor, denn Kameradschaftsabende, wie es bei der Feuerwehr heißt, werden in Otterschwing gerne abgehalten. Es wird langsam dunkel. Theo fährt mit zum Feuerwehrhaus, aber er bringt keinen Bissen hinunter.

Dann fährt er zur Tina, schält sich aus den nassen Sachen und fällt in Tinas Himmelbett. Ihm ist kalt, sein Körper fühlt sich wie abgestorben an. Als Tina zu ihm ins Bett kommt, schiebt er sie von sich. An Sex ist heute nicht zu denken. Tatsächlich rührt sich auch nach zaghaften Versuchen von Tina, ihn in Stimmung zu bringen, bei ihm nix.

»Leg dich einfach ein bisschen zu mir«, sagt er zu ihr. Von diesem Vorschlag ist Tina nicht begeistert. In letzter Zeit erfüllt Theo ihre Erwartungen nur mehr rudimentär. Heute sieht sie angesichts der drohenden Katastrophe von einer Standpauke ab und deutet an, dass sie eine Verabredung vergessen habe und jetzt leider gar keine Zeit zum Kuscheln habe.

Theo macht sich bald auf den Weg nach Hause, wo er sich erschöpft in die Badewanne legt. Danach tröstet ihn seine Frau Marlene, die sich wieder einmal als Rettungsanker in der Not erweist. Dennoch hat Theo in der Nacht einen schlimmen Alptraum. Der Findling an der alten Weide wächst immer weiter, und irgendwie wird daraus eine Steinlawine, vor der er davonläuft. Immer näher kommen die Steine. Als er sich umdreht, sieht er das Gesicht seines Jugendfreundes Adi überdimensional groß wie einen bösen Flaschengeist. Der Geist will seinen Tod, doch Theo wacht auf, bevor er im Traum stirbt. Er ist schweißgebadet. Das Problem Adi hat er völlig vergessen! Da hat er einen Punkt mehr auf seiner langen Liste mit Aufgaben. An Schlaf ist nicht mehr zu denken.

Theo setzt sich vor den Fernseher und schaut die Wetternachrichten an. Es muss aufhören zu regen! Er überlegt, was er versprechen kann, damit es aufhört. Was wäre ein Opfer, das groß genug ist? Theo überlegt hin und her. Unterbrochen wird er in seinen Überlegungen von Marlene, die anfängt, in der Küche zu werkeln. Theo macht sich fertig für den Tag und holt noch regenfestes Überzeug und Gummistiefel aus dem Keller.

Das Frühstück wird untermalt von dem Geräusch der Äste, die ans Fenster peitschen. Als Marlene das Radio anmacht, kommt der Wetterbericht. »Weiterhin Starkregen und böiger Ostwind. Für mehrere Landkreise gelten Warnungen des Wetteramtes. Bitte gehen Sie möglichst nicht aus dem Haus, und meiden Sie überflutete Straßen.«

Dann werden die bereits erfolgten Straßensperrungen durchgegeben. Das Murnauer Moos und die Straße von Fischau nach Frausching sind bereits wegen Überflutung gesperrt. Der Radiosprecher rattert die Meldungen herunter.

Theo kann nicht mehr hinhören. Die Einschläge kommen näher, sein Herz rast. Er muss sofort los, zuerst in die Gemeindekanzlei und dann auf die Baustelle. Zur Not schaufelt er eben selbst. Der Rohbau muss halten!

Petra Rosenberger ist vom schlechten Wetter absorbiert. Die halbe Zeitung wird morgen voll von schlechten Nachrichten, Vorhersagen und Ähnlichem sein. Gerade hat sie ein Interview mit einem sogenannten Wetterpropheten geführt. Er hat eine Bauernregel zitiert. Danach sei klar, dass es zu einem Jahrhunderthochwasser kommen wird. Rainer Ortlieb will eine Straßenumfrage zum Thema »Wie schützen Sie sich vor dem Regen?«. Da ruft Johann Schmidt aus Otterschwing an. Er hat Neuigkeiten von der Baustelle der Pilsentherme.

»Gestern musste die Feuerwehr ausrücken«, erzählt er, »und beim Metzger ham's g'redt, dass es gar net guad ausschaut.« Petra springt sofort an und dankt Schmidt für die Information. Sie muss nach Otterschwing, und zwar schnellstens! Die langweilige Straßenumfrage kann der Rainer selbst machen. Sie schnappt sich die Kamera, den großen Regenschirm und die Regenjacke, und dann geht's los.

Schon der Weg von Fischau nach Otterschwing hat es in sich. Es regnet so stark, dass die Scheibenwischer ihres Polos es nicht mehr schaffen. Außerdem muss sie einen Umweg nehmen, denn die schmale Ortsverbindungsstraße ist gesperrt.

Als sie endlich in Otterschwing ist, fährt sie hinaus zur Baustelle. Bei der Einfahrt zur alten Weide parkt sie und packt sich erst mal dick ein. Kaum macht sie die Autotür auf, empfängt sie schon der nasskalte Wind. Sie zurrt die Kapuze ihres Anoraks fest und stapft los. Der Feldweg zur Baustelle ist bereits ein schlammiger Bach, große Fahrrillen sind noch deutlich in der Wiese zu sehen. Die Baustelle liegt verlassen da, aber als sie näher kommt, sieht Petra schon die Bescherung. Rund um den Rohbau spült das ablaufende Wasser den Boden zum Abhang hinunter. Die gestern aufgeschichteten Sandsäcke haben wenig bewirken können, eine Mauer hängt schon bedrohlich schief. Petra traut sich gar nicht, weiter zum Abhang hinzugehen. Sie stellt sich in sichere Entfernung und versucht, die Kamera vor dem Regen zu schützen. Der Schirm knickt beim ersten Aufspannen um und wird ihr fast aus der Hand gerissen.

Da kommt jemand aus dem Bauwagen. Sie geht näher und erkennt, dass sie den Bürgermeister Theobald Hirsch vor sich hat. Der wird im Gesicht weiß wie eine Wand, als sie ihn von hinten antippt. Bei dem Getöse, das der Wind macht, hat er sie nicht gehört. Petra deutet auf den Bauwagen, doch Theo schüttelt den Kopf. Er will noch einen Versuch machen, die Baustelle zu sichern. Die Feuerwehr wird heute nicht kommen. »Wir sind alle bei den Straßensperren und beim Wasserauspumpen aus den Kellern«, hat ihm der Kommandant vorhin gesagt. Auch die Bauhofmitarbeiter sind im Einsatz, aber von der Baufirma kommen noch ein paar Leute zur Baustelle. Jetzt schnappt sich Theo eine der Schaufeln und legt los, als einzelner Mann in der Schlammwüste. Petra macht aus der Ferne ein paar Fotos und hofft, dass sie etwas geworden sind. Dann zieht sie ab. Sie will lieber im Trockenen weiter recherchieren.

In der kleinen Redaktion ist der Teufel los. Auch hier herrscht Katastrophenstimmung.

»Hab eine ganz heiße Geschichte«, sagt sie Rainer Ortlieb. Der kommt gar nicht vom Telefon weg, ständig werden neue Unglücksnachrichten gemeldet. Die Fotos von der Baustelle sind leider nicht so scharf, wie Petra gehofft hat. Aber ein Foto zeigt Bürgermeister Theobald Hirsch einsam und alleine mit einer Schaufel auf dem überfluteten Gelände. *Das ist es! Das Aufmacherfoto!*

Jetzt muss Petra noch eine Geschichte dazu basteln. Nach mehreren Versuchen gelingt es ihr, den Feuerwehrkommandanten an die Strippe zu bekommen. Der bestätigt ihr nur, dass man gestern mit zwei Einsatzwagen vor Ort war und eine Sandsackmauer gebaut habe. Architekt von Zinnen gibt keinen Kommentar ab und verweist auf das geologische Gutachten. Petra wühlt in ihren Unterlagen. Bei der Firma, die das Gutachten erstellt hat, sind alle im Katastrophenmodus, für eine Stellungnahme hat man keine Zeit. Petra insistiert und bekommt dann doch den Sachbearbeiter an die Strippe. Ob er schon bei der Baustelle der Therme war? Ja, sagt dieser, der Architekt habe Rücksprache gehalten. Nach seinen Berechnungen halte der Boden einem hundertjährigen Hochwasser stand. Dies stehe auch so im Gutachten. Und jetzt habe er zu tun.

Petra versucht, sich zu konzentrieren und beginnt zu schreiben.

Sie fasst zusammen: *Am Abgrund! Rutscht der Rohbau der Pilsentherme? Bürgermeister Hirsch allein gegen den Dauerregen.*

Als sie fertig ist, verhandelt Petra mit Ortlieb um den Aufmacher. Als er das Bild von Hirsch mit der Therme sieht, erschrickt er.

»Das können wir unmöglich auf Seite eins bringen«, sagt er entschieden. Petra glaubt sich verhört zu haben.

»Willst du lieber melden, dass im örtlichen Schuhgeschäft die Gummistiefel ausverkauft sind? Das kann nicht dein Ernst sein«, schleudert sie ihm entgegen.

»Ohne Bild können wir den Artikel auf der Seite drei bringen, und mach das Ganze noch ein bisschen sachlicher. Wir wollen unsere Leser nicht verängstigen. Wir sind hier eine seriöse Zeitung und nicht bei einem Revolverblatt. Darüber diskutiere ich auch nicht! Komm jetzt, wir haben noch viel zu tun!«, raunzt Rainer sie an.

Petra kocht innerlich. Das darf doch nicht wahr sein! Okay, wenn Ortlieb das so will, dann wird sie die Infos an ihr früheres Blatt geben. Sie geht mit ihrem Handy auf die Damentoilette und führt ein Telefonat mit der *Münchner Postille*. Dort ist man deutlich interessierter als Ortlieb. Den Artikel und das Foto zieht Petra auf ihren Stick. Die Unterlagen wird sie von zu Hause mailen, so ist es ausgemacht. Auch Sebastian Eberdinger, der Kontakte zum *Spiegel* hat, will sie von daheim aus informieren.

Rainer Ortlieb wundert sich, dass Petra fügsam seine Anweisungen beachtet, und denkt, dass er das dank seiner natürlichen Autorität gut hinbekommen hat. Schließlich ist er ein ganzer Kerl. Er grinst zufrieden in sich hinein. Zu Hause wird er gleich seinen Kontaktmann vom Libellenclub informieren. Das sieht tatsächlich ziemlich bedrohlich aus. Wenn der Rohbau abrutscht, dann geht eine Menge Geld den Bach runter. Vom Imageschaden ganz zu schweigen. Wie gut, dass der Libellenclub meist im Geheimen handelt. Für Bürgermeister Theobald Hirsch sieht es jedoch sehr düster aus. Ortlieb selbst darf nicht mit in die Katastrophe hineingezogen werden, da muss er jetzt geschickt vorgehen. Am besten, er bespricht das zuerst einmal mit seiner Gattin.

Zusammen mit Petra stellt Ortlieb die Zeitung von morgen schnell fertig. Sie kommen gut voran, zumal seit einer halben Stunde der Anrufbeantworter läuft. Ortlieb hat es eilig, und, wie es scheint, auch Petra. Sie vereinbaren, morgen schon sehr zeitig anzufangen und hoffen auf eine ruhige Nacht.

Derweil treibt es in Otterschwing den Bledschneider Sepp um. Er muss zum Findling, aber der Dauerregen hat auch ihn im Griff. Es gilt Plätze zu sichern und Feldwege von umgestürzten Bäumen freizuschneiden und nach den Tieren zu schauen. Nach mehreren Stunden im Regen ist er bis auf die Unterhose nass und muss erst mal heim. Kaum trocken, treibt es ihn wieder in den Regen. Er fährt mit seinem Lada zur alten Weide. Der Findling steht noch. Sepp ringt mit sich. Wenn der Findling rutscht, werden Knochen zutage kommen. Und so gern er es auch ungeschehen machen will, auch er hat Schuld auf sich geladen. Er tigert um den Findling herum. Schließlich wendet er sich ab und steigt wieder in seinen Wagen.

»So wie es geschieht, wird es gut sein«, murmelt er vor sich hin. Jetzt liegt es nicht mehr in seiner Hand. Er lässt los und verspürt eine wohltuende Ruhe in sich.

Lang hält das Gefühl jedoch nicht an, denn auf dem Weg ins Dorf kommt ihm ein großer Jeep entgegen, der weit über der Straßenmitte fährt. Der Bledschneider Sepp wird abgedrängt und kann gerade noch einen Unfall vermeiden. Wie er im Außenspiegel sieht, handelt es sich um das Auto vom Theobald Hirsch. *Na warte!* Der Bledschneider Sepp wendet und fährt dem Jeep nach. Der parkt in der Nähe der alten Weide. In Wind und Wetter steht der Theo beim Findling. Er bemerkt nicht, dass sich jemand von hinten nähert. Der Sepp hat beim Heranschleichen einen abgebrochenen Ast aufgesammelt, mit dem er nun dem Theo kräftig von hinten an die Schulter stößt. Der Theo schreit auf und dreht sich herum. Mitten im Getöse stehen sich die beiden Männer nun gegenüber. Theo hat Tränen im Gesicht, das vom Sepp ist rot vor Zorn.

»Dein Geheule bringt auch nichts mehr«, schreit Sepp den Theo an. »Willst mich jetzt auch noch ins Grab bringen, oder was sollte das gerade eben?«

Als keine Antwort kommt, setzt Sepp hinzu: »Und die Sach mit dem Adi lass ich auffliegen, und dann«, er fährt sich mit der Handkante an den Hals, »ist es vorbei mit dem flotten Theo. In der JVA in Stadelheim kannst dann deine besten Jahre verbringen.«

Das scheint Theo ein wenig aus der Lethargie zu holen.

»Du hergelaufener Armenhäusler! Wer glaubt denn dir scho?«

Verächtlich macht er eine wegwerfende Handbewegung.

Der Bledschneider Sepp aber tritt ganz nah an den Theo heran. So leise, dass der Theo Mühe hat, ihn zu verstehen, sagt er:

»Mit dir ist es vorbei. Du kannst nix aufhalten.«

Weil er dem Theo nicht traut, geht der Bledschneider

Sepp langsam rückwärts, den Ast hält er vor sich. Doch der Theobald Hirsch steht immer noch beim Findling wie ein begossener Pudel.

Tief im Innern weiß Theo, dass er auf ganzer Linie verloren hat. Doch noch ist es nicht vorbei, ihm wird etwas einfallen. Und dem Bledschneider Sepp wird er noch eines auswischen, und wenn es das Letzte ist, was er noch tun kann.

Immer noch hat er das Lachen und die Schreie von Adi und Sepp im Ohr. Es ist ein dreckiges Kinderlachen. Er sieht die Szene noch deutlich vor sich, obwohl es viele Jahre her ist. Am ersten Schultag kam der Theo mit abgeknickter Schultüte und verdreckter Hose zu spät in die Klasse. Seine Mutter hatte sich vorher noch Mut antrinken müssen, und dann hatte sie ihn auf dem Weg zur Dorfschule noch umgerissen, als sie hingefallen ist. Natürlich war er in einer Pfütze gelandet. Die Lehrerin hat vor den Eltern nichts zu ihm gesagt und ihm nur ganz hinten einen Platz zugeteilt, einen Banknachbarn hat er nicht bekommen. Als die Eltern dann vor der Tür waren, wurde er nach vorn zitiert und ans Waschbecken gestellt. Kalt hat die Lehrerin ihm gesagt: »Wasch dich, so einen Schmutzfink wollen wir hier nicht haben.« Und dann fingen die Kinder zu lachen an. Am lautesten lachten der Adi und der Sepp, die beieinander in der zweiten Reihe saßen. »Der is a Bangert, a uneheliches Kind«, flüsterte der Adi dem Sepp zu, aber nicht so leise, dass Theo es nicht gehört hätte. Diese beiden taten so, als ob sie seine Freunde wären. Nachher wollten sie es beide nicht gewesen sein, sie hätten gar nicht mitgemacht, als der Theo geärgert und ausgelacht wurde, aber der wusste es besser. Nur zum

Schein hatte er den beiden Spielkameraden damals geglaubt, aber die tiefe Wunde des Verrates war nie wieder verheilt.

Der Hass weckt seine Lebensgeister. Dem Sepp hat er schon die Marlene ausg'spannt. Aber das ist nicht genug! Er muss nach Hause und ein heißes Bad nehmen.

Kapitel 18

Dann geht auf einmal alles ganz schnell. Nachdem Theobald Hirsch die halbe Nacht Rachepläne ausgearbeitet und wieder verworfen hat und um vier Uhr morgens endlich eingeschlafen ist, wird er von Marlene in der Früh unsanft geweckt.

»Telefon, es ist dringend«, sagt sie und rüttelt ihn an der Schulter. Noch ganz benommen richtet er sich auf. Marlene macht ein ernstes Gesicht und drückt ihm das Telefon in die Hand. Vorher deckt sie noch den Hörer ab. »Der Wagner!«

Flugs knipst Theo sein amtliches Gesicht an.

»Wagner, was gibt es so früh am Morgen?«, sagt er mit aller Jovialität, die er aufbringen kann.

Wagner schreit so laut ins Telefon, dass Marlene an der Tür noch deutlich alles versteht.

»Der Rohbau ist abgerutscht! Der ganze Bau ein einziger Pfusch! Du hast den Bauplatz ausgesucht. Dafür wirst du gradstehen! Besprechung um zehn bei mir im Büro.«

Eine eisige Klammer legt sich um Theo. Er will dem Wagner noch antworten, aber der hat schon aufgelegt.

»Marlene? Marlene, ist das wahr? Der Rohbau ist abgerutscht?«, schreit Theo hilfesuchend. Marlene kommt zu ihm und nickt. »Sie bringen es gerade im Radio.«

In der Küche hört man das Radio. Theo bekommt noch mit, wie Petra Rosenberger telefonisch interviewt wird. Sie berichtet ganz sachlich, dass es schon beim Bebauungsplan Bedenken gegeben habe und eine Bürgerinitiative sich gegen den Bau der Pilsentherme ausgesprochen habe. Nun sei ja offensichtlich, dass die Kritiker recht behalten hätten. Der Bauplatz am Ortsrand von Otterschwing sei wohl nicht geeignet gewesen, und alle Bemühungen vor Ort hätten die Katastrophe nicht verhindern können. Der Bürgermeister habe selbst geschaufelt, genützt habe es jedoch nichts.

Das Interview ist schnell vorbei, und bald dudelt wieder ein Wohlfühlschlager durch den Raum. Theo haut das Radio von der Anrichte. Am liebsten würde er sich zu seiner Tina verkriechen, aber jetzt gilt es den Schaden zu begrenzen. Er stürzt unter die Dusche.

»Leg mir meine guten Sachen raus«, raunzt er Marlene an. In Windeseile richtet er sich her und fährt los. Wie zum Hohn hat es endlich aufgehört zu regnen. Theo reckt seine Faust durchs Autofenster und flucht lauthals. Hatte ihn jetzt sein Glück verlassen?

In der Gemeindekanzlei schrillen alle Telefone. Georg Redlich hat einen ganzen Stapel an Rückrufzetteln vor sich. Jetzt wollen alle Medien live dabei sein. Theo winkt ab und geht in sein Büro. Ein Sonnenstrahl malt Muster auf seinen Schreibtisch. Für Naturschönheiten hat Theo jetzt keine Zeit. Sein Geld, seine Ehre, sein Amt – alles, wofür er so hart gearbeitet hat, steht auf dem Spiel.

Zu Redlich sagt er: »Wir haben um zehn einen Besprechungstermin beim Wagner. Ich brauch sofort den Gemeindejuristen und das Bodengutachten!«

Dass der Wagner das unternehmerische Risiko voll auf die Gemeinde abwälzen will, ist Theo sofort klar.

Redlich kommt mit dem Gutachten. Der Jurist sei leider nicht zu erreichen. Die Zeit drängt, Theobald Hirsch muss los. In letzter Minute entscheidet er sich dafür, alleine zum Wagner zu fahren. Redlich hält die Stellung in der Kanzlei. Theo braust los.

Beim Wagner in der Einfahrt stehen aufgereiht repräsentative schwarze Limousinen. Anscheinend hat die Besprechung schon mal ohne ihn begonnen. Er strafft sich und geht zum Eingang. Doch statt wie gewohnt Teil einer jovialen Runde zu sein, muss Theobald Hirsch im Eingangsbereich warten wie ein Schuljunge, der aus dem Klassenzimmer gesperrt wurde. Nach einer halben Stunde wird er zum Tribunal gebeten. Unmissverständlich machen ihm Wagner, die anderen Libellenmänner und zwei Anwälte klar, dass die Gemeinde Otterschwing und er selbst als Bürgermeister in Haftung genommen werden. Eine entsprechende Presseerklärung sei vorbereitet und gehe heute Mittag raus, und von den Anwälten werde er noch hören. Nach zwei Minuten ist Hirsch entlassen.

Er fährt zurück in die Gemeindekanzlei und bittet Redlich in sein Büro. Mit dürren Worten wiederholt er, dass die Gemeinde und auch er selbst als Bürgermeister haftbar gemacht werden sollen. »Schaff endlich den Juristen her«, blafft er Redlich an.

Dann geht vor dem Otterschwinger Rathaus der Presserummel los. Rundfunk- und Fernsehjournalisten stehen vor der Tür, dazu einige Reporter der Printmedien.

»Wir werden eine Pressekonferenz abhalten müssen«, sagt Redlich zum Bürgermeister und setzt dazu: »Ich habe schon mal eine Rede vorbereitet.«

Der Text von Redlich ist ganz in Theobalds Sinn abgefasst, darin wird vor allem gesagt, dass das Unglück einzig und alleine eine Laune der Natur sei und die Gemeinde alles Menschenmögliche getan habe und Gott sei Dank kein Mensch zu Schaden gekommen sei, und überhaupt habe die Gemeinde sehr sorgfältig an den Genehmigungen gearbeitet und so weiter. Als Theobald Hirsch das liest, schöpft er neue Hoffnung.

»Pressekonferenz in einer halben Stunde«, befiehlt er Redlich und übt in seinem Büro die Rede ein.

Bei der Pressekonferenz im Sitzungssaal hat Theobald Hirsch eine Glanzstunde. In kummervollem Ton trägt er Redlichs Rede frei vor und gibt in bester Politikermanier inhaltsleere Sätze wieder, die sich wunderbar anhören.

Auch Petra Rosenberger ist gekommen und kämpft bei den aalglatten Worten gegen einen Würgereiz. Aber es hilft nichts, auch in ihrem Beruf muss die Show weitergehen. Kurz vor Schluss taucht der Landrat auf und stellt sich medienwirksam zu Hirsch. Aber dann rutscht ihm raus, dass man in seinem Hause die Vorgänge um die Genehmigung der Baupläne für die Pilsentherme noch einmal genau unter die Lupe nehmen will.

Petra Rosenberger ist von ihrem Außentermin in Otterschwing gerade erst wieder in die Redaktion des *Seekurier* gekommen, da erhält sie eine neue Nachricht. Ihr Informant bei der Polizei ist dran. Umständlich beginnt er: »Um auszuschließen, dass Menschen verschüttet wurden, wird gerade das Gelände um den eingestürzten Rohbau vom Technischen Hilfswerk überprüft. Dabei sind Knochen aufgetaucht, die nach dem ersten Augenschein menschlichen Ursprungs sind. Ich habe jetzt ein Spezialkommando aus München für genauere Untersuchungen angefordert.«

»Und was bedeutet das genau?«, hakt Petra nach.

»Mehr kann ich dir nicht sagen«, hält sich der Polizist bedeckt.

Petra denkt sofort an den Adi Schmidt. Eilig ruft sie ihre Mutter Gertraud im Benedictum an. Weil sie heute wenig Zeit hat, sollen Gertraud und Herr Günther zur Redaktion kommen. »Es gibt Neuigkeiten in Sachen Adi!«, flüstert Petra ins Telefon. In der Redaktion herrscht gespannte Stimmung. Rainer Ortlieb telefoniert schon eine geraume Zeit hinter verschlossener Tür. Als er herauskommt, bittet er Petra um eine Einschätzung der Sachlage Pilsentherme. Petra referiert aus der Pressekonferenz und ergänzt das eine oder andere Detail. »Wir halten uns neutral«, sagt er ihr in bestimmendem Ton. »Und keine Infos und Interviews an die anderen mehr«, schiebt er mit einem drohenden Zeigefinger nach.

Petra will noch etwas erwidern, aber Ortlieb ist schon wieder in seinem Büro verschwunden. Das Telefon klingelt ununterbrochen, aber Petra muss erst mal die aktuellen Artikel für die morgige Zeitung fertigstellen. Den Telefonhörer legt sie deshalb neben den Apparat.

Nach dem Mittag stehen ihre Mutter Gertraud und Herr Günther in der Tür. Petra ist hungrig, und sie braucht eine Pause. Sie klopft an die Tür ihres Chefs.

»Ich geh schnell was essen, bin gleich wieder da.«

»Nachher machst du noch geschwind eine Straßenumfrage«, befiehlt ihr der Ortlieb. »Die Stimmung in der Bevölkerung einfangen, du weißt schon.«

Okay, dafür hat sie später noch Zeit. Jetzt packt sie erst einmal ihre Handtasche und geht zu ihrer Mutter und Herrn Günther.

»Lasst uns schnell in das Bistro gegenüber gehen, ich muss etwas essen.«

Im Bistro ist zum Glück nicht so viel los wie sonst, denn das Mittagsgeschäft ist schon durch. Petra sucht eine stille Ecke aus und bestellt sich Leberkäs mit Ei und Kartoffelsalat. Heute braucht sie eine solide Grundlage, denn der Tag wird sicher lang. Dann berichtet sie den beiden über die neue Entwicklung mit den Knochenfunden.

»Leider kann ich jetzt nicht weg, aber es wäre gut, wenn ihr heute Nachmittag nach Otterschwing fahren und bei Johann vorbeischauen könntet.« Herr Günther nickt.

»Das übernehmen wir. Meinst du, er weiß schon Bescheid?«

Petra weiß, wie prompt der Buschfunk in so einer kleinen Ortschaft funktioniert. Vermutlich dauert es nicht lange, bis diese Neuigkeit Johann Schmidt erreicht hat. Er sollte jetzt nicht alleine sein.

»Das wäre möglich, aber bei mir hat er sich noch nicht gemeldet«, sagt sie zwischen zwei Bissen. »Ich versuche, bis heute Abend meinen Informanten bei der Polizei noch zu erreichen. Am besten treffen wir uns am Abend, entweder im Benedictum oder bei Johann Schmidt. Je nachdem, wie die Sachlage sich heute entwickelt.«

Herr Günther übernimmt die Rechnung, und Petra hastet wieder in die Redaktion. Die Neuigkeit mit dem Knochenfund muss sie auch noch mit Rainer Ortlieb besprechen. Rainer entscheidet, diese Nachricht nur kurz zu melden. Zu wenige Fakten, urteilt er, und Petra macht sich an die Straßenumfrage.

Im Ort herrschten im Allgemeinen große Bestürzung und Mitleid mit den Otterschwinger Bürgern. Das ist sicher ganz im Ortliebschen Sinn, denn Emotionen im Blatt steigern die Auflage. Während sie mit Kamera und Block auf dem Bürgersteig steht, ruft ihre frühere Kollegin aus München an und bittet um Exklusivinformationen. Petra vertröstet die Kollegin. Das muss sie sich erst in Ruhe überlegen. Da bewegt sie sich auf ganz dünnem Eis, und so ohne Weiteres kann Petra ihren Job nicht riskieren.

Endlich ist der Arbeitstag geschafft. Petra schmerzt der Nacken, ihr Rücken brennt, aber gleichzeitig will sie vor überschüssiger Energie losspringen. Sie spürt, dass die Schlammlawine einiges ans Tageslicht befördern wird.

»Wir sind noch lange nicht am Ende!«, ermuntert sie sich selbst. Nach einem kurzen Telefonat stellt sich heraus, dass die SOKO Benedictum sich bei Johann Schmidt aufhält. Jetzt muss Petra noch raus nach Otterschwing fahren. Sie hofft, dass dort wenigstens eine Brotzeit bereitsteht. So ein Speckbrot mit einem Radler, das wäre jetzt gerade nach ihrem Geschmack. Auf dem Weg nach Otterschwing telefoniert sie mit Birgit.

Weil ihre Freundin in einer Versicherung arbeitet, erkundigt sich Petra, ob es möglich ist, dass das Abrutschen der

Pilsentherme in irgendeiner Weise versichert sein könnte. Birgit berichtet, dass es schon eine Versicherung für Bauarbeiten gebe. Aber bei Naturkatastrophen greife diese oft nicht. Sie vermutet, dass die Bauherren auf dem Schaden sitzenbleiben werden. Auf jeden Fall wird es für den Bürgermeister ziemlich brenzlig werden, meint sie. Möglicherweise hafte er auch mit seinem gesamten Privatvermögen.

In Otterschwing fährt Petra gleich zu Johann Schmidt und stellt ihren Polo neben der Scheune ab. Auf dem Hof hat der viele Regen ebenfalls Spuren hinterlassen. Vorsichtig balanciert sie an den großen Pfützen vorbei. Ihre Mutter erwartet sie schon und öffnet die Tür, als Petra gerade die paar Stufen zum Eingang hochsteigt.

»Der Johann weiß Bescheid«, flüstert sie ihr zu und geht vor in die gute Stube. Dort kann man die Anspannung deutlich spüren. Johann sitzt gebeugt im Sessel und Herr Günther neben ihm auf dem Sofa. Petra begrüßt erst einmal alle mit Handschlag, und Johann Schmidt schaut sie erwartungsvoll an. »Weißt schon was?«

Petra schüttelt den Kopf. Sie schaut aufmunternd zu Herrn Günther. Der versteht die Aufforderung und erzählt, dass sie am Nachmittag zur alten Weide hochspaziert seien. Der Bereich war großräumig abgesperrt, und Frauen und Männer in weißen Schutzanzügen sind auf dem Gelände herumgesprungen. »Das war wie beim Tatort«, sagt Herr Günther. Niemand durfte näher ran, aber einige Schaulustige hätten sich eingefunden. Es sei munter spekuliert worden, berichtet er. Der Johann habe schon einen Anruf erhalten, bevor sie bei ihm angekommen seien.

Petra nickt und sagt: »Ich versuch, meinen Informanten

zu erreichen. Habt ihr Harry Kleinschmidt schon auf den neuesten Stand gebracht?« Herr Günther schüttelt den Kopf. Er werde das gleich erledigen, sagt er, und Gertraud meint, dass allen eine kleine Stärkung ganz gut tun würde. Sie geht in die Küche und Petra ins Freie, wo der Handyempfang besser ist.

Ihr Polizist nimmt nach zwei Klingeltönen ab. Er meldet sich und sagt: »Einen Moment noch.« Petra hört, wie er mit dem Handy wohl nach draußen läuft. Angestrengt presst sie ihr Telefon ans Ohr, dann hört sie seine leise Stimme: »Die Spurensicherung hat noch mehr Knochen gefunden. Das sieht nach einem vollständigen Skelett aus, und bislang wissen wir nur, dass es ein Mann war. Näheres erst nach der forensischen Begutachtung.«

»Wo wird die denn gemacht?« erkundigt sich Petra.

»In München in der Pathologischen. Da kommt dann ein externer Mitarbeiter.«

»Vielen Dank, hast was gut bei mir«, sagt Petra, bevor die Verbindung ganz abbricht. Jetzt hat sie schon mal eine Anlaufstelle für morgen.

Sie geht in die Küche und sieht zufrieden, dass Mutter Gertraud in der Metzgerei Meier in Otterschwing einkaufen war und gerade dick belegte Wursthäppchen anrichtet. Sie will sich eins davon schnappen, aber der strenge Blick ihrer Mutter lässt sie innehalten.

»Kann ich schon mal eine Platte mitnehmen?«, fragt Petra, denn sie weiß, dass sich ihre Mutter sicher nicht helfen lassen wird. Gertraud deutet auf einen fertigen Teller.

Im Hausgang telefoniert Herr Günther mit dem Detektiv. Petra hört mit einem Ohr zu. Nachdem Gertraud mit dem zweiten Teller kommt, versammeln sich alle wieder in der guten Stube. Jetzt darf Petra endlich zulangen, aber außer ihr hat niemand so richtig Appetit.

Herr Günther berichtet, dass der Detektiv vorschlägt, Johann Schmidt solle sich bei der Polizei melden und auf die Vermisstensache hinweisen. Zugleich solle er einen DNA-Abgleich mit dem gefundenen Knochen verlangen. Außerdem hat Harry Kleinschmidt Neuigkeiten, denn er ist einer Frau und deren Tochter auf der Spur, die die Lebensgefährtin von Adi Schmidt gewesen sein könnte. Die Spur führt nach Bielefeld. Petra berichtet, dass die Knochenteile ein komplettes männliches Skelett ergeben und ein forensischer Pathologe dieses in der Münchner Pathologie begutachten wird. »Ich bleib an dieser Sache dran«, verspricht sie. Johann sagt eine ganze Weile nichts. Dann bricht es aus ihm heraus: »Das da draußen ist mein Adi! Die ganze Zeit war er so nah bei mir. Und der Theo hat ihn auf dem Gewissen!«

Dann verstummt Johann wieder und sinkt in sich zusammen.

Herr Günther geht zu ihm und legt ihm die Hand auf die Schulter. »Morgen gehen wir zusammen zur Polizei. Da werden wir der Justiz mal richtig Dampf machen!«

Petra räumt mit ihrer Mutter noch schnell die Küche auf, dann verabschiedet sie sich. »Das war ein langer Tag!«

Herr Günther will Gertraud zum Benedictum zurückbringen und verspricht Johann, dass er um acht Uhr am nächsten Tag wieder bei ihm vor der Tür steht.

Petras Kopf ist vor lauter Müdigkeit ganz leer. Sie geht zu Hause gleich ins Bett und hört nicht einmal mehr ihren Anrufbeantworter ab.

Auch der Bledschneider Sepp hat von dem Knochenfund gehört und aus einem Versteck im Wald beobachtet, wie ein Bestattungsfahrzeug heranfuhr.

»Jetzt ist es also so weit!«, sagt er zu sich und stapft durch den nassen Wald zu seinem Lada. Er muss los, und sein Ziel ist klar: Theobald Hirsch.

Zuerst fährt er bei ihm zu Hause vorbei. Dort trifft er nur Marlene an, die sich große Sorgen um ihren Mann macht. Als Nächstes steuert er den Gasthof »Zum Goldenen Hirsch« an. Die Vroni hat den Theo aber auch nicht gesehen. Dann ist für den Bledschneider Sepp klar, dass der Bürgermeister sich wahrscheinlich von seiner Geliebten, der Tina, trösten lässt.

Der alte Lada braust durch Otterschwing und hält mit quietschenden Reifen vor dem Haus, in dem die Tina wohnt. Der Bledschneider Sepp trommelt an die Tür und schreit: »Theo, du feige Sau, komm raus!«

Erst erscheint nur die Tina im Morgenmantel am Fenster. »Ruhe da unten! Ich brauch meinen Schlaf!«

Der Bledschneider Sepp beachtet sie gar nicht und brüllt wieder: »Theo, du Schlappschwanz, komm raus! Hast dich wieder mal bei einem Weib verkrochen.«

Da erscheint der Theo am Fenster und legt den Finger an den Mund. »Ich komm, aber sei jetzt stad!«

Fünf Minuten später rumpelt der Theobald Hirsch aus der Tür.

»Was willst denn du von mir? Willst auch noch auf mi eintret'n, ha?«

»I will mit dir reden, komm, steig ein.«

Der Bledschneider Sepp hält dem Theo die Beifahrertür

auf. Weil ringsrum schon die Lichter angehen und Theo einen Skandal vermeiden will, steigt er ein.

Ganz automatisch fährt der Sepp zur alten Weide. Er steigt aus, zerrt den Theo von seinem Sitz und baut sich vor ihm auf.

»Jetzt ist es so weit, jetzt haben's die Knochen gefunden. Und du, der flotte Theo, wirst jetzt dafür bezahlen! Ich sorg dafür, dass alles ans Licht kommt!«

Den Theo durchfährt es. »Was sagst du da? Ich hab doch gar nichts gemacht. Das warst doch du! Aussage gegen Aussage, da wirst schon sehen, wem man mehr glaubt: einem durchgeknallten Ökofreak oder einem angesehenen Bürgermeister. Der Ober sticht den Unter!«

Der Bledschneider Sepp kommt näher an den Theo heran und packt ihn an der Gurgel. »Hochmut kommt vor dem Fall, und deiner wird ganz besonders tief sein, das versprech ich dir!« Dann lässt er von Theo ab und springt in den Lada. Er fährt davon, bevor er es sich anders überlegt.

Zurück bleibt der Theo. Der rennt dem Lada noch hinterher, dann fällt er hin. Er lässt einen Schwall Flüche ab, aber nach der dritten Runde »Zefix!« hat er sich wieder im Griff. Schließlich ist er eine Amtsperson, die geachtet wird. Er zieht sein Handy heraus und ruft Marlene an.

»Ich bin's, Schatzl, kannst mich abholen? Bin an der alten Weide.«

»Was machst denn da? Wo hast du denn deinen Wagen?«

Mist, daran hat Theo nicht gedacht. Der Jeep steht noch in der Nähe von Tinas Wohnung.

»Das Auto ist verreckt, und ich wollt noch ein wenig frische Luft schnappen.«

Marlene sagt in einem Ton, der dem Theo zu verstehen gibt, dass sie ihm nichts glaubt, aber keinen Streit anfangen will, dass sie gleich kommt.

Als Marlene durchs Dorf fährt, macht sie ein paar Umwege und entdeckt prompt den Jeep ihres Mannes. Wie erwartet steht das Auto vor der Wohnung der aufgedonnerten Metzgereifachverkäuferin.

Am Feldweg sammelt sie den flotten Theo ein, der inzwischen zerrupft und verdreckt ist.

»Mit wem warst du denn an der frischen Luft?« Marlene zieht die Augenbraue hoch.

»Ach, der Sepp wollt a bisserl plaudern, der hat halt mal wieder seine g'spinnerten fünf Minuten g'habt. Und jetzt frag net so deppert, ich brauch einen Willi, ein Weißbier und eine Dusche!«

Damit ist Theo fertig mit seinen Erklärungen und schweigt vor sich hin. Marlene weiß aus den langen Ehejahren, dass jetzt nichts mit ihm anzufangen ist. Sie muss warten, wie immer eigentlich.

»Mein ganzes Leben besteht aus Warten«, sagt sie halblaut vor sich hin, doch Theo tut so, als ob er nichts hört.

Daheim stellt Marlene ihm wortlos ein Stamperl und die Schnapsflasche auf den Küchentisch und geht ins Wohnzimmer.

Sie weiß nicht, wie lange sie diese Farce noch mitmachen will. Aber dass die aktuelle Geliebte ihres Mannes die niveaulose Pritschen von der Metzgerei Meier ist, kränkt sie sehr.

Kapitel 19

Am nächsten Morgen steht ein Krisentreffen auf der Baustelle der Pilsentherme an. Neben dem Gemeindejuristen und Verwaltungschef Redlich kommen auch Architekt Roger von Zinnen und der Chef der Baufirma. Das Gelände ist von der Polizei wieder freigegeben worden, aber überall flattern noch die rot-weißen Absperrbänder im Wind. Die kleine Truppe bewegt sich langsam auf die Baustelle zu. Sie kommen nicht weit, denn die Schlammlawine hat vom Rohbau nur vereinzelte Steinbrocken übriggelassen. Graubrauner Schlamm überall, die Spur der Verwüstung zieht sich über den Abhang zum Bach hinunter. Vom Bauwagen sieht man nur noch das Heizrohr am Abhang herausragen. Kleine Bäume und Sträucher sind entwurzelt. Theobald Hirsch hat Tränen in den Augen. Da ist nichts mehr zu machen. Er dreht sich wortlos um und geht.

Im Besprechungssaal der Gemeinde lässt Redlich erst einmal starken Kaffee und süße Teilchen servieren. Kaum sitzen die Männer am Tisch, klopft es an der Tür. Der Postbote steht davor. Redlich will ihn wegscheuchen, doch der sagt nur:

»Amtliche Zustellung für Bürgermeister Hirsch. Ich brauch eine persönliche Unterschrift.«

Hirsch geht zur Tür und unterschreibt auf dem kleinen elektronischen Ding. Er bekommt einen gelben Umschlag ausgehändigt. Noch auf dem Weg reißt er das Kuvert auf. Ihm schreibt die Pilsentherme-Gesellschaft, vertreten durch die Kanzlei Nordmann & Partner, München. Er reicht das Papier an den Gemeindejuristen weiter.

»Deutschen S' mir das aus. Was wollen die?«

Natürlich wollen die Geld, so viel ist Theobald Hirsch ohne Lesen klar. Aber um wie viel geht es hier? Bevor er sich wieder hinsetzen kann, klopft es erneut.

Der Landrat steht vor der Tür. Unangemeldet. Noch mehr Ärger! Theobald nimmt ihn mit in sein Amtszimmer. Dort macht der Landrat umständlich deutlich, dass eine erste Prüfung der Baugenehmigung Unregelmäßigkeiten ergeben habe. Außerdem sei er mit Unternehmer Wagner in gutem Kontakt und so weiter. Kurzum, man bitte Hirsch um einen sofortigen Rücktritt, denn ansonsten müsse man ein Amtsenthebungsverfahren einleiten. Möglicherweise fände man weitere rechtlich relevante Dinge, wie beispielsweise Vorteilsnahme im Amt.

Theo beginnt zu zittern, dennoch schafft er es, den Landrat mit ein paar Floskeln aus der Tür zu bugsieren. Dann geht er wieder ins Besprechungszimmer, wo eifrig gerechnet wird.

»Wie viel?«, fragt er nur.

Alle schauen auf die Papiere vor sich. Keiner traut sich, etwas zu sagen.

»Wie viel?«

Redlich fasst sich ein Herz und schreibt eine Zahl auf ein Blatt Papier.

»Fünf Millionen Euro?«

Redlich nickt, vermutlich wird die Summe aber eher noch höher ausfallen.

»Sie sollten den Gesellschaftervertrag prüfen lassen«, rät er Theo. Aschgrau im Gesicht, den Zettel in der Hand, geht Theo. Er ist erledigt. Mechanisch steigt er in seinen Jeep und fährt nach Hause. Doch statt einer liebevollen Heimstatt wartet dort weiteres Ungemach auf ihn.

Im Flur stehen aufgestapelte Umzugskartons.

»Was soll das? Marlene, Schatz, was ist los?«

Aber Marlene antwortet ihm nicht, sondern packt im Schlafzimmer mit ruhigen, bestimmten Bewegungen weiter ein. Hirsch geht zu ihr, kniet sich vor sie hin und weint. »In guten wie in schlechten Zeiten, des hast mir doch vor Gott und der Welt versprochen. Und jetzt san halt schlechte Zeiten. Halt zu mir, wenigstens du!«

»Spar dir deine Tränen und dein Schmäh fürs Metzgerei-Flitscherl, mir langt's endgültig!«, schleudert Marlene ihm entgegen.

Mit Schwung wuchtet sie die Kartons aus dem Haus. Theo hört nur noch ihr Auto, das mit quietschenden Reifen wegfährt. Dann ist es still im Hause Hirsch.

Stille hält der Theo schlecht aus, darum geht er ins Wohnzimmer und schaltet den Fernseher ein. Regionalfernsehen, was sonst. In den Nachrichten kommt ein Pressesprecher der Polizei. Theo hört erst gar nicht richtig hin, aber dann liest er in der Bauchbinde *Leichenfund in Otterschwing*. Von einer männlichen Leiche ist die Rede, die bei dem Erdrutsch der im Rohbau befindlichen Pilsentherme gefunden wurde. Ein Verbrechen könne nicht ausgeschlossen werden. Die Polizei ermittle. Eine Sonderkommission werde eingerichtet. Man bitte die Bevölkerung um Hinweise. Dazu wird eine Telefonnummer eingeblendet. Sogar für das Stehaufmanderl Theo ist diese Nachricht zu viel. Ohnmächtig sinkt er zu Boden.

Währenddessen haben auch Petra Rosenberger und Rainer Ortlieb in der Redaktion des *Seekurier* alle Hände voll zu tun. Von der Pilsentherme-Gesellschaft ist stellvertretend von Unternehmer Wagner eine offizielle Pressemitteilung eingegangen, und die Polizei meldet den Leichenfund sowie die Einsetzung der Sonderkommission. Ortlieb entscheidet, dass er heute das Thema Pilsentherme übernimmt und Petra sich um den Leichenfund kümmern soll. Das ist Petra recht, denn dann kann sie gleich die Redaktion verlassen.

Bevor sie zur Polizei fährt, schaut sie im Benedictum bei Herrn Günther und ihrer Mutter vorbei. Herr Günther ist gerade von seinem Besuch mit Johann Schmidt bei der Polizeistation zurück.

»Wir haben sie ordentlich aufgescheucht«, erzählt er stolz. Von Schmidt wurde gleich eine Speichelprobe genommen. Den Verdacht, dass Theobald Hirsch etwas damit zu tun hat, haben die zwei noch zurückgehalten. Erst wenn feststeht, dass die Leiche der Sohn vom Johann ist, will man der Polizei die bisher gesammelten Beweisstücke übergeben. Dazu soll auch der Privatdetektiv Harry Kleinschmidt aus Berlin kommen.

Auf der Polizeiwache holt Petra die bisherigen Ergebnisse ein. Fundstelle ist das Gebiet unter der alten Weide. Ein männliches Skelett mit Bekleidungsresten wurde ausgebuddelt. Alter des Mannes: zwischen zwanzig und vierzig Jahre, Größe: etwa ein Meter fünfundsiebzig. Aufgrund von Spuren am Schädel und an der Wirbelsäule vermutet man einen unnatürlichen Tod. Deshalb wird eine Mordermittlung eingeleitet, ein Team aus München richtet sich gerade im Gasthof »Zum Goldenen Hirsch« in Otterschwing ein.

Petra bekommt die Handynummer des Chefermittlers. Morgen sei eine Pressekonferenz anberaumt. Zur Nachfrage, ob man schon einen DNA-Abgleich mit Johann Schmidt veranlasst habe, schweigt der Ermittler erst einmal.

»Woher wissen Sie das?«

»Ich habe auch meine Quellen«, hält sich Petra bedeckt.

»Sind S' so gut, und schreiben Sie das noch nicht konkret. Wir überprüfen alle Vermisstenfälle, auf die die Leiche passen könnte«, säuselt der Ermittler.

»Aber der DNA-Test läuft?«, hakt Petra nach.

Der Ermittler seufzt. Dann sagt er: »Ganz inoffiziell: Ja, aber das dauert ein paar Tage. Und zunächst müssen die Angehörigen benachrichtigt werden, bevor wir eine Meldung an die Öffentlichkeit geben.«

Petra ist zufrieden mit den Aussagen und fährt raus nach Otterschwing. Sie macht ein stimmungsvolles Bild von der alten Weide und fährt noch schnell bei Johann Schmidt vorbei. Der hat wieder neuen Klatsch für sie. »Die Marlene Hirsch hat ihren Mann verlassen. Und der flotte Theo soll pleite sein.«

Wenn Johann über Theo spricht, dann ballen sich seine Fäuste unwillkürlich, und sein sonst so gütiges altes Gesicht wird ganz hart. Petra erschrickt ein wenig vor dem alten Mann. Sie legt ihm die Hand auf den Oberarm und schaut ihm ins Gesicht: »Johann Schmidt, du musst mir eines aber in die Hand versprechen. Du hältst dich von dem Theobald Hirsch fern. Wenn es etwas zu richten gibt, dann werden wir dafür sorgen, dass die Justiz ihre Arbeit gewissenhaft macht.«

Johann will erst nicht einschlagen, aber dann nimmt er doch Petras Hand und nickt.

Um auf ein erfreulicheres Thema zu kommen, fragt Petra ihn, ob Kleinschmidt schon Nachricht bezüglich der Freundin vom Adi habe.

»Zumindest gibt es jetzt einen Namen und eine Adresse«, bestätigt Johann wehmütig, aber der Detektiv habe noch nicht mit der Frau gesprochen. Beim Blick auf die Uhr durchfährt es Petra. Sie muss schleunigst in die Redaktion.

Dort arbeitet Ortlieb an einem Kommentar zur Pilsentherme. Petra ist ziemlich überrascht, als sie liest, was Ortlieb bisher geschrieben hat. Statt in einem neutralen Ton zu berichten, wird Bürgermeister Theobald Hirsch an den Pranger gestellt. Von einem Insider habe man über unsaubere Genehmigungsmethoden erfahren, die Bodengutachten und die Expertise des Planungsverbandes stünden in der Kritik. Besonders schwer wiege die Vermutung, dass Hirsch wohl privaten Gewinn aus der Pilsentherme erwirtschaften wollte.

Der Libellenclub und sein Sprachrohr – so viel zur neutralen und unabhängigen Berichterstattung. Aber das enthält Brisanz, das wird einschlagen wie eine Bombe.

Sie erkundigt sich bei Ortlieb: »Hast du mit Theobald Hirsch persönlich gesprochen?«

»Nein, der war nicht erreichbar. Hatte einen sehr seriösen Informanten.«

»Lass mich raten, Unternehmer Wagner vielleicht?«

Rainer gibt ihr keine Antwort, doch sein Gesichtsausdruck spricht Bände.

Theobald erwacht von einem lauten Schrei. Benommen schaut er sich um, es dauert eine Zeit, bis er erkennt, dass er im Wohnzimmer liegt. Der Schrei kommt aus dem Fernseher, wo ein Heimatkrimi läuft, in dem sich der Bürgermeister der Ortschaft im Sitzungssaal erhängt hat. Theo merkt auf, als der Kommissar im Film feststellt, dass damit alle Ermittlungen gegen den Bürgermeister gegenstandslos seien und sofort eingestellt würden. Seine Gedanken überschlagen sich. Eine Zukunft als gefallener gebrochener Mann in einer düsteren Gefängniszelle kann er sich nicht vorstellen. Aber Theo ist auch ein Kämpfer. Er überlegt seine Optionen:

Wenn Tina mitzieht, wäre eine schnelle Flucht noch möglich.

Und wenn Marlene und seine Töchter hinter ihm stehen, kann er seine Position noch retten.

Wenn der Bledschneider Sepp und die impertinente Journalistin, diese dahergelaufene Schnepfe, nicht wären, käme er aus der Sache unbeschadet raus.

Theo sammelt sich. Als Erstes muss er unter die Dusche, dann wird er zu Marlene fahren. Sorgfältig wählt er seine Kleidung aus. Marlene mag den sportiven Look an ihm, also am besten die gutgeschnittene Jeans und das Karo-Hemd, das sie ihm letztes Jahr zu Weihnachten geschenkt hat. In der

Garderobe wählt er dazu italienische Slipper und den mittelblauen Segler-Blouson, der seine Augenfarbe betont.

Trotzdem wirkt Theobald nicht so wie sonst, als er einen letzten Blick in den Garderobenspiegel wirft. Die Augenringe stören gewaltig. Also noch mal schnell rauf ins Bad. Er stöbert die Schränkchen nach einer entsprechenden Creme durch, aber Marlene hat wohl alles eingepackt. Da fällt sein Blick auf eine Anti-Hämorrhoiden-Creme. Diese wirkt angeblich besser als die ganzen Kaviar- und Sonst-was-Cremes, hat er mal gelesen. Er trägt die Creme großzügig auf, obwohl sie sonderbar nach Zitrone und Kampfer riecht.

Er verlässt das Haus, steigt in seinen Wagen und fährt zum alten Hölzle-Hof. Wie erwartet, parkt Marlenes Auto davor. Als er aussteigen will, fällt ihm auf, dass er mit leeren Händen kommt. Kurz überlegt er, ob er zuerst noch zum Blumenladen fahren soll, aber dann steht Marlene schon in der Haustür und versperrt ihm den Weg. Sie ist blass, trotzdem schaut sie ihn mit einem strengen Blick an. Ihre Lippen sind schmal.

Theo setzt mit seinen Liebeserklärungen an, aber er hat den ersten Satz noch nicht ganz ausgesprochen, da schlägt Marlene ihm die Tür vor der Nase zu.

»Schau, dass d' di schleichst. Hier gibt's nichts mehr für dich zu holen!«, tönt es hinter der geschlossenen Tür.

»Aber kann ich nicht wenigstens mit meinen Kindern sprechen?«, versucht es Theo mit einer anderen Taktik. Er bleibt vor der Haustür stehen und ruft nach seinen Töchtern.

Oben geht das Fenster auf, seine Augensterne blicken zu ihm herunter.

»Papa, geh jetzt, das hat heute keinen Sinn«, ruft ihm die

Anna zu. Franziska schaut ihn genauso missbilligend an wie Marlene. Als von hinten seine Frau mit einem Eimer anrückt, weiß Theo, dass er auf verlorenem Posten steht. Er ist schon auf dem Rückzug, als ein Schwall Wasser von oben kommt. Theo hasst Dreck auf seinen Sachen und kontrolliert eilig, ob er etwas abbekommen hat.

»Eitler Pfau!«, schreit Marlene. »Selbstsüchtiger Gockel. Was aus uns wird, ist dir völlig egal!«

Mit einem Knall schließt sie das Fenster. Seine Töchter sind nicht mehr zu sehen.

Gut, dann auf zur nächsten Station. Bei seiner Tina kann er nur mit einem großen Rosenstrauß erscheinen. Er fährt zur örtlichen Gärtnerei. Dort hat er Glück, gerade ist eine neue Lieferung aus den Niederlanden angekommen. Er kauft einen Arm voll Rosen. Weil Karin, die Floristin, schier endlose Zeit braucht, um die Blumen zu stecken, tritt er von einem Bein auf das andere.

Als es ans Zahlen geht, gibt Theo seine EC-Karte. Karin nimmt die Karte und zieht sie durch das Lesegerät. Sie schüttelt den Kopf. »Die Karte funktioniert nicht.« »Probier's noch mal, vielleicht ist ja euer Gerät kaputt«, knurrt Theo. Gehorsam nimmt Karin die Karte, poliert den Magnetstreifen mit ihrem Schürzenzipfel und schiebt sie noch mal durch das Gerät. Wieder eine Fehlermeldung. »Die geht wirklich nicht!«, bedauert Karin. »Das wären dann achtundsechzig Euro in bar.«

Theo kramt nach seiner Geldklammer. Gut, zwei Fünfziger hat er noch einstecken. Er haut das Geld auf den Tisch und gibt sich generös. »Machst fünfundsiebzig.«

Mit dem Blumenstrauß im Arm geht er die paar Schritte

zur Bankfiliale. Dann zieht er halt hier Bargeld aus dem Automaten. Doch seine Laune bekommt einen erheblichen Dämpfer. Statt die Hunderter auszuspucken, erscheint nur der Satz: *Ihre Karte wurde eingezogen, wenden Sie sich an Ihren Bankberater.*

»Was soll das? Da muss ein Missverständnis vorliegen«, teilt Theo den anderen Leuten mit, die hinter ihm am Automaten anstehen. Ein junger Bursch grinst ihn ungeniert an. »Ja, ja, diese Missverständnisse kenn ich gut.«

»Was fällt dir ein, du Rotzlöffel?« Theo baut sich drohend vor ihm auch. »Du weißt wohl nicht, mit wem du sprichst.«

Er schüttelt verächtlich den Kopf und geht in die Bank. Er hält sich gar nicht erst lang am Schalter auf, sondern verlangt, den Filialleiter zu sprechen. Ein alter Spezl vom Theo. Der kommt auch sofort aus seinem Büro und nimmt ihn am Arm mit in sein Zimmer.

»Gut, dass du kommst, Theo, wollt dich eh grad anrufen.«

»Was ist in euerm Saftladen los? Der Automat da vorne hat meine Karte gefressen«, poltert Theo.

»Weißt du, jetzt nach der Sache mit der Pilsentherme, da sind wir informiert worden, dass erhebliche Verbindlichkeiten auf dich zukommen. Und deine Frau, die Marlene, hat heut Vormittag eine größere Summe an Bargeld von euerm Gemeinschaftskonto abgehoben. Von oben kam jetzt die sofortige Anweisung, alle Auszahlungen zu stoppen.« Huldvoll lächelt der Filialleiter den Theo an.

»Wie, Bargeld abgehoben?«, stottert der.

»Ja, um es genau zu sagen«, der Filialleiter tippt auf seiner Tastatur, »waren es genau elftausendvierhundertdreiundzwanzig Euro und zehn Cent. Das sollte eine Weile reichen.

Wenn du sparsam bist und nicht den ganzen Blumenladen aufkaufst.« Er schaut missbilligend auf den Rosenstrauß.

»Jetzt rufst in der Stadt an und klärst das! Das kann ja wohl nicht sein, dass dem Bürgermeister das Konto gesperrt wird! Ich bin immerhin eine Amtsperson!«, schäumt der Theo.

»Aber wie man hört, wohl nicht mehr lange«, wagt der Filialleiter noch zu sagen.

»Gut, wirst schon sehen, was du davon hast. Ich bin im Aufsichtsrat. Kannst gleich deine Sachen packen! Wir sind Freunde g'wesen«, zischt der Theo und packt seine Rosen.

Er geht zu seinem großen Auto, steigt ein und schnauft erst mal durch. Option eins – Fehlanzeige. Option zwei, Flucht mit der Tina – fraglich. Er müsste halt zunächst abklopfen, wie viel die Tina auf der hohen Kante hat. Wenn es nicht zu wenig ist, würde das schon gehen. Außerdem hat er ja ein Recht auf das Geld, das die Marlene geholt hat. War ja schließlich sein Verdienst.

Also jetzt erst mal auf zur Tina. Die sollte mittlerweile auch schon zu Hause sein. Von seinem letzten Geld kauft der Theo noch einen Schampus. Bei der Tina parkt er diesmal direkt vor dem Haus und hupt dreimal kräftig. Als strahlender Held will er bei ihr Eindruck schinden. Dazu passt nicht ganz, dass die Hämorrhoidencreme inzwischen wirkt. Seine Augen tränen ohne Ende.

Tina ist nicht überrascht, dass der Theo bei ihr auftaucht. Den ganzen Tag wurde an der Wursttheke kaum von etwas anderem gesprochen als über den Bürgermeister Theobald Hirsch. Die Frau soll weg sein, und das Geld wohl auch, und vorhin hat der Automat seine EC-Karte gefressen. Tina hat wirklich immer Pech. Sie muss an ihren ersten Freund aus der Grundschule denken. Er ging hauptsächlich deshalb mit ihr, weil er so gern ihr Leberwurstbrot aß. Sie bekam dafür seine Pausenbrote mit dem vegetarischen Aufstrich. Immer das Gleiche, und immer der gleiche Typ Mann, auf den sie reinfällt. Viel Schmus und viel Schmäh, und am Ende zahlt sie die Zeche. Tina hat wirklich die Nase gründlich voll.

Hartnäckig will sie diesmal an ein Wunder glauben. Der Theo ist bestimmt nicht so einer.

Sie nimmt die schönen Rosen in Empfang, und der Theo zeigt auf den Schampus. »Es ist ein französischer«, haucht er ihr ins Ohr und betont dabei übertrieben das Ö. Als sie das Etikett der Flasche anschaut, sieht Tina schon, dass das nur ein Schaumwein ist und kein Champagner. Theo beginnt von ihrer gemeinsamen Zukunft an sonnigen Stränden zu schwärmen. Ganz von vorn anzufangen, mit ihr, der Liebe seines Lebens. Genau das hat Tina immer hören wollen, doch als der Nachsatz kommt: »Mit welcher Summe könntest du dich denn an unserem Neustart beteiligen?«, beginnt es in Tinas Ohren zu klingeln.

»Du bist der Beste, von allen warst du der Beste«, haucht sie ihm zu. »Aber wir müssten schon von deinem Geld neu starten, ich hab nichts.«

Theo schaut sie ungläubig an. »Kannst nicht deine Lebensversicherung auflösen? Und etwas Schmuck könnten wir doch auch verkaufen. Eine Frau wie du, die muss sich doch bei ihrer Schönheit nicht noch schmücken. Und weißt, kannst mir grad mal ein paar Hunderter leihen, bis meine Geldquelle wieder sprudelt?«

Tina richtet sich auf, setzt ihr professionelles Verkäufergesicht auf und sagt: »Darf's ein bisschen mehr sein?«

Müde setzt sie sich wieder hin und weist auf die Tür.

»Besser du gehst jetzt und kommst wieder, wenn du deine Angelegenheiten in Ordnung gebracht hast. Und dann können wir über den Neustart nachdenken. Kalifornien könnte ich mir gut vorstellen.«

»Ich vertrag keine Hitze, hast du das vergessen? Ist es dir nicht ernst mit uns? *T und T erobern die Welt.* Wie kannst du da so kleinkariert denken und dich an ein bisschen Besitz klammern?« Theo spricht laut und macht ein empörtes Gesicht und überlegt dabei, wie er Tina weichkochen könnte. Doch zu seiner Überraschung blickt sie nur zur Tür und schweigt. Dann müssen also die harten Geschütze her. Aber da gibt es ein kleines Problem. Schon seit geraumer Zeit fehlt es ihm an der gewissen Standfestigkeit. Auch wenn er sich noch so sehr konzentriert, es tut sich nichts untenrum. Und auch jetzt, wo er dringend Überzeugungsarbeit im Schlafzimmer leisten müsste, spürt Theo nichts. Tina hat das bislang hingenommen, doch jetzt greift sie nur in seinen Schritt, als er ihr heiße Avancen macht. Darüber will Theo jetzt wirklich nicht diskutieren, deshalb zieht er es vor, das Weite zu suchen. Er bekommt noch einen halbwegs passablen Abgang hin, küsst die Tina ab und hält sie noch einmal ganz fest. Dann geht er schnellen Schrittes zur Tür. Er ist sich ziemlich sicher, dass seine Taktik funktionieren wird. Die Tina wird schon noch was auftreiben, sie ist doch ein gescheites Mädchen.

Dringend muss er jetzt nachdenken. Zur alten Weide kann er nicht mehr, und mit einem Blick auf die Tankuhr fällt auch eine Spritztour aus. Also fährt er zum See. Dort sind die romantischen Uferstellen alle überschwemmt, und dann ruiniert er sich auch noch seine italienischen Slipper, als er versehentlich in eine Pfütze steigt. Die Welt hat sich gegen ihn, den schönen Theo, gründlich verschworen. Er will nur noch heim zu seiner Marlene und den Töchtern. Irgendeinen Ausweg musste es doch geben! Er reckt die Faust in den Himmel.

Kapitel 20

Daheim erwartet ihn die neue Ausgabe des *Seekuriers*. Theo macht große Augen, als er liest, was der Libellenclub dem Rainer Ortlieb da diktiert hat. Außerdem lächelt ihm der Leopold Landgraf entgegen. Der Sohn des Gutsbesitzers erhebt schwere Vorwürfe gegen ihn persönlich. Gerade dieser Pleitier hat es nötig, sich so aufzuspielen. Die Landgrafs hängen immer ihr Mäntelchen nach dem Wind. Vermutlich sind beide vom Libellenclub geschmiert. Er braucht jetzt einen Anwalt, aber den Rechtsverdrehern hat Theobald Hirsch noch nie geglaubt. Er setzt sich an den Küchentisch. Vor- und Nachteile aufschreiben soll ja eine gute Methode sein, aber Theo vertraut lieber seinem Instinkt, der hat ihn bei seinem Aufstieg vom Armenhäusler bis zum Bürgermeister noch nie im Stich gelassen. Ihm würde schon etwas einfallen.

Derweil wartet die private Soko Benedictum auf das Ergebnis der DNA-Probe und auf neue Hinweise vom Privatdetektiv. Petra hat einen Rundruf gestartet und alle im Benedictum zusammengetrommelt. Sie will die bisherigen Hinweise für die Polizei vorbereiten und auch für sich noch fotografieren für eine Exklusiv-Story. Als Beweisstücke liegen auf dem Wohnzimmertisch im Appartement vom Herrn Günther fein säuberlich in kleinen Plastikbeuteln folgende Gegenstände:

Die Armbanduhr, die Marlene beim Aufräumen im alten Hölzle-Hof gefunden hat, das Flugblatt mit dem Auto, das verblichene Fax von Jochen mit dem Auftrag, das Auto nach Berlin zu überführen, die Aussage von Adis Schulfreundin, dass dieser sich bei ihr angekündigt habe.

Petra schaut auf die Ausbeute. Das ist wirklich nicht viel an konkretem Material. Der Privatdetektiv müsste dringend die frühere Partnerin vom Adi finden, sie weiß sicher mehr. Alles andere ist reine Spekulation.

Johann Schmidt wedelt mit dem *Seekurier*.

»Was schreibt dein Kollege denn da? Der Theo wollte sich selbst bereichern? Die Sache stinkt doch. Investoren wollen sich immer selbst bereichern, oder nicht?«

»Ganz sauber ist das aber nicht, wenn ein Bürgermeister privates Geld in ein von der eigenen Kommune vorangetriebenes Großprojekt steckt. Allerdings kann sich der Theobald Hirsch auch auf die von ihm angeregte Bürgerbeteiligung berufen«, antwortet ihm Petra. »Ich bin sehr gespannt, wie das weitergeht, denn offensichtlich hat der Libellenclub den Theobald Hirsch als Sündenbock auserkoren. Dazu muss man auch wissen, dass die Frau von Ortlieb schon seit Jahren versucht, im Libellenclub Fuß zu fassen. Das könnte auch eine gewisse Rolle gespielt haben. Harte Fakten gibt es jedenfalls noch nicht. Ich wundere mich auch, dass vom Bledschneider Sepp jetzt nichts mehr kommt. Der war doch von Anfang an gegen die Pilsentherme.«

»Der Sepp arbeitet lieber im Verdeckten«, meint darauf

der Johann Schmidt. »Das war schon immer so, als junger Bursch hat er lieber den Bienen zugeschaut als den Mädchen. Man munkelt, dass er unsterblich in die Marlene verliebt war, bevor sie seinen besten Freund geheiratet hat. Vielleicht reden sie deshalb nicht mehr miteinander.«

In der Tat werkelt der Bledschneider Sepp gerade im Geheimen. Er sitzt zu Hause in seinem Technikraum und schneidet gerade das Tonmaterial zusammen, das er heimlich bei den Libellentreffen aufgenommen hat. Er will den großen Knall, nicht nur das Bauernopfer Theobald Hirsch. Der würde in nächster Zeit andere Probleme bekommen. Auf jeden Fall hat er seine Demonstrationsgruppe motiviert, ein paar Großplakate anzufertigen, um auf den sinnlosen Naturverbrauch durch das jetzt so prompt gescheiterte Projekt hinzuweisen. Wenigstens sind seine Ameisen an ihrem neuen Standort gut davongekommen und haben die große Flut unbeschadet überstanden.

Bei Theobald Hirsch trifft nun doch ein Rechtsanwalt ein. Von Georg Redlich hat er den Tipp erhalten, und nun kommt ein junger, nachlässig gekleideter Mann mit Dreitagebart und Rucksack zu ihm. Er stellt sich als Marius vor, duzt den Theo gleich und verlangt erst mal ein großes Glas kühles Leitungswasser. Nun, Theo hat nicht die Wahl, denn der Marius arbeitet pro bono, und etwas anderes kann er sich im Moment nicht leisten. Als Erstes schnappt sich der Marius das Handy vom Theo und steckt es an seinen Laptop an.

»Wir müssen alle Anrufverbindungen und Nachrichten sichern«, erklärt er.

»Aber da gibt es noch private Telefonate, die zeichnest aber nicht auf!«, regt sich Theo auf.

»Keine Angst, dein Liebesgeflüster brauch ich nicht, aber ich muss mir schon ein Bild machen, wie dein Kommunikationsverhalten aussieht. Und jetzt wär es gut, wenn du alle Papiere heraussuchst und mich in Ruhe arbeiten lässt«, wiegelt Marius ab.

Der Marius hat die Küche völlig in Beschlag genommen. Theo trottet ins Wohnzimmer und schaltet wieder den Regionalsender ein. Otterschwing ist inzwischen nur mehr eine Randnotiz in den Nachrichten. Seine Lage ist nicht rosig, aber auch nicht aussichtslos. Wenn der Marius jetzt noch die Sache mit dem Geld regelt, dann kommt alles andere auch wieder in Ordnung. Dann muss er sich nur noch überlegen, ob er weiterhin auf den Posten des Landrates aus ist. Das würde bedeuten, dass er Marlene wieder zurückgewinnen muss. Andernfalls ist eine Zukunft mit der Tina möglich. Denn, das ist Theo auch klar, so richtig salonfähig ist seine heiße Metzgereifachverkäuferin mit den Strapsen nicht. Bleibt noch die Sache mit dem Knochenfund. Er beruhigt sich damit, dass es sicher nur irgendwelche Tierknochen sind. Und überhaupt würde nichts auf ihn hindeuten. Der Sepp wird auch den Mund halten, denn ein Gutes hat es mit seiner Spinnerei – der Obrigkeit würde er den Theo nicht ausliefern. Das hätte er schon längst tun können, hat er aber nie. Aber so ganz sicher ist sich Theo nicht.

Wenn er sich irrt, bleibt nur der schnelle Abgang. Wieder in die Gosse zurückgeworfen zu werden ist für Theo nicht akzeptabel. Aber wenn, dann müsste es so sein, dass es wie ein Unfall oder ein Mord aussieht. Selbstmord kommt für einen guten Katholiken nicht in Frage, und außerdem würde Marlene dann nicht die hohe Lebensversicherung ausbezahlt bekommen. Nicht, dass er sich um Marlene Sorgen macht, aber Theo hasst es, wenn er Geld einzahlt und keine Gegenleistung dafür bekommt. Das Geld darf nicht den Versicherungsbossen in den Rachen geworfen werden. Aber wie? Er muss sich informieren.

Das Internet bietet viele Möglichkeiten, aber so viel hat er auch schon mitbekommen: Auf seinem eigenen Laptop ist das viel zu gefährlich. Er kann nach Dienstschluss in die Gemeindekanzlei fahren und am Rechner von seiner Sekretärin arbeiten. Seit Jahr und Tag liegt deren Kennwort unter ihrem Schreibtischschoner.

Schluss jetzt. Theo schilt sich für seine Gedanken. Er kommt da wieder heil raus, das war schon immer so und wird so bleiben. Er geht zu Marius in die Küche.

»Wie schaut's aus?«, fragt er ihn vorsichtig von der Seite.

»Ja, gar nicht so schlecht. Hast du eigentlich irgendwas gegen die anderen Investoren in der Hand?«, antwortet ihm der Marius.

Theo lacht. »Natürlich! Aber schriftlich gibt es nichts.«

»Dann wär es ganz gut, wenn du eine Arbeitsmappe zusammenrichtest und ein paar Papiere hineinlegst. Dann müssen wir bluffen«, antwortet ihm Marius.

Dass das Bürschlein gar nicht so naiv ist, wie es aussieht, ist für Theo eine positive Überraschung.

»In Ordnung, dann mach ich mal einen Termin mit dem Wagner. Der soll die Mannschaft zusammentrommeln.«

»Lass lieber mich das erledigen. Ein Anwalt hat doch

mehr Gewicht. Bereit dich schon mal vor. Du musst dann auf den Punkt topfit sein«, meint der Marius.

Theo legt sorgfältig ein paar amtlich aussehende Papiere in eine Mappe. Er streicht über das Leder, das sich kühl und glatt anfühlt. Die Mappe war ein Geschenk von Marlene zur Ernennung zum Bürgermeister von Otterschwing. Seine Marlene! Theos Augen werden feucht, wenn er an seine Frau denkt. Jetzt würde er gerne ihren weichen warmen Körper spüren und von ihr gehalten werden.

Da ruft Marius aus der Küche: »Wir haben in drei Stunden einen Termin mit dem Wagner. Er will sich mit uns im Gasthaus ›Zum Goldenen Hirsch‹ treffen. Bis dahin übe ich mit dir die Taktik ein.«

Theo muss die von Marius ausgearbeiteten Sätze immer und immer wiederholen, bis sie sitzen. Nach zwei Stunden ist Marius zufrieden mit seiner Leistung.

»Jetzt machst uns einen starken Kaffee«, fordert er.

Kaffee soll er kochen? Theo tappt in der Küche herum und sucht nach den Utensilien. Marius schüttelt den Kopf und bugsiert ihn aus der Küche.

»Ich mach das schon. Setz dich hin und ruh dich vor deinem großen Auftritt noch ein bisschen aus.«

Pünktlich erscheint das ungleiche Paar zum entscheidenden Treffen. Die Vroni nickt Theo hinter dem Tresen zu und zeigt mit dem Kopf zum Nebenzimmer. Dort ist auch schon der halbe Libellenclub versammelt. Theo stellt sich sofort in die Mitte des Saales und spricht laut. Zehn Minuten redet er, dann wedelt er mit der ledernen Mappe und weist auf seinen Rechtsbeistand hin.

»Unter Freunden wird wohl ein Gang vors Gericht nicht

nötig sein«, grinst er. Ohne die Libellenmänner zu Wort kommen zu lassen, gehen die beiden wieder in die Gaststube. Theo bestellt sich einen Willi. Dann warten sie schweigend. Nach zehn Minuten ist Theo noch zuversichtlich, nach zwanzig Minuten glaubt er nicht mehr an einen Erfolg. Er zwingt sich zur Ruhe, trotzdem zittert die rechte Hand so stark, dass er sie in die Hosentasche schiebt.

Nach einer halben Stunde stellt sich der Wagner neben Theo an den Tresen, haut ihm auf die Schulter, räuspert sich lautstark und bringt mühsam die Worte heraus: »Wir lassen doch einen der unsren nicht hängen! Die Gesellschaft wird sich hinter dich stellen und alle Vorwürfe ausräumen.«

Theo nickt. »Und was ist mit dem Pulver?«

»So leid es mir tut, aber dein privates Geld war wohl eine Fehlinvestition«, murmelt der Wagner und schiebt hinterher: »War ja eh net vui. Des wird scho.«

»Der Wagner zahlt« ist alles, was der Theo daraufhin zur Vroni sagt, bevor er mit Marius im Schlepptau die Wirtschaft verlässt.

Schweigend fahren sie los, der Marius will zum Bahnhof.

»Des host sauber g'macht!«, lobt der Theo zum Abschied. Marius wirft einen Blick auf den angezählten Helden und verzichtet in dem Moment drauf, auf seine Honorarforderungen zu sprechen zu kommen.

Dann steht Theo wieder vor seinem dunklen, leeren Haus. Er schöpft Hoffnung, dass hier bald wieder Leben sein wird. Im Flur pfeift er vor sich hin. Mit dem Verlust des Geldes würden sie schon irgendwie zurechtkommen. Immerhin gehört der Marlene der Hölzle-Hof, und der ist bei der ganzen Geschichte außen vor geblieben.

Theo beginnt gerade damit, seine Strategie für die Marlene zu überdenken, da läutet es an der Tür. Ganz in Gedanken reißt er die Haustür auf. Davor stehen zwei Uniformierte und ein Mann mittleren Alters in Jeans. Er zeigt zur Begrüßung seinen Dienstausweis. Mordkommission.

Theo will den Kommissar abwimmeln und sagt, er erwarte Besuch.

Doch der Kommissar drängt sich in die Tür und besteht auf einem kurzen Gespräch. Theo bittet ihn widerwillig ins Wohnzimmer.

»Kennen Sie einen Adalbert Schmidt?«, fragt der Kommissar ihn geradeheraus.

»Ja natürlich, ich bin ja mit dem Adi aufgewachsen. Adalbert hat ihn nur die Mutter genannt. Er war mein Jugendfreund. Später ist er nach Berlin und hat sich schon Jahrzehnte nicht mehr hier blicken lassen. Hatte Streit mit seinem Vater«, antwortet Theo scheinbar gelassen. Um sich nicht verdächtig zu machen, weil er zu unbeteiligt wirkt, hängt er an: »Es ist doch alles in Ordnung beim Johann Schmidt?«

»Sie vermuten also, dass es einen familiären Konflikt gab? Das ist interessant«, erwidert der Kommissar und schreibt etwas in sein kleines schwarzes Notizbuch.

»Das weiß jeder im Dorf. Der Adi ist von seinem Vater gezwungen worden, zum Barras zu gehen, äh, zur Bundeswehr. Und der Adi war ein sehr freiheitsliebender Mensch. Peace und so. Da können Sie alle fragen.«

Der Kommissar notiert eifrig.

»Was soll das alles? Was ist denn los?«, echauffiert sich Theo und lockert seine Krawatte.

»Wie Sie sicher mitbekommen haben, ist bei dem Einsturz der Pilsentherme eine Leiche gefunden worden. Und – das sage ich Ihnen jetzt unter dem Siegel der Verschwiegenheit – wir haben eindeutig feststellen können, dass es sich um die Leiche vom Herrn Adalbert Schmidt handelt. Der Tote wurde schon vor einiger Zeit dort vergraben.«

Theo wird ganz blass. Er muss sich hinsetzen.

»Der Adi, mein Adi ist tot? Das war bestimmt der Vater!«, ruft er entrüstet.

Als der Kommissar immer noch keine Anstalten macht zu gehen, setzt Theo leiser nach: »Was wollen Sie denn bei mir? Sie sind hier falsch.«

»Es sind Anschuldigungen gegen Sie erhoben worden«, erwidert der Kommissar kühl und gibt ihm seine Karte. »Wenn Ihnen noch etwas Wichtiges einfällt, können Sie mich anrufen. Und morgen früh um neun will ich Sie zu dem Todesfall befragen. Seien Sie pünktlich. Kommen Sie zum Revier in Fischau, sonst lasse ich Sie in Handschellen vorführen.«

Daraufhin zieht der Kommissar mit den beiden Uniformierten, die den Eingang gesichert hatten, wieder ab.

Theos Herz rast, ihm ist schwindlig. Er war doch schon auf der Zielgeraden, und jetzt das!

Durch sein Schmierentheater mit dem Kommissar hat er zwar eine Nacht Zeit gewonnen, aber tief im Innern spürt er, dass er aus dieser Sache nicht heil rauskommen wird. Jetzt bleibt ihm nur der letzte Ausweg.

Wer hat denn bloß die Anschuldigungen gegen ihn erhoben?

Das können doch nur der Bledschneider Sepp und dieses dahergelaufene Saumadl, die Petra Rosenberger, gewesen sein. Seine Wut auf die beiden aktiviert letzte Kräfte. Er muss in die Gemeindekanzlei, und zwar schnell. Ihm läuft die Zeit davon.

Weil sich Theo nicht sicher ist, ob die Uniformierten ihn observieren, zieht er sich dunkle Kleidung an, verlässt über die Terrassentür das Haus und erreicht die Straße über den Garten. Weiter oben sieht er das Polizeiauto stehen. Er bleibt in Deckung und läuft weiter. Das Versteckspiel erinnert ihn an seine Zeiten, in denen er bei der Marlene und der einen oder anderen Schönheit aus Otterschwing gefensterlt hat.

Im Rathaus ist niemand mehr, und eine Alarmanlage gibt es nicht. Der Schreibtisch der Sekretärin ist wie immer penibel aufgeräumt, und das Passwort findet er wie erwartet unter der Auflage. Der Computer surrt, und Theo gibt »Hasenpfote« ein. Dann ist das Internet bereit für seine Suche nach dem passenden Tod.

Er landet auf der Seite: *Darwin Award – die lustigsten Todesfälle*. Theo beginnt zu lesen, aber die angeführten Fälle sind weder lustig noch hilfreich, und sexuelle Unfälle interessieren Theo noch weniger. Er surft weiter im Netz. Tod am Baum ist wohl eine beliebte Methode bei Politikern, denen das Wasser bis zum Hals steht. Ein wenig an den Bremsen manipulieren, beschleunigen und dann zack, das große Aus am Baum. Aber Theo will auch im Tod einen schönen Körper haben. Was ist, wenn er dann mit fehlendem Bein oder zerschnittenem Gesicht beim Herrgott an der Himmelstür läuten muss? Nein, das kommt nicht in Frage. Tod durch Erhängen erscheint Theo zu brutal. Da stößt er auf eine interessante Idee. Er überlegt. Das könnte gehen. Und das Beste daran ist, er könnte zumindest den Bledschneider Sepp mit in den Abgrund reißen. Ja, das war die Lösung!

Theo eilt heim und kommt ungesehen ins Haus. Jetzt hat er einiges zu tun. Er muss dem Bledschneider Sepp eine Falle stellen, die Utensilien bereitlegen, und vor allem will er reinen Tisch machen. Er will einen Brief an Marlene schreiben, den er so verstecken wird, dass nur sie ihn finden kann. Von allen Aufgaben ist das die schwierigste. Die Petra Rosenberger arbeitet bestimmt schon an einem verreckten Enthüllungsartikel. Den kann sie einstampfen! Nichts wird's mit Ruhm und Karriere auf seine Kosten.

Denn dass alle Ermittlungen mit seinem Tod eingestellt werden, davon ist Theo überzeugt. Als er an Marlene und seine beiden Mädchen denkt, werden seine Augen wieder feucht. Ihn schleudert's hin und her.

Bei Petra Rosenberger und den Mitstreitern der SOKO Benedictum herrscht an diesem Abend auch Unruhe. Zunächst sind alle in heller Aufregung, als Johann Schmidt um Beistand bittet. Vor seiner Tür steht der Kommissar und will ihn befragen. Petra macht sich mit Herrn Günther sofort auf. Ihre Mutter lassen sie zurück, denn zu viel Aufregung tut ihr nicht gut. Zum Glück hat Herr Günther daran gedacht, die gesammelten Beweise mitzunehmen. Als sie auf dem Hof ankommen, ist die Befragung von Johann Schmidt schon in vollem Gange. Erst will man sie gar nicht ins Haus lassen, aber als Herr Günther sich als Rechtsbeistand ausgibt, dürfen sie eintreten. Petra muss in der Küche warten, die Männer reden in der guten Stube. Nach gut zwanzig Minuten kommt der Kommissar zu Petra, die zur Ablenkung in den abgegriffenen Gesundheitsblättern über Thrombosestrümpfe liest.

»Sie sind also die Journalistin vom *Seekurier*?«, spricht sie der Kommissar skeptisch an. Petra schiebt schnell das Blättchen unter die neueste Ausgabe vom *Seekurier* und richtet sich auf.

»Wir haben schon telefoniert. Ich würde Ihnen gerne das Ergebnis unserer Recherchen vorstellen«, schlägt sie vor. »Aber zunächst hätte ich gerne von Ihnen die offizielle Bestätigung, dass es sich bei der gefundenen Leiche um Adalbert Schmidt handelt.«

Der Kommissar überlegt kurz.

»In Ordnung, Sie bekommen die offizielle Bestätigung. Die Verwandtschaft mit Johann Schmidt wurde mit einer Wahrscheinlichkeit von 99,5 Prozent durch die DNA-Analyse bestätigt. Jetzt steht noch ein Zahnabgleich aus, der die letzten Zweifel beseitigt. Wir gehen davon aus, dass es sich bei dem Toten um Adalbert Schmidt handelt. Es besteht ein starker Verdacht auf eine unnatürliche Todesursache. Hier darf ich Ihnen aus ermittlungstaktischen Gründen nicht mehr mitteilen.«

Geistesgegenwärtig hat Petra die Aussagen des Kommissars mitgeschrieben. Beim Blick auf die Uhr stellt sie fest, dass es diese Nachricht heute nicht mehr ins Blatt schaffen wird. Die Druckmaschinen laufen schon.

»Wird es eine offizielle Pressekonferenz geben? Gibt es schon einen Hauptverdächtigen? Warum wird Johann Schmidt befragt?«, hakt Petra nach.

Der Kommissar hebt die Hände mit den Handflächen nach außen. »Nicht so stürmisch! So eine Ermittlung braucht Zeit. Wir ermitteln in alle Richtungen, und wie hinlänglich bekannt ist, muss als Erstes immer die Familie überprüft werden.«

Petra schwenkt um. »Darf ich Ihnen denn jetzt unsere Ergebnisse vorstellen? Ich bin vor einigen Monaten auf den Vermisstenfall Adi Schmidt aufmerksam geworden und habe recherchiert. Ich gebe Ihnen alles, wenn Sie mir im Gegenzug in die Hand versprechen, dass ich alle Nachrichten als Erste bekomme.«

Mit diesem Handel ist der Kommissar einverstanden. Er reicht ihr zur Bekräftigung seine warme Hand, die sich leicht schuppig anfühlt. *Der Mann müsste Handcreme benutzen*, denkt Petra, und ihr fällt eine Anzeige aus der Gesundheitszeitschrift ein. Sie holt Herrn Günther aus dem Wohnzimmer dazu. Johann Schmidt bleibt sitzen, ein Polizist spricht beruhigend auf ihn ein.

Zusammen tragen sie dem Kommissar in der alten Wohnküche den Stand ihrer Ermittlungen vor, angefangen mit dem Jugendstreich dreier Freunde. Den Namen von Theobald Hirsch nennt Petra dem Ermittler, den dritten im Bunde, den Bledschneider Sepp, lässt sie aber noch außen vor. Der Fund der Armbanduhr mit der Gravur auf dem Hölzle-Hof und das Fax, das den Zusammenhang mit dem Autotransfer nach Berlin belegt, deuten stark auf Theobald Hirsch hin. Petra läuft immer noch ein Schauer über den Rücken, wenn sie an ihre Begegnung mit dem Bledschneider Sepp vor seinem Haus denkt, aber dass dieser Naturliebhaber ein Mörder sein soll, so weit will sie nicht gehen. Den Theobald Hirsch hält sie hingegen für absolut skrupellos. Ein Aufschneider, ein Blender, ein Saubazi, wie die Bayern sagen, ist er in ihren Augen auf jeden Fall – aber ist er ein Mörder oder Totschläger?

Der Kommissar bemerkt ziemlich schnell, dass die beiden ihm noch nicht alles gesagt haben. Auf seine Nachfrage hin wiegelt Petra ab. Diese Informationen genügen vorerst. Es ist schon spät, und der Kommissar zieht mit seinen Beamten wieder ab.

Petra und Herr Günther kümmern sich um Johann. Der wirkt sehr gefasst, und seine plötzliche Ruhe macht Petra stutzig. Als sie ihn darauf anspricht, sagt er nur: »Ein offizielles Gesicht machen und Phrasen dreschen, das verlernt man net. War schließlich lang g'nug Bürgermeister. Passt scho!« Johann lehnt es ab, dass Petra oder Herr Günther über Nacht bei ihm bleiben. Es scheint ihn nur zu interessieren, wann er seinen Sohn neben seiner Frau zur letzten Ruhe betten kann. Er will ein feierliches Begräbnis arrangieren und bittet Herrn Günther, mit ihm zum Bestattungsinstitut zu fahren.

Herr Günther bringt Petra zu ihrer Wohnung und begleitet sie sicherheitshalber hinein. Sie macht sich erst einmal eine heiße Wärmflasche, holt sich aus dem Kühlschrank ein großes Stück Kabanossi und sinkt erschöpft ins Bett. Immerhin stellt sie sich den Wecker auf sechs Uhr. Bevor sie in die Redaktion geht, will sie an ihrem Artikel zu Theobald Hirsch und der Pilsentherme weiterarbeiten.

Die Nacht wird unruhig. Einmal geht die Außenlampe an, und Petra hört Geräusche. Sie kämpft sich aus dem Bett, schaut in die Nacht hinaus. Zu sehen ist nichts. Sicherheitshalber überprüft sie alle Fenster und Türen und legt sich das Handy eingeschaltet auf ihr Nachtkästchen.

Das Licht hat der Bledschneider Sepp ausgelöst. Er ist mit seinen Mitschnitten fertig und hat sie auf einen USB-Stick gezogen. Er wollte ihn Petra in den Briefkasten werfen, aber als er dann vor ihrer Haustür steht, überkommen ihn Zweifel.

Was, wenn die Petra sich auch bestechen lässt? Wie all die anderen?

Vielleicht sollte er doch lieber erst mit ihr reden. Das Material ist brisant, das würde auch in der Staatskanzlei einen kleinen Erdrutsch verursachen. Der Sepp muss lächeln bei diesem Bild. Er sieht den Theo vor sich, wie er einsam im Dreck steht und schaufelt. Manchmal gibt es doch eine ausgleichende Gerechtigkeit. Er steckt den Stick in seine Jackentasche und geht wieder.

Dann fährt er routinemäßig an Theos Haus vorbei. Der Polizeiwagen rückt gerade ab. Der Bledschneider Sepp fährt weiter und sucht sich eine Stelle, an der er seinen Lada unauffällig abstellen kann und von der aus man einen guten Blick auf das Haus hat. Das Haus ist voll beleuchtet, und die Rollos sind, bis auf die zur Straßenseite hin, hochgezogen. Theo läuft hin und her, immer wieder setzt er sich an den Küchentisch. Offenbar will er etwas aufschreiben. Das kostet ihn sichtlich Mühe. Er bringt seine Frisur ganz durcheinander, und das Hemd hängt aus der Hose. Mehrere Blätter liegen schon zerknüllt auf dem Boden. Nach zwei Stunden ist Theo anscheinend zufrieden mit seinem Machwerk, denn er steckt das Schreiben in einen Umschlag und klebt ihn zu. Dann läuft er wieder durchs Haus, zieht Schubladen heraus und schaut sich um. Eindeutig sucht er etwas? Ein Versteck? Der Sepp ist sich ziemlich sicher. Am Ende wählt er einen

Platz, den auch Sepp für ein ziemlich gutes Versteck hält. Im Garten steht noch das Vogelhäuschen vom Winter. Theo steckt den Brief ins Innere, legt ein paar Ästchen darauf und dazu ein paar kleine Kiesel zum Beschweren.

Der Brief ist bestimmt für Marlene! Das ist ihm jetzt völlig klar. Inzwischen ist es fast schon Morgen, der Nachthimmel färbt sich langsam rot, und es wird wärmer. Sepp hält seinen Posten und beobachtet Theo weiter. Der verschwindet kurz in der Garage und hält, als er wieder rauskommt, ein paar Sachen in der Hand. Komisch, was will der denn jetzt mit den roten Plüschhandschellen? Sepp erkennt noch eine Klebebandrolle, die silbern glitzert, und eine Art Folie.

Wie der Sepp so vor sich hin sinniert, bemerkt er, dass er nicht alleine auf der Lauer liegt. Etwas weiter weg erkennt er noch eine Gestalt, die sich schleppend bewegt. Und im Schattenumriss sieht er zwei Hörner. Der Bledschneider Sepp ist ein mutiger Mann, aber seine gefährlichen Einsätze haben ihn gelehrt, das Feld zu räumen, wenn unbekannte Mächte ihre Finger im Spiel haben. Als er unauffällig seinen Rückzug vorbereitet, sieht er, wie Theo ein Tuch aus dem Fenster hängt. Obwohl es schon Jahrzehnte her ist, als sie zuletzt den Handtuchcode verwendet haben, weiß der Sepp sofort, was diese Nachricht bedeutet: *Komm um neun zu mir, dringend.*

Sepp zieht sich zurück. Es ist eh schon fast an der Zeit, sich einen Morgenkaffee und eine frische Breze in der Bäckerei zu holen.

Theobald Hirsch ist stolz auf sich, dass er sich noch an die Handtuchsprache aus ihrer Kindheit erinnert. Er kennt seinen Jugendfreund Sepp gut genug, um zu wissen, dass er nachts immer seine Runden fährt, und sicher würde Sepp auch einen Blick auf sein Haus werfen. Den Zeitplan hat er genau ausgearbeitet. Um neun Uhr soll er beim Kommissar sein. Er hat aber nicht vor, diesen Termin einzuhalten. Nach seinen Berechnungen würde die Bullerei spätestens um zehn nach neun Uhr kommen, um ihn zu holen. Der Sepp taucht um neun Uhr auf und würde erst einmal versuchen, ins Haus zu kommen. Dafür plant der Theo fünf Minuten ein. Weitere fünf Minuten würde der Sepp damit verbringen, ihm noch helfen zu wollen. Aber er, der Theo, wird um diese Zeit bereits seine Rolle im letzten Akt vollendet haben. Die Beamten würden den Sepp zusammen mit seiner Leiche finden und natürlich sofort eins und eins zusammenzählen. Es ist wichtig, dass er den Zeitplan genau einhält. Er traut sich auch nicht, noch etwas zu essen oder zu trinken. Schließlich will er sich nicht zum Zeitpunkt seines Todes in die Hose machen.

Tatsächlich spürt er einen ziemlichen Druck im Bauch. Er hat Durchfall und ist nervös wie selten. Wenn er ganz ehrlich mit sich ist, weiß er nicht, ob sein Plan aufgehen wird. Die Schwachstelle ist er selbst. Er ist nicht mutig, nur dreist. Die Morgenstunden verbringt Theo fast gänzlich auf der Toilette, gegen sieben schleppt er sich entkräftet aufs Bett. Er stellt den Wecker, gibt sich eine halbe Stunde, dann muss er sich umziehen und seinen letzten Akt beginnen.

Theo nickt tatsächlich ein.

Mühsam kämpft er sich nach dem Weckerklingeln hoch. Er duscht, rasiert sich und kleidet sich förmlich in schwarzen Zwirn. Dazu wählt er eine mittelblaue Krawatte aus und bindet einen perfekten Windsorknoten. Zurück im Schlafzimmer macht er das Bett und streicht glättend über die Decke. Er denkt an Marlene. Dann geht er in die Zimmer seiner Augensterne. Einmal noch will er ihnen nahe sein.

Es ist bereits halb neun, der Countdown läuft. Wie im Internet empfohlen, schneidet er Stücke vom Klebeband ab und trägt dabei Einmalhandschuhe, die Marlene unter der Spüle aufbewahrt. Er hat eine große feste Plastiktüte ausgewählt. Als er sie probehalber aufsetzt und Panik bekommt, reißt er sie sich schnell vom Kopf.

Im Wohnzimmer sorgt er für Unordnung, schmeißt sogar den Tisch um, als hätte hier ein Kampf stattgefunden. Die Handschellen von der Tina legt er bereit.

Als er hört, dass jemand an der Haustür ist, weiß Theo, dass er es jetzt tun muss. Nachdem er die rote Handschelle an seinem linken Handgelenk befestigt hat, zieht er sich fest die Tüte über den Kopf. Noch bekommt er genügend Luft. Jetzt muss es schnell gehen. Mit den vorbereiteten Klebestreifen fixiert er die Tüte so eng an seinem Hals, dass er dabei bereits zu keuchen beginnt. Aus Versehen schlägt er sich mehrmals die lose Handschelle ins Gesicht. Doch das spürt Theo kaum, er hat es fast geschafft. Er muss nur noch die andere Hand in die zweite Schelle stecken und schließen. Mit äußerstem Willen gelingt es ihm, die Hand in die Handschelle zu schieben. Sie schließt sich um sein Handgelenk, bleibt aber noch offen.

Dann setzt die Panik ein. Er braucht Luft, die Tüte muss runter, sofort! *Zefix! So a Schmarrn! Und des nur wegen dem Bledschneider Sepp, dem Bettsoacher, dem greisligen! So a Schnapsidee!*

Plötzlich meint er ganz in seiner Nähe ein Knarzen zu hören. Ist da jemand? Er will um Hilfe rufen, doch stattdessen würgt er. Ein hohes Klicken übertönt sein ersticktes Gurgeln. Theo will die Hände auseinanderreißen, aber es geht nicht. Stattdessen schlägt er sich selbst mit den gefesselten Händen auf die Stirn. Theo kämpft. Er will nicht sterben. Er taumelt, geht zu Boden, versucht, irgendwie die Tüte noch aufzureißen, reibt sich an der Sesselkante. Erfolglos. Er wird schwächer, und am Ende zucken nur noch die Beine.

Dann wird es restlos dunkel um ihn.

Er liegt ganz still.

Es ist vollbracht.

Kapitel 21

In der Früh überschlagen sich die Ereignisse. Petra Rosenberger hat daheim schon vor der Arbeit geschrieben, ist mit ihrem Artikel aber noch nicht ganz zufrieden. Sie will ihn in einer überregionalen Zeitung veröffentlichen. Der Sebastian Eberdinger hat das vermittelt. Vor ihrem Freund Sebastian will sie sich nicht genieren, da muss alles passen. Aber der zerstreut umgehend in seiner Antwortmail ihre Selbstzweifel. *Super Artikel! Bist die Beste! Das ist ganz heißer Stoff.*

Um halb zehn kommt Petra in die Redaktion vom *Seekurier* und bringt Rainer Ortlieb in Sachen Adi Schmidt auf den neuesten Stand. Außerdem ist erstaunlicherweise eine Pressemitteilung von der Investmentgesellschaft Pilsentherme gekommen: Alle Vorwürfe gegen Bürgermeister Theobald Hirsch werden zurückgenommen, und ihm wird das Vertrauen ausgesprochen. Petra zieht beim Lesen eine Augenbraue hoch.

Noch während sie und Ortlieb die Tagesplanung besprechen, bekommt der *Seekurier* einen Anruf aus Otterschwing: großes Polizeiaufgebot beim Bürgermeister, der Rettungswagen ist ebenfalls vorgefahren.

Petra packt schnell ihre Sachen zusammen, ruft den Praktikanten für die Fotos und fährt mit ihm, so schnell es geht, nach Otterschwing. Das Straßenstück vor dem Haus vom Theo Hirsch ist abgesperrt. Petra fährt so dicht wie möglich heran und stellt ihr Presseschild in die Windschutzscheibe. Sie gehen raschen Schrittes zum Haus, aber es ist abgesperrt.

Sie spricht einen der Beamten an: »Was ist hier los? Ich möchte mit dem leitenden Beamten sprechen.«

Sie werden abgewiesen, bleiben aber an der ersten Absperrung stehen. Petra nimmt den Fotoapparat des Praktikanten an sich. Mal sehen, ob man durch das Tele etwas erkennen kann.

Der Ort des Geschehens muss dem Gewimmel weißer Schutzanzüge nach das Wohnzimmer sein. Sie versucht näher heranzuzoomen. Durch das Teleobjektiv sieht sie einen Mann in gekrümmter Haltung auf dem Boden liegen, am Handgelenk trägt er rote Plüschhandschellen, und irgendetwas bauscht sich um den Kopf. Petra kann sich keinen Reim darauf machen, aber augenscheinlich ist Bürgermeister Theobald Hirsch das Opfer. Da werden sie bemerkt. Der Kommissar hat sie gesehen und lässt sie von einem Beamten in einen VW-Bus bringen.

Der Ermittler schaut sie böse an und sagt nur: »Den Chip, sofort!«, und deutet auf die Kamera.

»Wir brauchen Fotos vom Haus. Schauen Sie sich die Fotos durch, da ist nichts Verdächtiges drauf«, erwidert Petra. In ihrem Kopf rattert es. Darf der Beamte die Kamera konfiszieren oder nicht? Ihr will die Antwort darauf nicht einfallen.

»Vor allem ist es verdächtig, dass schon wieder Sie hier sind. Stecken Sie mit dem Mörder unter einer Decke?«, blafft der Kommissar sie an.

»Das heißt, Sie haben schon einen Verdächtigen?«, hakt Petra nach.

In der Tat haben die Polizisten einen Mann am Tatort bei der Leiche kniend gefunden. Dieser wirkt verstört und kann keine klaren Angaben machen. Deshalb legt ihr der Kommissar nun ein Tablet hin und sagt:

»Wir haben einen offensichtlich verwirrten Mann in Gewahrsam. Schauen Sie sich den mal an. Wissen Sie, wer das ist?«, fragt der Kommissar und zeigt ihr dabei auf seinem Tablet eine Aufnahme vom Bledschneider Sepp.

»Ja, den Mann kenne ich. Es ist der Herr Josef Bledschneider, er wohnt in Otterschwing und ist ein Jugendfreund vom Theobald Hirsch«, antwortet Petra.

»Wann haben Sie ihn zuletzt gesehen?«

Da muss sie nachdenken. Das ist tatsächlich schon eine ganze Weile her. Sie weiß es nicht genau. »In den letzten Tagen nicht. Aber natürlich kenne ich ihn von meiner Arbeit beim *Seekurier*, weil er sich stark gegen das Projekt Pilsentherme eingesetzt hat.«

Dann wird der Kommissar von seinen Kollegen gerufen. Er nimmt die Kamera mit. Das auch noch!

»Mach so viele Handyfotos, wie du kannst, aber unauffällig«, schafft sie dem Praktikanten an. Sie fahren schweigend zurück zur Redaktion. Der Tod von Theobald Hirsch – »ungeklärte Todesursache« – ist bedrückend, auch wenn sie den Mann nicht mochte. Petra bespricht sich mit Rainer Ortlieb. Noch gibt es keine offizielle Bestätigung von Seiten der Polizei, dass der Tote Theobald Hirsch ist. Die beiden Redakteure einigen sich dahingehend, dass Petra die Artikel so schreibt, dass sie schnell ergänzt werden können.

Petra schreibt einen Eindrucksbericht vom Tatort. Ortlieb versucht derweil, eine offizielle Bestätigung zu bekommen. Nach einer Weile ruft er ihr zu: »Um fünf Uhr ist Pressekonferenz. Ich bleibe in der Redaktion. Wenn du die Aussagen hast, mach ich die Seiten fertig.«

Natürlich dauert es nicht lange, bis Petra erfährt, dass der Bledschneider Sepp etwas von einem Teufel gerufen haben soll. Sie wusste nicht recht, wie sie das einzuordnen hat. Ist der Bledschneider Sepp tatsächlich verrückt oder war eine weitere Person in Gestalt des Teufels im Spiel? Vielleicht sogar der Johann Schmidt? Sie erinnert sich, dass dieser eine Art Krampus-Kostüm auf dem Dachboden hatte, irgend so ein komisches Brauchtumsding aus dem Allgäu. Heute Abend musste sie dringend zu Johann fahren und der Sache nachgehen. Mittlerweile ist es wieder schön warm geworden. Und mit der Wärme kommen die Mücken, die in den reichlich vorhandenen Überschwemmungspfützen eine ideale Brutstätte finden. Petra muss sich zügig mit einem Vorrat an Mückenschutz eindecken. Sie sieht schon die Schlagzeile für nächste Woche vor sich: »Mückenschutz – ausverkauft« oder so ähnlich. Petra trägt die Mittel grundsätzlich lieber großzügig auf, dann riecht sie zwar wie eine Apotheke, aber sie kann in Ruhe arbeiten.

In der Mittagspause geht sie kurz an den See. Inzwischen ist das Hochwasser wieder zurückgegangen, so dass nur noch beim Anlanden der Dampfer eine kleine Weile über die Ufermauer spritzt. Der Blick über den See ist für Petra die beste Meditation.

Nach einer Viertelstunde fühlt sie sich erfrischt und gereinigt. Sie ruft Sebastian Eberdinger an und informiert ihn kurz und knapp. Er blättert in seinem Terminplan und meint, dass Petra sich doch viel sicherer fühlen könnte, wenn ein Mann auf sie aufpassen würde. Wo doch ein Mörder in Otterschwing sein Unwesen treibt.

Petra lacht. »Du willst wohl eine Quelle aus erster Hand, die du nicht bezahlen musst, und eine kostenlose Übernachtung. Melde dich, wenn du tatsächlich kommst. Ich kann dir die Frühstückspension Heidemarie in Fischau empfehlen. Die Heidemarie macht ein klasse Frühstück.«

Dann wird es auch schon Zeit, sich für die Pressekonferenz vorzubereiten. Sie muss nach Otterschwing, in den Gasthof »Zum goldenen Hirsch«. Petra fährt eine Stunde früher los und nimmt wieder ihren Praktikanten mit. Der hat die Reservekamera umgehängt, ein schon etwas betagteres Modell. Deswegen mault er Petra an: »Hoffentlich bekommen wir die andere Kamera vor der Pressekonferenz, sonst kann ich bei dem Old School Equipment für nichts garantieren.«

Petra geht es eher um eine knackige Story, dazu reichen Block und Stift in der Regel völlig aus. Sie will versuchen, von der Vroni noch ein paar Infos zu bekommen. Die Wirtin hat sicher das eine oder andere aufgeschnappt. Als sie am Gasthof ankommen, ist erfreulich wenig los. Offenbar hat die Polizei die Identität des Toten noch zurückgehalten, sonst würden hier schon die Fernsehkollegen stehen.

Petra geht an den Tresen und begrüßt die Vroni. Sie trägt Schwarz und macht ein ganz kummervolles Gesicht. »Mei, der arme Theo«, seufzt sie immer wieder und beginnt Anekdoten von ihm zu erzählen, die sich in der Hauptsache um grandiose Besäufnisse drehen. Nach der dritten Geschichte hat Petra davon genug und schaut sich nach dem Kommissar um. Im Nebenzimmer, in dem normalerweise die Dienstagsfreunde tagen, wird alles für die improvisierte Pressekonferenz aufgebaut. Der Kommissar ist vorab nicht zu sprechen, aber immerhin bekommt Petra die Kamera wieder ausgehändigt. Sie schaut nach den Bildern – alle gelöscht. Dann trudeln einige ihrer Kollegen ein. Auch zwei Rundfunkjournalisten sind da.

Der Kommissar beginnt pünktlich, aber der Praktikant träumt. Als überall das Klicken der Apparate zu hören ist, wacht er auf, muss sich aber ganz hinten anstellen.

Die Information vom Kommissar ist kurz und knapp. »Im Wohnzimmer seines Hauses wurde heute früh gegen neun Uhr fünfzehn Theobald Hirsch, Bürgermeister von Otterschwing, tot aufgefunden. Ein dringend Tatverdächtiger, Josef B., wurde am Tatort aufgegriffen. Der mutmaßliche Täter ist offenbar verwirrt, er wurde zu seinem Schutz in eine psychiatrische Klinik überstellt. Die Leiche von Theobald Hirsch wurde in die Rechtsmedizin nach München gebracht. Wir gehen nicht von einer natürlichen Todesursache aus. Die Ermittlungen laufen weiter auf Hochtouren.«

Damit ist er schon am Ende seines Textes. Petra hat noch einige Fragen, von denen sie ihm zwei zuruft: »Wird noch in andere Richtungen ermittelt? Gibt es einen Zusammenhang mit dem Tod von Adi Schmidt?«

Der Kommissar antwortet nur auf die erste Frage. Die Familienangehörigen seien überprüft worden, ansonsten werde weiteren Spuren nachgegangen. Nach zwanzig Minuten ist die Sache zu Ende. Petra hat Rainer schon die offizielle Bestätigung gesimst.

Jetzt geht es schnell wieder in die Redaktion. Der Praktikant soll sich um die Fotos kümmern, und Petra schreibt ihren Bericht von der Pressekonferenz. Als die Zeitung fertig ist, ruft sie den Kommissar an und bittet ihn um ein baldiges Treffen. Außerdem erkundigt sie sich, wo der Herr Bledschneider untergebracht wurde. *Forensische Abteilung im Allgäu*, notiert sie.

Derweil herrscht im Libellenclub Alarmstufe rot. Bei dem Bledschneider Sepp hat man einen USB-Stick gefunden, der jede Menge belastendes Material enthält. Eine Hausdurchsuchung ist für morgen früh angesetzt. Emsig wird nach München telefoniert. Bald ist eine gute Lösung gefunden: Ein Gutachter, der dem Libellenclub nahesteht, wird den Bledschneider Sepp beurteilen, und das Material verschwindet unbesehen in der Asservatenkammer. Außerdem gibt es wohl Zweifel der Rechtsmediziner, ob der Tod von Theobald Hirsch nicht doch ein Selbstmord war. Das Haus vom Hirsch muss nochmals gründlich nach einem Abschiedsbrief untersucht werden. Wer weiß, was dort drinsteht? Der Libellenclub kann es sich nicht leisten, dass nach dem Desaster um die Pilsentherme Unregelmäßigkeiten ans Licht kommen.

Große Trauer herrscht derweil bei Marlene und den Töchtern auf dem Hölzle-Hof. Sie machen sich schwere Vorwürfe. Hätten sie ihn bloß nicht allein gelassen! Dann würde er heute noch leben. Marlene setzt jetzt alles daran, ihm eine schöne Leich zu gestalten. Am besten soll der Bischof höchstpersönlich kommen. Auch wenn es ihr schwerfällt, aber jetzt ruft sie Anja Schwarz an. Die Anja hatte mal was mit dem Theo, aber jetzt ist sie der direkte Draht zur katholischen Kirche. Bei ihr ist die Sache in guten Händen.

Bei Johann Schmidt ist der Privatdetektiv Harry Kleinschmidt eingetroffen und hat endlich gute Nachrichten. Die Frau, mit der der Adi in Berlin lebte, hat eine Aussage gemacht. Demnach wollte der Adi mit seinem Kadett nach Otterschwing fahren und mit seinem Vater und den Behörden reinen Tisch machen. Davor wollte er sich mit seinen Jugendfreunden Sepp und Theo treffen. Beim Vater und den Behörden ist er nie angekommen. Daher müssen entweder der Sepp oder der Theo oder beide mit seinem Tod zu tun haben. Und dann gibt es noch eine Überraschung: Die Tochter Josie ist wohl die Enkelin vom Johann.

Auch Petra Rosenberger bekommt spät am Abend Besuch. Sebastian Eberdinger steht vor der Tür. Als Kollege ist er Petra jetzt sehr willkommen, Gefühle müssen wieder einmal zurückstehen. Sie beschließt, dass die Wahrheitsfindung erst einmal Vorrang hat. Statt zu Johann Schmidt zu fahren, wie sie es vorgehabt hat, bringt sie Sebastian auf den neuesten Stand und macht ihm dann doch die Schlafcouch zurecht. In die Pension kann sie ihn zu so später Stunde nicht mehr schicken, und außerdem hat sie ihn gern in ihrer Nähe.

Am anderen Tag benötigen die Ermittler der Polizei erst einmal Spezialtechniker, um in das gesicherte Haus vom Bledschneider Sepp hineinzukommen. Die Überwachungstechnik, die Pistole und das gesammelte Material deuten auch für einen Laien auf eine Paranoia hin.

Für den Kommissar ist die Sache ziemlich klar: »Der Typ ist ein Irrer und gehört weggesperrt.« Trotzdem wird man ihm keinen Mord am Theobald Hirsch nachweisen können, wenn er nicht gesteht. Offenbar könnte es auch eine verunglückte sexuelle Spielart sein, die neuerdings in gewissen Kreisen ausprobiert wird. Seine Geliebte Tina und seine Frau Marlene kommen als Täterinnen nicht in Frage. Im Schwedenofen fanden sich verkohlte Papierreste, die nicht wiederhergestellt werden konnten. Komisch sind nur die Haare, die am Tatort gefunden wurden. Es scheinen Tierhaare zu sein. Von ganz oben lautet die Anweisung, dass man nicht wolle, dass die sexuellen Vorlieben des Mannes an die Öffentlichkeit kommen und die Akte bald geschlossen werden soll. Dasselbe gilt für den Fall Adalbert Schmidt, bei dem alle Beweise bislang nur auf Theobald Hirsch als Täter hindeuten. Weil der jetzt tot ist, werden die Ermittlungen eingestellt.

Somit ist der Kommissar in Otterschwing bald fertig, und um den Bledschneider Sepp wird sich der Gutachter kümmern. Wenn der als verrückt eingestuft wird, sind seine Aussagen nichts mehr wert, und er bleibt weggesperrt. So fügt sich eins ins andere, nur die nervige Journalistin Petra Rosenberger muss noch ausgebremst werden.

Petra fährt mit Sebastian Eberdinger zur Klinik. Sie muss unbedingt mit dem Sepp reden. Der Polizei wird er bestimmt nichts erzählen. Aber mit ihr wird er sprechen. Allerdings ist es fast unmöglich, zu ihm vorzudringen. Erst als Eberdinger mit seinen Kontakten noch einen Anwalt besorgt, werden sie eingelassen. Der Sepp ist in einem furchtbaren Zustand, er schlurft wie ein betrunkener alter Mann in das triste Besucherzimmer, zwei Pfleger müssen ihn stützen, außerdem trägt er Hand- und Fußfesseln. Der Sepp wird festgemacht, und die drei werden ermahnt, den Abstand von zwei Metern einzuhalten. Petra spricht den Sepp mehrfach an, erklärt ihm, wer die beiden Männer bei ihr sind, aber sie dringt kaum zu ihm durch.

Ganz am Ende sagt er dann doch noch etwas. »Du musst die Vögel im Hirschgarten füttern.«

Die drei sind erschüttert, als sie wieder draußen sind. Aber auch die beiden Männer glauben, dass dieser Mann einen gehörigen Sprung in der Schüssel hat. Die Vögel füttern?

Auf dem Heimweg denkt Petra über den Satz wieder und wieder nach. Im Gegensatz zu Sebastian vermutet Petra eine Botschaft. Der Bledschneider Sepp ist extrem vorsichtig. Dieser Satz muss einen Sinn haben. Sie setzt Sebastian bei der Pension ab und fährt nach Otterschwing zum Haus von Theobald Hirsch. Sie klingelt, aber es macht keiner auf. Dann geht sie in den Garten, und plötzlich sieht sie es: das Vogelhäuserl, das jetzt im Sommer immer noch im Garten steht. Sie untersucht es und findet tatsächlich einen Brief. Mit der Handschrift vom Theobald Hirsch, die Petra von den langen Gemeinderatssitzungen in Otterschwing kennt, steht darauf: *Für meine innig geliebte Frau Marlene.*

Petra hadert mit sich. Soll sie den Brief öffnen oder ihn zu Marlene bringen? Sie macht mit dem Handy Fotos vom Vogelhaus und vom Briefumschlag. Dann siegt ihr Anstand, und sie fährt umgehend zum Hölzle-Hof.

Marlene öffnet ihr die Tür, und Petra spricht ihr erst einmal ihr Beileid aus. In der Wohnküche bietet ihr Marlene einen Tee an, aber erst als Petra von ihrem Besuch beim Bledschneider Sepp spricht und sich dafür starkmacht, ihn dort wieder herauszuholen, taut Marlene auf.

»Zwei der drei Jugendfreunde sind schon tot«, sagt sie, »und der dritte soll nicht in der Psychiatrie lebendig begraben werden.« Petra übergibt ihr den Brief, aber Marlene wehrt ab: »Ich kann das jetzt nicht lesen. Nehmen Sie ihn mit, und schauen Sie, ob Sie damit dem Sepp helfen können. Und dann bewahren Sie ihn für mich auf. Ich hole ihn, wenn ich so weit bin.«

Petra steckt den Brief wieder ein. Sie will ihn im Beisein eines Anwaltes öffnen. Sie hofft, dass dort ein Geständnis steht und alle endlich erfahren, was sich in Otterschwing zugetragen hat, als der Adi vor etwa sechzehn Jahren zu Besuch war. Aber sie muss Marlene noch etwas anderes fragen: »Können Sie sich noch daran erinnern, dass ein Klassentreffen mit dem Motto ›Wir werden vierzig‹ angesetzt war, zu dem der Theo hingehen wollte?«

»Es gab auf jeden Fall ein ›Wir werden fünfzig‹-Treffen, und der Theo hat danach gesagt, dass er keine weiteren Treffen mehr braucht. So schön sei die Schulzeit ja net gewesen. Bestimmt gab es auch zehn Jahre vorher ein Treffen.«

Noch im Auto ruft Petra den Sebastian Eberdinger an und informiert ihn, dass sie sofort einen Anwaltstermin benötigen. Außerdem meldet sich Rainer Ortlieb und beschwert sich, weil Petra immer noch unterwegs ist. Sie soll so schnell wie möglich in die Redaktion kommen, schließlich müssten sie einen Nachruf verfassen und einiges mehr. Aber Petra muss erst wissen, was in diesem Brief steht, vorher hat sie keine ruhige Minute.

Sie holt Sebastian in der Pension ab, dann fahren sie in die eine halbe Stunde entfernte Kreisstadt.

Der Anwalt ist schon etwas säuerlich und spricht von unterschlagenem Beweismaterial. Petra sagt, dass es sich schließlich auch um einen Liebesbrief handeln könnte. Wenn etwas Relevantes drinstehe, dann solle der Anwalt den Brief an die Polizei übergeben. Das Ganze geht noch ein wenig hin und her, dann beschließen sie, den Brief zu öffnen.

Petra beginnt zu lesen. Der Theobald Hirsch schreibt wie ein amerikanischer Schnulzenautor von der großen Liebe und so weiter. Aber dann kommt's:

In einer verhängnisvollen Nacht kam der Adi aus Berlin. Wir trafen uns wie früher an der alten Weide. Der Adi war besonnener, aber immer noch der penetrante Weltverbesserer. Als ich ihm gesagt hab, dass ich Bürgermeister werden will in Otterschwing und dass ich für die CSU im Gemeinderat bin, da ist er völlig ausgeflippt. Das werde er verhindern, hat er mit einem unverschämten Grinsen gesagt. Und auf einmal lag er auf dem Boden und rührte sich nicht mehr. Ich wollte ihn doch nur zur Vernunft bringen. Er, der Sohn vom Großbauern, der immer alles hatte, der tat sich natürlich leicht, über mich zu spotten. Aber ich wollt für uns und unsere beiden Töchter etwas Gutes schaffen, damit ihr gut versorgt seid. Das war ein Unfall mit dem Adi, aber er hätt halt gar nicht da sein sollen. Der Sepp hat bei unserem Streit nur zugeschaut, ist aber nicht dazwischengegangen. Wir haben ihn bei der alten Weide begraben, der Sepp und ich. Den Sepp hab ich gezwungen, den Mund zu halten. Er soll doch an dich, Marlene, und an die beiden kleinen Mädchen denken. Und bis heute hat er das getan. Das habe ich ihm auch nicht vergessen und ihn dafür beschützt, wo es nur ging. Mehr als einmal wollten sie den Sepp schon einkassieren, aber ich hab mich immer wieder für ihn verbürgt. Und dem Johann war ich der beste Sohn der Welt, viel besser, als der Adi es je hätte sein können.

Und so geht es weiter im Text. Leider schreibt der Theo nicht, dass er sich selbst umgebracht hat und auch kaum was zur Pilsentherme. Falls ihm etwas zustoßen würde, bekämen Marlene und die Kinder die zwei großen Lebensversicherungen ausbezahlt, und der Hölzle-Hof sei schuldenfrei auf sie eingetragen. Das könnte man fast als Abschiedsbrief werten, meint Petra. Zu unklar, befindet dagegen der Anwalt.

Wegen der Passage mit dem Geständnis des Totschlags soll der Brief an die Polizei gehen, aber Petra fotografiert ihn vorher. Ein Durchbruch für den Bledschneider Sepp ist das nicht. Der Anwalt spricht die Kosten an. Mehr als zwei Gefälligkeiten seien nicht drin, in Zukunft müsse er auch etwas berechnen oder als Pflichtverteidiger bestellt werden.

Petra ahnt, dass das noch ein hartes Stück Arbeit wird, den Herrn Bledschneider wieder aus der Psychiatrie zu holen.

Die nächsten Tage sind für Petra eine Achterbahn. Wie in Trance erlebt sie, wie ihre Werte auf den Kopf gestellt werden. In der Redaktion weigert sich Ortlieb, auch nur ein kritisches Wort über den allseits geschätzten Bürgermeister Theobald Hirsch zu schreiben, und das Geständnis am Totschlag von Adi Schmidt wertet er als zu wenig glaubhaft. Der

Brief könne eine Fälschung sein. Diese Theorie hat er vom Kommissar übernommen, der an der ganzen Sache wenig interessiert scheint.

»Die Akten sind geschlossen«, doziert er. Die Wahrheit interessiert niemanden, außer vielleicht Johann Schmidt. Und selbst der wundert sich nicht, sondern meint nur, dass der Theo und der Sepp ja schon die gerechte Strafe bekommen haben.

Als Petra dann mit der Berichterstattung über die Beerdigung des »besten Mannes von Otterschwing« beauftragt wird, fügt sie sich. Allerdings arbeitet sie zu Hause weiter an einem großangelegten Enthüllungsartikel, auch wenn ihr Sebastian Eberdinger keine großen Hoffnungen macht, dass man die Geschichte überregional herausbringen wird. Am Tag nach der Beerdigung von Otterschwings bestem Mann fasst Petra einen Entschluss.

Epilog

Einige Wochen später ist der Hochsommer in vollem Gange, und Petra schwitzt beim Packen ihrer Umzugskisten. Es geht in die Stadt. Lange hatte sie mit sich gerungen, ob sie sich auf die Stelle der Politikredakteurin in einer der überregionalen Zeitungen bewerben soll. Den Ausschlag gab ihre Mutter. Als sie ihr von der Stelle erzählte, setzte sie sich mit Petra in aller Ruhe hin und hielt eine kleine Rede: »Petra, meine liebe Tochter, du hast lange genug mir zuliebe in der Provinz ausgehalten. Ich habe große Hochachtung vor deiner Arbeit und deiner Hartnäckigkeit. Es wird allerhöchste Zeit, dass du dort arbeiten kannst, wo deine Talente geschätzt und geachtet werden. Mach dir um mich keine Sorgen, es ist alles gut.«

Auch Sebastian Eberdinger hat sie bestärkt und vor allem ihren Spürsinn gelobt. Sie bewarb sich und wurde auf der Stelle genommen.

Eine letzte Tour nach Otterschwing steht auf dem Programm, danach will sie sich von Gertraud und Herrn Günther verabschieden. Die beiden kommen jetzt ganz gut ohne sie zurecht, und schließlich gibt es ja noch Julian.

In Otterschwing fährt Petra bei Johann Schmidt vorbei. Der sitzt mit einem jungen Mädchen in schwarzen Klamotten und mit ziemlich viel Metall im Gesicht auf der Hausbank. Die zwei scheinen sich ziemlich gut zu verstehen. Jeder hat eine Flasche Bier in der Hand. Schmidt strahlt, als er Petra sieht. Er deutet auf das Mädchen und sagt stolz: »Meine Enkelin.« Dann nimmt er Petras Hand und flüstert: »Bist eine von den Guten! Meine Frau hätt dich sehr gemocht.«

Bevor es zu rührselig wird, fährt Petra weiter. Beim Hölzle-Hof steigt sie aus. Marlene werkelt im Garten. Sie umarmen sich stumm. Dass ihr Mann den Adi totgeschlagen hat, setzt Marlene gehörig zu. Wie vom Theo geplant, hat sie den Hölzle-Hof behalten können und auch die Lebensversicherungen ausbezahlt bekommen. Marlene zahlt damit den Anwalt für den Bledschneider Sepp, und Petra hilft ihr in dieser Sache, wo sie kann. Marlene besucht den Sepp regelmäßig, und anscheinend bahnt sich zwischen den beiden etwas an.

Am Friedhof in Otterschwing geht Petra zum Grab ihres Vaters Justus. »Pass gut auf dich auf«, sagt sie leise und arrangiert sorgfältig die mitgebrachten Blumen in der Vase. Für den Adi Schmidt hat sie auch welche dabei. Der liegt jetzt im Familiengrab neben seiner Mutter.

Zuletzt geht sie zum Grab vom Theobald Hirsch, dem besten Mann von Otterschwing. Eins muss man ihm lassen, ein heißer Hirsch war er trotz alledem.

Dieser Roman spielt im oberbayerischen Fünfseenland. Orte und Personen sind frei erfunden. Ähnlichkeiten mit Lebenden und Verstorbenen sind nicht beabsichtigt. Die fiktive Gemeinde Otterschwing steht exemplarisch für eine kleine Landgemeinde im Hinterland. Manches ist von der Wirklichkeit inspiriert, reale Ereignisse werden aber nicht wiedergegeben, sondern sind von der Autorin frei erfunden.

Danksagung

Die Entstehung meines Kriminalromans ist eine eigene Geschichte, und ich möchte mich bei einigen Menschen bedanken.

Großer Dank gilt meiner Familie. Meine Mutter als erste Leserin nahm sich stets Zeit und stand mir mit ihrer Geduld zur Seite. Meine Schwester las die ersten Fassungen mit einem wohlmeinenden Rotstift, und mein Sohn gab kluge Hinweise. Auch meine Freundin Gini und mein Viererteam halfen tatkräftig mit. Beruhigend war für mich, meine Lieblingsschokolade Vollmilch-Nuss vorrätig zu haben … damit ließ sich so mancher Durchhänger überwinden.

Von der ersten Idee, die ich an der Volkshochschule bei einem Schreibseminar von Klaus Eckhardt entwickelt habe, bis zum gedruckten Buch dauerte es vier Jahre und sechs Fassungen. Bei der Stange hielten mich meine Agentin Lianne Kolf und ihre Mitarbeiterin Simone Hasselmann. Vielen Dank an das ganze Team der Verlagsagentur Lianne Kolf für das Vertrauen, die herzliche Unterstützung und die Vermittlung an den Aufbau Verlag. Insbesondere Constanze Bichlmaier kümmert sich dort sehr professionell um mein Buch.

Herzlichen Dank auch an alle meine Testleserinnen und Testleser, und insbesondere an Robert für das tolle und konstruktive Feedback. Chiara sage ich danke für das Porträtfoto und den schönen Nachmittag am See.

Bis aus einem Manuskript ein fertiges Buch wird, sind viele kleine Schritte zu gehen, die alle neu für mich waren. Ich danke allen, die mir wertvolle Tipps mit auf den Weg gaben.